和樂農農

2

風 文創 1049

舒奕 著

目錄

第三十一章

林氏聽了林伊的計劃不太放心。「小伊，我們把這事告訴妳韓奶奶不行嗎？讓族裡去抓住他們，我們一樣可以提和離，妳這麼做太冒險了，萬一出了事怎麼辦？」

林伊搖頭。「娘，我不放心。我聽徐郎中說，大部分家族遇到這種事都會遮掩下來，不會同意女方和離，有時候為了安撫女方，族長會親自出面許下一些承諾，保證女方以後的生活，可這不是我們想要的。咱們只能靠自己，把這事鬧大，鬧得族長根本沒法遮掩，咱們才好提和離，這件事一點都不能有差錯，必須一擊即中，要不然以後再想提和離就難了。」她睜大眼堅定地望著林氏。「娘，我誰都不信，只信我自己！」

林氏被她的情緒感染，不由點頭認同她的觀點，她拉著林伊的手強調。「小伊，妳一定要記住，妳的安危最重要，如果覺得哪裡不對就停下來，千萬不要冒險，咱們再想別的法子。」

林伊用力點頭，竭力讓她放心。「娘，妳放心吧，我都盤算清楚了，絕對沒有問題，妳要對我有信心。」

林伊又繼續分析。「等羅家抓住他們後，因為涉及到兩個家族，肯定會請族長，還有家裡人，咱們就跟著一塊兒過去。妳去了別跟爹爹鬧，有些男人自以為是得很，明明是男人不對，就是看不得女人反抗，有理也變無理，如果是爹爹先動手咱們就得理了。妳只對著劉寡婦哭鬧，爹爹肯定會衝上來維護她責怪妳，正好讓大家看看他是怎麼對妳的，妳也好理直氣壯提和離，這樣還有誰好意思說妳不對，讓妳和他繼續生活。」

林氏覺得林伊說得有道理，兩人細細商量怎麼提和離，怎麼提帶林伊走，最後林伊咬著牙說：「娘，只要妳和離成功了，我就跟妳走，誰攔也不行，大不了我不要這戶籍。」

林氏也同意，她的辦法又不一樣。「如果他們不肯，我們就一起吊死在祠堂門口，就說是被他們逼死的！」這一招她是跟小雲學的。

林伊呵呵直笑。「沒錯，就這麼做！他們不是要好名聲嘛，那就成全他們！」

商量完後，林伊讓林氏把值錢的東西收拾好揣在身上，今天鬧完以後就不回吳家了。

林氏扯了扯身上的衣服，有點不好意思地說道：「我銅錢都沒一文，就兩身破衣服，沒啥可揣的。」

這是真的，她一樣首飾也無，頭上的釵子都是竹子削的，財產就幾件打著補丁的衣服和兩床被子，可總不能鬧事還揹著鋪蓋卷去吧？

林伊想了想，自己和林氏一樣，唯一多出來的就是劉寡婦賠償的五十文錢，把那揣好就行了。

她跟林氏說：「咱們就這麼走，那些衣服破破爛爛的，都不要了。離開以後置辦新的。」

林氏卻不同意，她節儉慣了，想事情也要周全些，她覺得衣服雖破，暫時還能穿，又何必在這上面花錢。

「還是想法子帶上吧，離開這裡咱們就要自己成家開伙，鍋碗瓢盆都要花錢，需要置辦的東西多了去。咱們又沒幾個錢，得省著點花，衣服能穿先將就著穿，我那兒還有點針線布頭，也帶上。」

林伊一想也是，雖然這些不值錢，可要買新的花錢就不少。而且都是自己的東西，憑什麼要留給吳家。

想到這兒，她有了主意。「這樣吧，妳把要帶走的東西打個包，晚上我出去的時候過來拿上，先放到後院外的竹林裡，事情辦妥後我悄悄過來拿，不用進吳家的門。」

她又挽著林氏的手許諾。「娘，等咱們離開這裡有了錢，就給妳打首飾做新衣裳，把妳打扮得漂漂亮亮的，保證比那劉寡婦好看。」

林氏一臉嚮往。「這些娘不稀罕，只要我們能過得舒心，能吃飽飯，不再被人打罵就行。」

計議已定，兩人便開始分頭行動。

林伊把箱子裡的衣服全都拿出來放在床上，一件疊一件的捲起來，那套小了的棉衣也沒放過，裹在了最裡面。她又看了看床單和自己當被子的那塊小棉布，這是當初韓氏幫自己爭取來的，還很新，也得帶走。這樣床上用品就不用買了，還正好把衣服包起來，裹成一個方方正正的包裹。

林伊從後院通向雜物間的小門溜進去，把自己的背筐拿出來，包裹放進去正合適。她把劉寡婦賠給她的銅錢拿出來數了數，一文不少，她小心揣好，可不能弄丟了。

她又翻出一個小包，裡面是一把鐵釘，她把鐵釘全扳成直角形，重新裝回了小包。這把鐵釘是從釘窗子的木板上取下來的，她一直收著，今天晚上就能派上用場。

做完這些，她就沒事了，她一刻刻數著時間，從來沒有像今天這樣覺得難熬。

在她的期盼下，夜色終於降臨，吳家外出的人陸續回了屋，等吳老大回來後，林伊激動難耐，煎熬的時候終於要結束了。

待到吳家眾人沈入夢鄉後，林伊悄悄溜到林氏門前和她打招呼，讓她做好準備，又接過她的小包裹，裝在背筐裡，便從後院翻牆而出。

她將背筐在竹林裡找了個隱蔽的地方藏好，準備行動。

今晚的夜色異常美麗，天空中一輪半圓的明月，在點點星光簇擁下，高高掛在黑絲絨般的空中，把溫柔的光輝灑向大地，將吳家村籠罩在一片清輝之中。遠遠近近的小蟲在草叢中鳴唱不停，似也欣喜於今晚的月色。涼涼的夜風被晚香玉濃烈的芬芳薰染得香噴噴的，徐徐拂上林伊的臉頰髮梢。

這樣的夜，朦朧而夢幻，安靜而美好，非常適合，呃，翻牆放火！

她輕輕跺了跺腳，活動了下身子，努力平復激動的心情，便沿著被月光照得亮堂堂的小路奔跑。

由於昨晚來了一趟，今晚熟門熟路，很快就蹲在了高樹上。

吳老二很識趣，比昨天早來了一點，劉寡婦剛從屋裡出來，吳老二就到了門前。

可能是劉寡婦身子不便，兩人也沒有做什麼兒少不宜的舉動，只說了些無聊的情話就相擁著睡下了。

待屋裡響起均勻的呼吸聲和吳老二輕輕的打鼾聲，林伊快速下了樹，輕悄悄翻過劉寡婦家院牆，直奔她家草棚。

草棚裡堆著好幾堆稻草，每堆都又高又大，林伊早就在樹上看得清清楚楚，她今天要點燃的就是這些稻草。

她彎下身，準備把稻草抱到院子中間，卻驚喜地發現稻草的底部有一個木架子，從架子上引了幾條細繩將稻草固定住，只需要把這個架子端起來，就能移動稻草，這對林伊來說簡直輕而易舉。

林伊一邊心裡暗讚，一邊小心翼翼地把稻草移到院子中間。她連著移了四大堆稻草，感覺差不多了才停下手。

她環顧四周，劉寡婦家的院子雖然不如吳家的大，但也非常寬敞，這一堆稻草燃起來並不會燒到屋子，也不會竄到鄰居家去。

確定好後，林伊從兜裡摸出根藤蔓，將劉寡婦屋門的門環拴上，她怕火燃起來，救火的人還沒進來，兩人就發現起火，打開房門跑出來。如果吳老二乘機跑掉，還怎麼抓現行犯？這藤蔓拴住門後並不是打不開，只是要費點勁，正好給抓姦的人留了時間。

她把那把扳成直角的鐵釘朝上，按進了劉寡婦家的窗框上，這樣窗子就推不開了，免得這兩人發現門打不開跳窗出來。她不住感慨，力氣大真好啊，按理說這都是用錘子才能做到的事，她輕輕一按就釘了進去。

她又跑到劉寡婦家院門前，將門閂推開，僅鬆鬆地掛在門上，這樣外面的人一推就能將門推開。

做好這一切，林伊吹燃火摺子，將那堆稻草點燃。

今晚有風，稻草又乾燥，林伊將火摺子放在稻草上，火立刻竄了起來。很快便越燒越旺，將草堆包圍，發出嗶嗶剝剝的聲響，一股嗆人的煙味也隨之飄了出來。

屋裡有了動靜，劉寡婦迷迷糊糊地問：「啥味道？啥燒著了？」

林伊馬上翻牆而出，兩三下爬上樹，正準備大叫著火了，卻聽見已經有人叫了起來。「著火了，羅老三家著火了，快救火！」

左右鄰居立時有了響動，不斷有燈光點亮，有人打開房門跑了出來，邊大叫著。「著火了，快救火啊！」邊奔劉寡婦家而來。

林伊發現，不只羅家人，附近的吳姓人也衝了過來，畢竟這裡都是一戶挨著一戶，如果有人家著火了，很容易連累別的人家。

安靜的吳家村喧鬧起來，一時間，大人吼小孩叫，雞飛狗跳湊熱鬧。

村中大槐樹下那口大鑼不知被誰敲響，震耳的鏜鏜聲在黑夜中傳播開去，把人們從睡夢中驚醒，嚇得人心驚肉跳，慌亂不已。

村中的道路上，越來越多的村民端著盆拿著桶朝劉寡婦家狂奔，雜亂的腳步聲和嘈雜的人聲響成一片，整個吳家村頓時混亂不堪。

林伊看著兵荒馬亂的吳家村，目瞪口呆。這動靜太大了啊，完全超出她的預期。她暗自竊喜，現在有了全村人的參與，吳族長就算想壓下此事也不可能了。

這時候，已經有人衝進了劉寡婦家，看到院中熊熊燃燒的稻草堆傻了眼。「他們家在烤東西？這火到底要不要滅？」

正在遲疑間，只聽哐哐幾聲悶響，屋門被大力撞開，兩個披頭散髮的人影從屋裡衝了出來。其中一個光著上身，只穿了條褲子，另一個和他打扮一樣，只是上身多了件肚兜，正是從睡夢中驚醒後，倉皇逃出的吳、劉兩人。

兩人睜大眼睛，驚恐地看著不斷湧進院裡的村民和院中烈焰沖天的火堆，全身上下抖個不停，半天反應不過來發生啥事。

今晚月光明亮，再加上火光照耀，能見度很好，有人一眼認出光著上身的是吳老二。

當先的羅老大立刻大呼。「吳老二，你怎麼會在這兒，你們兩個在幹什麼？」

幹什麼？還用問？不是很明顯嗎？你想讓他怎麼答？樹上的林伊忍不住吐槽。

吳老二確實不知道要怎麼答，他不說話，拔腿就往院門跑，卻被羅家幾人上前抓住按在地上。

劉寡婦見勢頭不對，尖叫一聲想要跑回屋，屋門卻被關上了，她進不去。

林伊見了溜下樹，沿著小路往吳家跑。

事情進行到這一步，已經上了正軌，接下來就等著有人到家裡請他們出面了。

林伊往家跑，大家全被劉寡婦家的火災吸引，沒人會留意到昏暗的村後小路。

沒一會兒她就跑回吳家，悄無聲息地翻牆進院，又跑到前院去。

吳家人都被鑼聲驚醒，除了吳老大一家和吳老三，全在前院站著。

吳老大兩口子和大小寶睡覺沈，雷都打不醒，就算醒了，只要不是火燒到家門口不會起來。小琴則是林伊今天交代她，不管出啥事都不要出門。

至於吳老三，他起來發現村頭火光沖天，第一時間就衝出去救火了，田氏跑出來想攔都沒攔住。

眼看著火光越來越小，漸漸熄滅，吳老頭打算過去看看，到底發生了什麼事。

吳老頭還沒走出院門，一個年輕人跑進來大叫。「大爺，快到村頭羅老三家去，你家老二被抓住了。」

「抓住啥了？你說清楚點？」吳老頭眨著老花眼有點迷糊。

那人猶豫了一下，只繼續催促。「你去看就知道了，族長已經去了，你快點吧。」

吳老頭急了，跟著那人就往外走，田氏心慌意亂地追了上去，見林氏和林伊也跟著來了，她板起臉訓斥。「沒妳們的事，回去睡覺，明天還有一堆事要做。」

林伊拉著林氏越過去，根本不甩她，氣得田氏跺腳直叫。「造反了！」

第三十二章

此時的劉寡婦家，火已完全熄滅，空氣中滿是乾草燃燒後嗆人的煙火味，門邊站了一堆人，正嘰嘰喳喳討論著今天的火災。

門口有幾個小伙子守著，見吳家人來了，忙把他們放了進去。

院中的稻草堆已然不見，只餘下一灘水漬。

林伊走在林氏旁邊，抬眼往正屋看去。

屋門緊閉著，門前端端正正站著吳、羅兩氏的族長，身旁還有一堆族人，包括韓氏和翠孀子、圓臉小媳婦和幾個林伊眼熟的大娘都在其中。

吳、劉兩人跪在他們面前，吳老二仍然光著上身，因為皮膚白，在月光下分外顯眼，明晃晃的一片。旁邊的劉寡婦倒是披了件上衣，遮住了裸露的背部。

圍觀的小媳婦中有人小聲嘀咕。「真沒想到她會勾引別人的男人，這村裡沒媳婦的多了，她怎不去找。」

另一個接話。「那也要人家看得上她啊，肯定勾搭了一圈，只有吳老二不挑嘴。」

周圍的媳婦大娘立刻嘰嘰嘎嘎笑起來，指著劉寡婦評頭論足。

雖然大晚上被吵起來，可是能看到這麼場大戲還是很值得，尤其主角之一還是平時一本正經、打扮得光鮮亮麗的羅家小寡婦。

吳族長可沒她們的好興致，他心裡頗覺難堪，沒想到家族裡竟會出這等傷風敗俗之事，簡直太不像話！

他長得和吳老頭挺像，也是寬額凹眼，頷下幾綹山羊鬍，連板起的臉都讓人感覺差不多。

因為年紀大了要操心的事情又多，他晚上睡得並不安穩。今天劉寡婦家的火一燃起來，他就聞到了煙味，馬上起來查看，見到火光，立刻叫醒家人趕過來，算是來得比較早的。

羅族長比吳族長來得還早，他家就在劉寡婦旁邊。兩家隔得近，如果火勢大了他家肯定會被波及，所以他跑得飛快。

發現燒著的只是一堆稻草時，他很生氣，覺得有人故意搞事，要好好追究。可是緊接著從屋裡衝出來的兩個人就驚掉了他的下巴，吳家有婦之夫怎麼跟羅家小寡婦睡在一起了？不得了，這是有姦情啊！還牽扯到了兩個家族，得慎重以對！這時的他，早忘了要追究火是怎麼燒起來的。

平時吳、羅兩家族長面和心不和，一個冷冰冰地不愛理人，一個笑嘻嘻地暗箭傷人。今天他們的神情倒是難得一致，全都鐵青著臉，威嚴得很。

見到吳家幾人來了，吳族長惱怒地瞪了吳老頭一眼，恨恨說道：「你教的好兒子，竟爬寡婦的床，丟死人了！」

吳老頭還沒來得及說啥，林氏已瘋了似的衝上前去撕打劉寡婦，邊打邊罵。「不要臉的賤人，天下那麼多男人不夠妳選，竟然勾引我男人！我跟妳拚了！」

林伊則在旁邊痛哭失聲。

眾人吃驚地看著平時老實沈默的林氏，都在心裡暗暗鼓勵，特別是那些小媳婦，最痛恨的就是這種勾三搭四不自愛的女人，巴不得自己也衝上去幫著她打，根本沒人勸架。

劉寡婦心裡恨得不行卻不敢還手，只是護著臉左躲右閃。

吳老二忍不住了，他眼一鼓，轟地起身就把林氏推開，揚起手就要打她。「潑婦！造反了，老子還在這裡呢，輪得到妳撒潑！」

林氏不和他糾纏，一掌推開他撲在吳族長的面前，放聲大哭。「族長，我活不下去了，我男人幫著野女人打我！我沒臉活了！」

吳老二還不罷手，衝到她面前就要用腳踢她。「妳還來勁了，老子成全妳，現在就打死妳！」

吳老三和幾個男人還有一堆大娘立刻跑到他面前攔住他，幾個大娘混亂中猛踢他的腿、狠掐他的手臂，痛得他吱哇亂叫，又是抱腿又是揉手直跳。

林伊在旁邊看得解氣極了，恨不得自己也衝上去給他幾拳再踩上幾腳。

吳族長氣得對著吳老二大罵。「畜生，畜生！」

這下林氏不哭了，站起身抹乾臉上的淚，咬著牙對大家一字一句地道：「我要報官，我要告這兩個賤人，明天一早我就去縣衙門擊鼓！」

站在一旁默不作聲的羅族長聽得渾身一激靈，可不得了，出大事了，這小媳婦要告官！

他急得立刻就要發話。要知道他的大孫子已經考上秀才，全家傾所有財力供他讀書想讓他再往上走一步，如果告了官，名聲肯定會被牽連。畢竟鬧出來，人家只知道吳家村羅氏媳婦不檢點，誰會去分辨是哪家。

吳族長比他反應快，一邊怒罵吳老二，一邊溫聲勸慰林氏，承諾要替她做主。

林氏像是沒聽到他的話，只反覆唸叨。「我要報官，我要告他們，我活不下去了。」

吳族長對她動之以情，曉之以理，苦苦勸說道：「小伊娘，我知道妳受了委屈，只是希望妳能為了族裡的名聲忍耐一下，真報官也就把這兩人抓起來打板子，我們族裡就可以打啊，妳說是不是？」他轉過頭看向羅族長，羅族長馬上應承。「這種傷風敗俗的事我們絕不輕饒。」

吳族長繼續說：「報了官，族裡的壞名聲傳出去，這些沒有婚嫁的姑娘小子可怎麼辦？小伊娘，我知道妳是最識大體的人，請妳多想想，這次妳就委屈一下吧。」

林氏胸口劇烈起伏，眼裡閃著憤怒的光芒，她低下頭似是糾結了半天，終於答應。「行，我聽您的，我不報官，我要和離。剛才他的模樣你們都看到了，我跟他過不下去了，你們現在就給我寫和離書！」

羅族長覺得這要求很合理，要是自己做出這種事被抓住，媳婦提出和離他也沒話說。

他趕忙催促吳族長。「我覺得可以答應，人家占理！」

吳族長冷瞥他一眼，心裡很不屑。關你啥事，要你來做好人，又不是你們族人要和離，說得輕巧。

他還想再勸勸林氏，畢竟寧拆十座廟不毀一門親嘛，如果能把這件事妥善解決，小兩口還是和和睦睦過日子多好。男人嘛，難免有糊塗的時候，多教教就是了。

一直在旁邊沒有出聲的田氏再也忍耐不住，大聲嚷嚷起來。「和離？妳在想啥呢！就妳這下不出好蛋的掃把星，害我家老二連個後都沒有，我沒有休妳已經是開恩了，妳還想和離，真離了我們家，有哪個男人要妳？要想滾蛋就跪在那裡等著我家休妳，其他的妳想都別想！」

田氏根本不想林氏離開，雖然沒有生兒子，可是哪裡能找到這麼能幹、又沒有娘家當靠山的媳婦，還隨便打罵，不還一句嘴。

她心裡萬般不願林氏走，卻拉不下臉好好說話，她已經習慣了惡聲咒罵。若是往日，她這麼一發狠，林氏就嚇得低下頭，一句話也不敢多說呢，她相信今天當著眾人的面，連罵帶嚇，林氏肯定會被唬住，不敢再提離開。

可惜今天的林氏卻和往日不同了。

她聽了田氏的話不僅沒低頭，還把頭仰得高高的，冷聲說道：「妳憑什麼休我？我做錯了什麼？嫁進吳家十多年，我敢說，整個吳家沒人比我起得早，沒人比我睡得遲，我不僅伺候一家人吃喝，還要伺候家裡的牲畜，操持田地，沒個消停的時候。你們張口就罵、抬手就打，動不動就不准我吃飯，我從來沒有頂撞妳一句，我敢摸著良心說，我對得起吳家！妳怪我沒生兒子，我生了小伊後，產婆說再想要生育，得好好調養。可是妳准我調養了嗎？還沒出月子就逼我幹活，別說隻雞，連顆雞蛋都沒有吃過，我的身子就是這麼搓磨壞了，沒生兒子怪我嗎？」

本來這些話是林伊和她事先商量好的，並讓她背熟，以免事到臨頭她太緊張說不出來。但這都是她實打實受的苦，她起先還照著說好的背誦，到後面全是她的肺腑之言了。她越說越悲，聲淚俱下，聽得人難過不已，好多小媳婦都跟著她哭起來。

田氏卻不以為意，她跳著腳大叫。「妳個黑心肝的惡婦，我讓妳做點事妳全都記在心裡，等著這會兒造反啊！妳委屈，妳受氣，妳到處打聽看看，有哪家的媳婦不做這些，哪個不是這麼過來的？就妳矜貴，是不是要我們全家供著妳？」

她話音未落，院外就有個小媳婦脆聲聲地反駁。「我就不是這樣，我婆婆就做不出來這麼沒心肝爛腸肺的事！」

一個稍老的聲音接著她的話說：「妳自己沒人性，還想把別人拖下水，要不要臉！」

因為劉寡婦家院子小，來的村人多，所以只有一開始衝進去的村人和說話有分量的人才能待在裡面，大部分村人都在外面收聽現場直播。

這兩人的話得到村人的附和，院外頓時響起一片嗡嗡議論聲。

院外的人出了聲，院裡的人也不甘落後，一直和田氏不對盤的大奶奶站出來，指著她罵。「妳好意思說當人媳婦都是這樣，妳當媳婦的時候是這樣嗎？婆婆還在的時候妳做了些啥？不孝敬老人，天天東家竄西家，說這家閒話翻那家是非，不到飯點不回家。這些話，誰都有資格說，就妳沒資格，真是越老越不要臉，睜眼說瞎話臉都不紅一下。」

有人恍然大悟。「原來她家大兒媳是跟她學的啊，我就說嘛，我們吳家村就沒哪個媳婦有這德行，原來根子在這兒呢。」

大奶奶立刻回應。「可不是嘛，真當人都死完了，不知道她以前啥樣？我可還看著呢！」

田氏氣得差點背過氣去，正想衝上去撕了這個死老太婆的嘴，卻感覺眼前一黑，一個人影揮起巴掌狠狠搧在她臉上。她愣然捂住臉望著面前這人，竟是眼神凶狠的吳老頭。

吳老頭指著她的鼻子罵。「惡婦，老子還在這裡呢，輪得到妳說話，我們家就是被妳個惡婦帶壞了！」

說完又要揮掌，吳老三跑過來抱住他。「爹，別這樣，有事回家說，咱們先說二哥的事吧。」

吳老頭這才氣呼呼地甩手，瞪她一眼，轉過身看向吳族長。

田氏靠著吳老三，再也不敢吭聲，今天這場面，自己根本沒法還手。

吳族長對吳老頭的行為顯然很滿意，媳婦做事不妥當，當然要好好教訓，怎能由著她來。他這會兒也有了決斷，看向林氏，神情嚴肅地說：「行，既然妳執意如此，那就依妳，我這就來寫和離書。」

他轉頭看向羅族長。「你家近，你去拿紙墨筆硯來。」

羅族長也不推辭，朝羅老大招呼。「你去我家跑一趟。」

羅老大答應一聲，撒腿就跑，他可得跑快點，這兩口子的事解決了，就要解決老三媳婦的事，自家的田地一分都不能讓她帶走。

這時林氏又說道：「我還有兩個條件。」

眾人譁然，還有條件？大家紛紛猜測是哪兩個條件，都猜得八九不離十，畢竟就算他們遇到了這種事，要提的也是這兩個條件。

吳族長朝她點頭。「妳說，只要是合理的我都答應。」

「第一，我要帶小伊走，大家都知道小伊在吳家過的是啥日子，以前我在她都這樣，要是我走了，更不敢想像。」

大家都堅決支持她的決定。

「沒錯，肯定要帶小伊走，我們都支持妳。」

「就是，小伊還那麼小，都被這家人當牛使，能帶走一定帶走。」

吳族長看看周圍全都點頭支持的村人，想了想，正要答應，吳老頭卻跳了出來。

「不行，小伊是我們吳家人，得留在吳家，妳要走就走，別想帶走我們吳家人。」他的態度很堅決。

吳老頭想得很清楚，兒媳婦鐵了心要和離，他根本沒法阻止，畢竟自己兒子做了見不得人的事，是他德行有虧，是他一個人的問題，大不了明天就把他分家出去，對自家傷害不大。可是孫女如果被媳婦帶走，就說明自家人惡毒，連孫女都不願留在家裡，這罵的不只是老二，還有自己和田氏，毀的是一家人的名聲，他必須阻止。

林伊眼見大事將成，吳老頭卻橫插一槓，在旁邊氣得直咬牙，這死老頭子不是百事不管只愛打牌嗎？

她再也忍耐不住，今天晚上非常關鍵，她必須奮力一擊，她也不打算裝小白花了！

第三十三章

林伊管不了許多，馬上站出去，對吳族長道：「族長爺爺，我要跟我娘走，留在吳家我怕我會活不下去。我爹和劉孀子盤算著要把我和小琴賣給大戶人家當丫頭，我娘要是走了正好如他們的意。」

圍觀眾人大吃一驚，最吃驚的是吳老二和劉寡婦，吳老二像見了鬼似的問林伊。「妳怎麼知道的？哪個跟妳說的？」

劉寡婦心虛地低下頭，難道那天她說的話被這死丫頭猜出意思來了？

眾人見了吳老二的反應，還有什麼不明白，頓時群情激憤，痛罵劉寡婦太惡毒，還沒有嫁進門就想著賣人家姑娘了。

吳老頭立馬表態。「小伊，妳別怕，我會好好待妳，絕對不會讓人賣掉妳，更不會讓妳奶奶、爹爹打罵妳。」他一臉誠懇，溫和慈愛，意志稍微薄弱點的就會被他說服。

可惜林伊的意志十分堅強，毫不買他的帳。「我不相信，你說你會對我好，你知道我今年多大嗎？你知道我是啥時辰生的嗎？你現在嘴上說得好，過一段時間就全不會放在心上。」

吳老頭心裡惱怒，這死丫頭太不識相，竟敢和他對嗆。可是周圍的人都在起鬨讓他回答小吳伊的生辰，他只得望向田氏，希望她能知道答案出來搶答。可惜田氏也是一臉茫然，還朝他搖搖頭。

他故作不在乎地說：「這些事都是妳奶奶在過問，我哪裡記得住，有哪個當爺爺的會去記這些小事，只要我對妳好就行了。」

平時和他對著幹的老頭子越眾而出，大聲駁斥道：「你說的是啥鬼話，當人爺爺怎麼就不能記住這些？我就記得住，不僅是我孫子孫女的，就是我外孫的都記得住，你別一竿子打翻一船人，以為誰都像你一樣沒心肝。」

吳老頭大怒，媽的死老頭陰魂不散啊，走哪兒都跟他作對，有完沒完啊？

這位老頭當然沒有完，還在那兒罵呢。「一家子男人都是懶骨頭，都坐那兒耍廢呢，讓小孫女做粗重活，有哪家做得出這種事，村裡人誰沒看在眼裡，你說對小伊好，她信我都不信。」

吳老頭不理他，只跟林伊溫言說：「小伊，爺爺絕對不會讓那個惡婦進門，這種不知廉恥的人不配當我們家媳婦，我絕不會認她的，我說到做到，沒人敢賣妳，妳放心跟爺爺回家。」

吳族長也勸林伊和林氏。「小伊娘，妳還是多想想吧，小伊可不只是吃飽穿暖就夠了，她以後要嫁人，有家裡人的照顧和族人的維護，怎麼也比跟著妳強啊。和離後，妳一個人的生活都艱難，更何況帶著小伊，妳怎麼忍心讓她跟著妳受苦，現在妳公公表了態，不會讓那惡婦嫁進來，妳就信他一回吧。」

其實這些話他覺得應該韓氏出面說，女的勸女的才像話嘛，可惜進了院子韓氏就冷著臉一言不發，他使勁給她使眼色，她都裝沒看見。

吳老二在旁邊聽了急得大叫。「爹，這怎麼行，素蘭肚子裡已經有了我的兒子，您怎麼能不讓她進門？」

吳老頭和吳族長大吃一驚，不敢置信地看著吳老二，萬萬沒想到事情還會有這等變化。

吳老頭張口結舌地問：「你說啥？你說的是真的？」他的聲音都在顫抖，這可真是意外之喜啊。

吳老二拚命點頭。

「是真的，這是我盼了十多年的兒子啊，是我們吳家的骨肉啊，您怎麼能不讓她進門，讓您孫子流落在外？」

吳族長閉了嘴，關係到子嗣了，他還真不好發言，吳家鬧騰不休，就是因為二房沒有兒子，現在有了不是正好。

林伊很激動，話說到這個分兒上了，吳老頭應該不能反對自己離開了吧。

吳老頭卻在猶豫，一方面這個孫子太重要，可是一想到要娶一個傷風敗俗的兒媳婦進門他又不樂意。

他以目示意田氏，讓她出來說話。

田氏閉著嘴裝不明白，如果林氏走了，她巴不得林伊也走。這個孫女做不了多少事，偏還又凶又橫，她可伏不住，走就走吧，免得哪天惹急了真把她小腿打斷。

吳老頭想了半天下了決定，孫女不能走，孫子也要留下。

他向族長說：「就這樣吧，我兒媳要走就走，孫女不能帶走，我會好好照應她，不會再讓她受苦。劉氏有了我兒子的骨肉，我們也不會薄待，自會娶她進門。」

林伊還沒說話，旁邊的小媳婦們就鼓噪起來，紛紛痛罵吳老頭沒人性。

圓臉小媳婦站出來。「小伊不能留下，我們親眼看到劉寡婦把小伊按在地上打，她真嫁進你家了，你能時時盯著嗎？要是小伊被她打出事來可就晚了。」

翠嬸子也對族長說：「爹，是真的，當時我也在場，還有羅家大嫂也在。我們都能作證，如果要娶這惡婦進門，就不能讓小伊留下。」

旁邊的人一片譁然，沒想到平時秀秀氣氣的小寡婦會這麼凶狠，欺負人家小姑娘。

「真是知人知面不知心啊，誰能想到她暗地裡這麼壞啊！還沒進門就打人家閨女了。」

「打人算啥，剛才你沒聽還要賣人家嗎？慣會作假的毒婦，世上怎會有這麼壞的人？」

眾人討論得熱烈，吳族長卻很為難，他根本不想林氏和離，也不想林伊離開，這件事，對族裡的名聲傷害太大了。

林伊站起身，哭著對他說：「族長爺爺，您別為難了，我這就找條繩子吊死，我怎麼樣也不能讓人賣了我。」說著就要往外衝。

林氏跑上去要跟她一起。「娘和妳一起，不管到哪裡，我們娘兒倆都一起去。」

旁邊的吳氏族人湧了上來，有人攔住林伊安慰，有人大聲指責吳老頭，有人和吳族長據理力爭，院外的人也扯著嗓子吼，還有人拚命跺腳表示反對，羅姓人則議論紛紛指指點點，整個小院人聲嘈雜，嗡聲四起，場面混亂極了。

一直默不作聲的韓氏有了動作，她快步衝上前抱住林伊，輕聲安慰。「小伊別怕，有韓奶奶呢。」

她轉身看向林氏。「這事就這麼定了，妳和吳家老二和離，帶小伊走，妳剛才說還有個條件，一起說吧。」

眾人立刻鼓起掌來，大聲叫好。

吳族長對韓氏歷來很怕，見她發了話，加上族人群情激憤，順勢點頭答應，至於吳老頭，他的話已經沒人聽了。

韓氏朝眾人說：「吳氏家族的好名聲，是我們這麼多年來行善積德，真誠待人，憐貧惜弱積累下來的，走出去大家都尊敬我們，我們也抬得起頭挺得起胸，因為這是實打實做出來的。如果要靠犧牲家裡親人的幸福才能得到，這樣的好名聲不要也罷，我會問心有愧！」

大家紛紛應和。「沒錯，如果為了名聲就要自己家人受苦，這樣的名聲不能要。」

「妳說吧，妳的第二個條件。」韓氏溫聲問林氏。

「既然是和離，我要討回我的嫁妝。」林氏也不客氣，直截了當地說。

「這是應該的，妳的嫁妝單子還在嗎？」韓氏問她。

「早沒了，嫁進來就被娘搜走了。」林氏羞愧地低下頭，不過她馬上抬起頭。「雖然不值錢，也能值幾百文。」

田氏想跳出來罵：妳那破嫁妝能值幾百文？幾十文都嫌多！

可是看了眼吳老頭並沒有暗示自己說話，只能咬牙忍住。

韓氏看了眼田氏，見她不說話便當她認可，於是敲定了這事。「行，就八百文吧，一會兒都在和離書上寫清楚。」

吳老頭立刻發話。「嫂子，這錢我認，可是家裡實在拿不出這筆錢，為了小雲的親事錢都花完了，現在只能先欠著，以後湊齊了再給。」

他認為事已至此，沒必要和族長夫人爭執，再惹得族人痛罵自己，那就態度大方點認下來。可要拿錢就咬死沒錢，誰都知道他家窮，能拿他怎麼辦，總不能讓他賣家產吧。

他這邊打算耍賴，沒想到吳老二卻扯著嗓門應承下來。「我這裡有，我來給。讓素蘭進屋去拿。」

韓氏看了眼吳老二，點點頭。劉寡婦馬上起身進了屋，很快就提了個錢袋出來交給韓氏。

原來是她跟吳老二說，她願意出這筆錢。

劉寡婦不是個傻的，今天這一齣，她冷靜下來就知道被人算計了。不過她馬上認為這是件好事，真要讓吳老二慢慢操辦，自己嫁進吳家不曉得要等到啥時。今天鬧出來了，這件事就過了明路。

至於名聲，劉寡婦根本不在乎，自己都成了寡婦，還在乎這些，再難聽能有寡婦難聽嗎？

只要嫁進吳家，生下兒子，自己就是吳家的功臣。

日子一長，事情就淡了，自己寬和待人，處事大方，多幫人忙，和村裡人關係處好了，誰還好意思提這檔事。

現在最重要的是要讓林氏離開，她想要錢，給她就是，只要把這事解決了，吳族長幫自己把田地爭過來，再給八百文她都願意。

至於憑什麼吳族長要幫她，吳老二說了，她的兒子是吳家的寶貝，吳族長看在兒子的分上會替他們爭取，因為以後這些地是吳家子嗣繼承，就成了吳家財產！

條件既已談妥，因為吳家人不識字，族長開始寫和離書，到時候讓他們按個手印就行。

這邊正在磨墨書寫，那邊田氏跟劉寡婦吵起來了。

田氏見到大勢已定，劉寡婦必然要嫁進來，就有了想法。這個婆娘心思深，不好拿捏，得趁現在打她的臉，滅她的威風，讓她順服自己。眼下這個局面簡直太適合她行事了。

於是她一手扠腰，一手指著劉寡婦大罵。「這個婆娘不能要，那黑乎乎的樣兒，就算生個兒子也是黑皮。你看看我們家的小輩，就沒有長得黑的，到時候怎麼好意思帶出去。生個小子是黑皮還好點，要是生個女兒是黑皮，可怎麼嫁人喔，難不成要我養一輩子。」

林伊計劃成功，本就心情大好，現在聽田氏痛罵更是肚子都要笑破。田氏的刀法越來越精準了，一下就瞄準了劉寡婦的心窩，一刀一刀猛戳，以後有得劉寡婦受了。

在鄉下，大家經常頂著烈日幹活，就沒幾個皮膚白的，像吳家人這種只會曬紅，一會兒就重新白回去的並不多見。特別是年紀大點的人，不僅皮膚黑，還發紅，再加上皺紋，看著跟核桃殼似的，溝壑縱橫。田氏就是這種形象，卻一點也不耽誤她罵劉寡婦黑。

劉寡婦不在乎名聲，卻非常在乎別人罵她黑。

田氏當著全村人的面，左一個黑皮，右一個黑皮，直罵得她心口大痛，幾乎要噴出鮮血。她恨得眼睛都紅了，真想衝上去撕爛田氏喋喋不休的嘴，抓花那張擠眉弄眼的老臉，卻知道不能這麼做。

她捂住肚子，大聲呼痛。「啊，啊，我的肚子好痛！我要死了！」

吳老二在一旁嚇壞了，衝著田氏吼道：「娘，少說幾句吧！」扶起劉寡婦就要往屋裡去，和劉寡婦關係要好的媳婦也上前幫她。

田氏氣得捶著胸口罵得更歡。「心腸壞透了的賤婦，就會裝假騙傻子，當我看不清楚呢，想在我面前耍花樣，趁早收了妳的心思！」

她覺得寒心，以前自己罵林氏，吳老二從來不問誰對誰錯，全都向著自己。這小寡婦好厲害的手段，還沒進門呢，就哄得吳老二幫著她說話，以後生了兒子不是要騎在自己頭上拉屎撒尿？

她越想越氣，咬著牙朝劉寡婦背影狠狠吐了口唾沫。「等妳嫁進來要讓妳知道我的手段，想壓服我？妳還沒那本事！」

她們鬧得歡，這邊族長已把一式三份的和離書寫好了，在見證人那兒簽了名。林氏按了手印，又把吳老二叫出來按了，現在這份和離書就算生效了，只需再去縣衙門備個案，林氏、林伊就徹底和吳家斷絕關係沒有瓜葛了。

吳族長拿著和離書問林氏。「妳們打算留在村裡嗎？」

「不！」林氏和林伊異口同聲回得很乾脆。

吳族長嘆口氣。「行，妳們以後多保重了，如果有需要村裡幫忙的事，唉，我們能幫的就一定幫。」

他把和離書遞了一份給林氏，心裡卻明白，這母女倆離開後再也不會踏足吳家村一步了。

林氏雖然不認字，卻還是接過和離書仔仔細細地看了半晌，又遞給林伊。

林伊心裡百感交集，終於自由了，終於跳出火坑了，終於不再扮小白蓮了，不枉她費心盤算這麼久。

她只覺得心頭大爽，比吃了大餐還舒暢，恨不得跳起來大吼幾聲——「我自由了！」

第三十四章

林伊小心地把和離書摺起來，交給林氏妥善收好，明天她們就去衙門辦手續，等拿到衙門的證明，就可以立女戶。

林氏抱著林伊淚流不止，又連連感謝幫她們說話的村裡人。

韓氏問她。「妳們現在去哪裡？回吳家嗎？」

林氏搖頭。「不，我們再也不回去了，今晚隨便在哪兒湊合一宿，明天直接去縣城。」

她和林伊想的就在吳氏祠堂門外坐一宿，已經這個時辰了，要不了多久就能天亮，她們可不願再踏進吳家大門。

翠嬸子驚奇地問道：「妳們的包袱呢？啥都不拿就走嗎？」

林伊不知道該怎麼接話，總不能說已經打包好放在吳家屋後了吧。

翠嬸子卻以為她們不敢回去拿，連忙表態。「沒事，我陪妳們去拿。妳們的東西憑啥不帶走，憑啥要留給他家，我還沒聽說過和離了連身衣服都不讓人帶走的。」

林伊怕她一去露了餡，忙拉住翠嬸子。「我去吧，我跑著去一下就到了，我娘不用去了。」

翠嬸子瞭然地點點頭，她非常理解林氏的心情，要是自己，肯定也不願意再踏進那家人的門。

韓氏也有了安排，她對林氏說：「這樣吧，妳和小伊去我家客房休息一晚，那屋子空著。明天小海要進城，正好駕車送妳們去縣上辦手續。妳們想好去哪兒落戶了嗎？」

林氏看了下林伊，有點遲疑。「暫時還沒有定下來，我和小伊再商量下。」

事發突然，林氏母女肯定還來不及考慮這個問題，韓氏撫摸著林伊的頭髮。「這是件大事，是得多商量。」她看向翠嬸子。「妳帶妳林嫂子和小伊去吧，回去別過來了，早點歇著。」

翠嬸子雖然面有不甘，但還是應了下來，她對林伊說：「我帶妳娘先去我家，妳回去拿包袱，包袱拿得動嗎？」

「拿得動，沒幾樣東西。」林伊答應。

「那行，妳收拾好就過來。」翠嬸子挽起林氏往外走。

周圍的人紛紛和她們告別，卻沒有挪窩。

林氏和吳老二的事情解決了，吳老二和劉寡婦的事情還沒處理呢，他們要等著看。

出得門來，守在院外的村人對兩人又是一通慰問和勸解，林伊心裡特別感激，沒有這些村民的大力支持，今天的事肯定還有得鬧騰。

走在村中小道上，林伊抬頭望向月光皎潔的夜空，月亮靜靜地俯視著大地，似乎和剛才一樣，卻又完全不同了。
她快速跑回吳家院後的竹林，揹起大背筐朝翠嬸子家奔去。
翠嬸子看了她們的行李很吃驚。「才這麼點，都拿完了嗎？」
林伊點頭。「都在這兒，連床單都帶上了。」
翠嬸子呵呵直笑。「真的嗎？我看看。」
她看了下背筐裡的衣服，抬起頭，眼神憐惜地望著她們，想說些啥，又忍住了。
把林伊母女安排好，翠嬸子就告辭回房睡覺，她很想去看那兩個惡婦渣男受罰，可惜自己有了身孕，熬上一個通宵吃不消。
林伊和林氏並沒有睡下，坐在桌前小聲聊天。
經歷了這一場大戲，她們精神亢奮得很，怎麼可能睡得著。特別是林氏，她這會兒身子還在微微發抖，心也在咚咚直跳。
她把賠償的八百文嫁妝拿出來交給林伊。
「小伊，妳收著，以後妳來當家。」
林伊接過錢袋，爽快答應。
「行，我先收著，以後咱們用錢都商量著來。」
「小伊，我們真的離開吳家，能立女戶，不用聽誰的話自己生活了？這是真的嗎？我好怕是作夢，突然就醒了。」林氏喃喃地問，她總覺得這一切太不真實，像是在作夢。

「當然是真的。娘，妳剛才真厲害，那麼多人看著妳，妳都沒有哆嗦一下。奶奶吼妳，妳也不怕，跟她辯得清清楚楚。」林伊邊收揀錢袋，邊真心實意稱讚她。

「現在倒有點怕，如果重來一次，我都不曉得敢不敢說出來。」

真的，剛才她怎麼那麼大膽，直接衝上去揪住人打，又那麼大聲地和田氏爭執。

「當然敢，怎麼不敢，他們把我們逼到這個地步了，不這麼做，就沒活路了。對這些歹人就得豁出去，比他們更狠。不能抱有希望，以為他們會良心發現，不會的，他們只會越來越惡，我們退一步，他們就會踏上前一步，直到把我們逼上絕路。」

「是啊，我以前還想著就這麼慢慢熬吧，熬到妳出嫁，以後活著一天算一天，哪想到這樣也不行。這次沒鬧出來，不曉得這兩人要想啥法子對付我，到時候真把我休了，我名聲壞了，不能帶妳走，身上沒銀子，娘家又靠不住，以後的日子真不曉得要怎麼過，要是妳被賣了，我更不能活。」

林氏想想那種慘狀，立刻覺得就算再來一次，她還是要衝上去拚命。

「所以好日子得自己爭取，別想著靠別人開恩施捨。小雲是這樣，我們也是這樣，以後更要這樣。」林伊揮著小拳頭，眼睛閃閃發光。

「嗯，小伊說得對，以後娘聽妳的。」林氏連連點頭。

「也不能全聽我的，誰說得有道理就聽誰的。」林伊突然想到一個問題。「娘，明天辦了手續去哪裡？」

她和林氏雖然一直說要離開吳家，卻從沒明確討論過要去哪裡，只是泛泛地說找個山洞啊，去到山裡啊，可能覺得離開的日子太遙遠太不確定，不敢把夢作得太美。眼下離開已成現實，必須要認真討論了。

其實要她自己說，待在長豐縣城最好，畢竟這裡經濟繁榮，機會也多。她們可以先找個便宜點的住處，再做點小買賣，肯定能把日子過下去。不過她還是打算聽林氏的，畢竟她是了無牽掛，哪裡都好，林氏說不定有心裡特別想去的地方呢。

「我想回我娘家。」

果然，林氏有自己的打算。

「行，聽娘的。」林伊毫無異議。

林氏的娘家所在的村子叫南山村，隸屬昌永縣，離這裡挺遠，坐馬車都要十六個小時，如果明天出發，後天才能到。

據林氏說，她們村子背靠一座大山，那山可不是吳家村的後山，而是真正的深山野林，裡面不只有野兔野雞，走深了還有豺狼虎豹。

「這不錯啊，我力氣大，正好用得上。」

林伊很興奮，自己可以進山打獵了，這可是全新的生活，以前從來沒有經歷過。

「我回去是想陪我奶奶，妳的祖祖。她六十多歲了，一直唸叨想見妳。妳回去了她肯定很高興。」林氏繼續說道，一臉溫情。「在這世上，只有妳們兩個人是我的牽掛。今年過年我回去的時候，她身子骨就有點不好，我心裡一直放不下。」

在這裡，只要是曾祖輩的都統稱為祖祖，不管男女。

「行，我們回去把家安好了，就把她接到我們家來，好好侍奉她。」林伊沒有意見，家有一老如有一寶。

林氏高興地點點頭，又向林伊說起她娘家的事。

「我奶奶性子特別好，我娘性子也好，她們相處得跟親母女差不多，從來沒有紅過臉，那時候我爹爹脾氣也好，雖然沒有吃多好，穿多好，可大家天天都笑呵呵的。只可惜……」林氏的聲音低沈下來。

可惜的是，在她六歲那年，她的娘親因為難產一屍兩命。從此一家人的命運就發生了很大的改變。

先是林老爹娶了個姓李的老姑娘，這個李氏不是善茬，惡毒心狠，生下兒子後便開始搓磨林氏。俗話說有了後娘便有後爹，林老爹也越來越看不順眼林氏，雖有林奶奶護著，林氏在林家的日子還是過得苦不堪言。

「媒婆來提吳家的親事，我奶奶不同意，她說這門親事肯定有問題，他家條件不錯，為什麼不在自己村子附近找媳婦，卻要到這麼遠的山溝來，還出這麼高的禮錢，只有一個可能，就是了解他家情況的人都不肯嫁，那人不是傻就是壞，絕對不能答應。可是我那後娘不肯，說我奶奶瞎說啥話。人家就是要娶長得好看的媳婦，誰都沒看上，就看上我了。這是我的福分，是我的造化，我應該感恩戴德，馬上答應下來。我奶奶根本不信，又找了我們家的幾個親戚幫著說話，結果根本沒有用，我爹點了頭，他說啥都不看，衝著禮錢我都要應，我們家那麼窮，有了這筆錢日子就會好過很多，他也算沒白養我一場，還有點用處。這事就定下來了。我出嫁的時候我奶奶傷心得不得了，她跟我說，如果在婆家受氣就忍著點，因為我沒娘家幫我出頭。只有多做事，好好侍奉長輩，真心相待相公，人心都是肉長的，他們知道了我的好，慢慢就會待我好的。誰想到，有些人的心是石頭，捂不熱的。」

林氏說著說著就痛哭起來。

林伊挽著她的胳膊，把頭靠在她的肩上，任她痛哭，今天的事對她的傷害很大，只是她一直強忍著沒有表現出來，現在能把心裡苦楚釋放出來，倒也是件好事。

她在心裡默想，如果人一輩子必將有磨難要經受，希望這些就是林氏要經歷的所有了，以後她一定竭力所能，讓林氏面前的路都是寬敞的陽光大道，每天都能快樂幸福。林氏是她在這個世界的親娘，給了她從沒體會過的母愛，她有責任也有能力給她好的生活。

林氏哭了一陣，像是卸下包袱，心頭輕鬆不少。

兩人又絮絮說了幾句，林伊開始猜測吳、劉兩人會受怎樣的懲罰。「肯定要挨板子，剛才族長已經說了，就是不知道要打多少下。」

要是脫了褲子打屁股，吳老二以後怎還有臉出門！

她真的很想去看看，欣賞一下吳、劉兩人被板子打得鬼哭狼嚎的慘相，可惜和離後她們不再是家族裡的人，不能看他們動用家法族規。

「那寡婦有身子了，能打嗎？萬一出事怎麼辦？」林氏有點擔心。

「這我們就管不著了，他們族裡會看著辦的。只是不曉得她的田產能不能保住，要是全讓羅家收回去了，她會不會被氣死？」林伊又操心上了。

算了，這兩人不值得她費神。

林伊見林氏眼皮都在打架了，忙勸她睡會兒。明天要坐一天一夜的馬車呢，接下來要安家，事情一串接著一串，短時間內都不會清閒下來。

林氏下午一直在幹活，晚上又拚著命鬧了一陣，這會兒放下心事確實有點支撐不住，不過她不肯上床睡。

「天快亮了，在桌上趴趴就好，就不去床上弄髒人家床單了。」

林伊覺得也行，睡不了多少了，就隨便歪一下，翠嬸子一家幫自己這麼多忙，就不要再給他們添麻煩了。

於是兩人滅了燈，披件舊衣，閉了眼趴在桌上，林氏開始還撐著說了幾句，慢慢地沒了聲音。

林伊這會兒心情還激動，一點睡意皆無，便在心裡盤算以後的生活。

她們目前最大的問題就是沒錢，身上的銀錢加上在梔子那兒的五百多文，加起來不過一兩多，可是要花錢的地方卻多不勝數。

首先兩個人回去的路費就要花費一筆。

到了南山村，村裡最多給劃塊宅基地，肯定不會有房屋，就算有房屋暫時借住，也不可能配備全套生活用品。

南山村不算富裕，村裡的人日子只能說過得去，並沒有多餘的生活用品借給她們，全都需要自個兒置辦，這就得不少錢。她們以後要勞作，工具得買，據林伊所知，這個時代鐵器並不便宜，還有糧食要買，菜蔬也要買，不能全吃野菜。

總之，沒有一樣不花錢。她一細算，頭都大了，她們這點銀子簡直抵不了事。

以前只覺得離開吳家難，現在才發現要置辦起個家更難。

能不能想個法子掙點錢？

林伊在腦袋裡翻來覆去地想著各種掙錢法子，又覺得都不太靠譜。漸漸地，她的思緒越來越混亂，頭腦越來越迷糊，不知不覺也沈沈睡去了。

不知何時，她彷彿聽到院門響了一聲，接著有幾人輕手輕腳進了院子，壓低聲音交談幾句就進了屋。她下意識地想到，族長一家回來了，不知道吳老二受了啥懲罰，就又陷入了夢鄉。

第三十五章

再一次醒來時，天已大亮，林伊抬起頭，望向窗外，和煦的晨光已灑進了吳家院子，看來今天又是好天氣。

她趕忙起身，卻發現趴著睡了一晚，脖子肩膀手臂痠痛無比，剛活動了下身體，趴著的林氏可能感覺到身邊的動靜，也醒了過來。她茫然地看著林伊，顯然還沒清醒，不知道身在何處。

林伊笑著叫她。「娘，醒了啊，昨晚睡得可好？」

林氏一下回了神，臉上綻開大大的笑容。「好，睡得好！」

離開吳家怎麼著都好！

兩人正說著話，翠嬸子敲門進來。「起來了啊，咦，妳們怎麼沒有上床睡，就坐一宿？」她驚詫道。

林氏連忙解釋。「昨天晚上和小伊聊天來著，聊著聊著就睡著了。」

翠嬸子有什麼不明白的，嗔怪地看她們一眼。「妳們也太客氣了。行了，出來洗漱下吃早飯吧。」

林氏遲疑地推辭道：「早飯就不吃了，怎麼好意思再給你們添麻煩。」

翠嬸子以不容置疑地口氣說道：「什麼麻煩，別說妳們是自家人，就是外人借宿也要給人家準備早飯。再說了，這是我娘交代的，快走吧。」

林氏和林伊對視一眼，知道再推託就太過矯情，便跟著她去了廚房。

待洗漱完，坐到飯桌前，發現吃早飯的只有她們三人和小海，翠嬸子解釋道：「我爹娘他們回來得晚，這會兒還睡呢，我們先吃，不用管他們。」

小海十四、五歲年紀，長得精神結實，人看著靈醒爽利，是個很不錯的少年。

村長家的早飯比吳家好得多，熬得稠稠的稀粥，一鍋白麵粉混合著玉米粉的蒸饅頭，又大又結實，林伊覺得她吃一個就差不多了。菜不僅有一碟炒鹹菜絲，還有一盤煎蛋，和一盤涼拌蘿蔔絲、一碟花生米。

以後家裡早飯能有這水準就好了，林伊心裡暗想，她現在的要求真不太高。

「嚐嚐我的手藝，昨天晚上我嫂子發好的麵團，我早上現蒸的，看看發得夠不夠？」翠嬸子顯然對自己的廚藝沒啥信心，緊張地問。

「發夠了，又香又有嚼勁，好吃。」林氏邊吃邊給出了評價。就是模樣不太好看，大小也不均勻。當然這些她不能說出來。

小海可能也有這樣的看法，他瞧了瞧手上的饅頭，笑了一下，大大地咬了一口，嘴裡含糊地誇著。「好吃！」

翠嬸子放了心，極力勸大家多吃。「好吃就使勁吃，千萬別忍嘴。把拌菜夾在饅頭裡面特別下飯，你們試試。」

大家照著她說的做了，不住誇獎，都是一副吃得香甜的模樣。

翠嬸子喜孜孜地問林氏。「拌菜也是我做的，味道怎麼樣，不錯吧？」

林氏直點頭。「不錯，我就愛吃這酸甜的味兒。不只味道好，妳刀功也好，瞧瞧這切得多細多勻。」

這句誇讚誇到了翠嬸子的心坎上，她滿意極了，口裡卻謙虛。「不能跟我娘和嫂子們比，這還是我練了好久的呢。」

幾人邊吃邊聊，說說笑笑，心情愉快，這個氣氛簡直是吳家沒法比的。

「妳們想好去哪裡落戶了嗎？」翠嬸子關心地問林氏。

「想好了，就回我娘家南山村。」林氏答道。

「也不錯，不管怎麼著是熟悉的地，都是認識的人，總能幫襯點妳們。」翠嬸子知道林氏娘家不靠譜，可她們既然已經決定了，肯定有自己的考量。

「是啊，別的地方人生地不熟，我心裡沒底。這麼多年在外面，我也有點想家了。」林氏承認。

「嬸子，妳知道我爹受的什麼罰嗎？」林伊一直很好奇。

「我也想知道呢，我男人回來的時候我迷迷糊糊地沒問他，今天早上他在睡，我也沒吵醒他。小海你是看完了的，說說唄。」翠嬸子看向小海。

「妳爹被拖回妳家挨了二十板子，爬都爬不起來了，這兩天先養傷，待傷勢好點還要在祠堂裡罰跪三天。妳爺爺也被訓斥了，說他管家無方，教子不嚴，下次再發生損害家族名譽的事，就要把他們逐出家族。」小海知道林伊痛恨吳家，也沒有遮掩，把當時的場面複述了一遍。

大家都以為吳族長會先讓族人回家休息，第二天早上再在祠堂發落吳老二。沒想到吳族長深恨他的行為給族裡蒙羞，壞了家族的好名聲，為了表現族裡嫉惡如仇，有錯不過夜的決心，他一刻也不願意等，招呼族人轉戰吳家，要在那裡懲處吳老二。

這次他下了狠心，要讓族裡的老老少少、男男女女都看看，犯了錯會受到怎樣的嚴懲，必須讓大家警醒。

可是從祠堂裡請來家法後，族長犯了難。

「我們族裡好幾十年沒有請過家法了，以前執罰的長輩都不在了，大家就推舉全叔來執罰。」

林伊知道全叔，他是族裡的屠夫，吳家村的豬養成了都是賣給他，家裡要吃肉也是上他家買，長得強壯結實，做事麻利乾脆，為人又很正直，倒是個好的執罰者。

全叔和吳老二是同輩，兩人平時關係處得還可以，接過這個任務就有點犯難。不過大家都看重他，他也不好推讓，只得硬著頭皮上。

哪曉得全叔剛舉起板子，還沒打到吳老二身上，他就又哭又嚎，滿面是淚淒慘無比，大半夜的聽著特別嚇人。

全叔嚇了一大跳，茫然地看著板子，他姿勢還沒有擺到位呢，這是在叫啥呢？

吳老二不管不顧，一把抱住全叔的腿不撒手，邊哭邊抖。「我錯了我錯了，打輕點吧，求你打輕點吧……」

全叔想把他的手扳開，吳老二抱得緊緊的，怎麼也扳不動，全叔拿著板子不知如何是好，只得無助地看著族長。

族裡的人笑成一片，都在學吳老二說話，本來應該是肅穆的場面變得吵鬧無比，要不是有族長板著臉鎮場子，還不曉得會怎樣。

全叔被笑得不自在，把板子交了出來，不肯再打。

「我的娘喲，打他板子比我殺豬還累，豬都沒有他嚎得凶、沒他掙得厲害，哪位叔叔來吧，我是打不了了。」

還能這樣？也太丟人了吧。

林伊聽得滿頭黑線，林氏也是一臉嫌棄。

「後來呢？後來怎麼辦？」林伊著急地問。

小海見林伊著急，忙接著往下說。

「後來武爺爺就站出來了，說家族裡竟然出了這樣的癟三，還質問他『你打媳婦時候的狠勁哪裡去了』？妳爹爹不說話，就只是哭嚎，武爺爺說這種只會欺負妻女的孬種他來打，我爺爺和族人都同意。他接過板子根本不管妳爹的求饒，直接叫了兩個族叔把他按到長凳上，噼哩啪啦就開打。」

小海喝口粥潤潤嗓子又接著說：「板子剛打到身上，他怪叫了一聲就暈過去了，妳奶奶衝上去又哭又鬧說出人命了，求武爺爺別打了。妳爺爺急了，跑上去追著妳奶奶打，說他們兩個丟人，結果妳三叔上前護妳奶奶，拉妳爺爺下來，下面的人直起鬨，當時可熱鬧了。我都沒想到行家法打板子會這麼好笑。」小海呵呵直笑。

「結果呢？暈過去還打嗎？」林伊萬萬沒想到吳老二這麼窩囊，挨個板子都會被嚇暈。

「打啊，怎麼會不打。我爺爺讓人拿了桶冷水潑到臉上把他潑醒，說做錯事就要承擔後果，如果一暈倒就原諒，那以後別人犯錯不是也學著這麼做？就是得狠狠打，讓大家以他為戒，不能胡亂行事，壞了規矩。」

林伊放心了，搞不好吳老二就是故意裝暈想逃脫懲罰呢，族長看得清，得表揚一下。

「打板子是打哪裡？我還從沒見識過呢。」翠嬸子裝作不經意地問道。

林伊立刻豎起耳朵，她也想問這個問題，可惜沒好意思，翠嬸子真是極其的善解人意。

小海猶豫了一下，還是說了出來。「脫了褲子打屁股呢。」

「啊！那麼多大娘小媳婦呢，太丟人了。」翠嬸子掩嘴驚呼。

「爺爺說他做的事才叫丟人，和這個比，其他都不算啥。」

林伊聽得直樂，不管吳老二臉皮再厚，經過這件事後，在村裡別想再挺起胸做人了。

「劉寡婦呢？她受什麼罰？」翠嬸子又問道。

「這我就不知道了，我們全到小伊家去了，他們族裡怎麼審她我就不知道了。」

「小海哥，你也是半夜回來的，你怎麼不多睡會兒？」林伊想著會不會是因為小海哥要送她們去縣城，所以這麼早起來。

「我今天進城有事，必須得早起啊。本來我奶奶不讓我看，讓我早點回來睡覺，我不肯，硬守在那裡，不過我看完打板子就先回來了。」小海連忙解釋，怕林伊誤會。

「妳不用擔心他，他一宿不睡精神都好著呢。」

翠嬸子給林伊挾了一大筷子的蛋。「妳得多吃點，瞧妳瘦成啥樣了。嫂子，妳也得好好保重身體，以後妳可是小伊的依靠。」

林伊連聲道謝，她不住感嘆，幸好遇到了翠嬸子一家人，要不然她和林氏還不知道會怎麼樣。

吃完飯，林伊正想著把碗收了洗，小海已經快手快腳地收起碗跑進廚房，邊哼著曲邊舀水洗碗，一副高高興興的模樣。

林伊和林氏看得眼珠都要脫出眼眶了，這在吳家絕不可能發生。

「小海居然要洗碗？」林氏喃喃自語。

「是啊，我做的飯他洗碗有什麼不對嗎？」翠嬸子倒覺得很正常。

林伊感慨不已，家庭幸福、生活富裕的人家就沒有那麼多窮講究。他們都心胸豁達，彼此尊重，家庭的溫暖和親人之間的愛讓大家心往一處想，勁往一處使，這才是真正的家和萬事興啊。

吳老頭那家人，唉，不說也罷。以後娶了劉寡婦回家，還有得鬧騰，只怕家會越鬧越敗，只可惜了吳老三，挺好的人。

飯後，林伊母女回客房收拾東西準備出發，翠嬸子拿了兩個包裹過來。她打開其中一個，裡面有七、八件舊衣服，大都是六成新，倒是一個補丁也沒有，都是粉紅粉藍的鮮亮顏色，非常好看。

她不好意思地對林氏說：「嬸子，這裡有些我的舊衣服，我看小伊的衣服都很破了，她現在個子長得快，做新的明年可能就穿不了，太可惜了。不嫌棄的話，拿我的衣服改小了，將就穿。」

林伊知道翠嬸子昨晚看到自己的衣服太破舊，專門找了衣服出來送給自己，又怕自己不自在，才想出了這些說辭。翠嬸子真是太體貼了，反正自己是小孩子，表達謝意的方式可以熱烈點。

於是她翻揀著那幾件衣服，大聲驚呼。「啊，太好看了，我還從沒有見過這麼好看的衣服，太謝謝嬸子了！」轉過臉興奮地對林氏說：「娘，回去就幫我改好，我等不及想穿了～～」

這也是實情，小吳伊的衣服都是撿別人不要的，就沒有一件不帶補丁的，從沒有得過這麼好的衣服。

林氏感激地接過，眼眶都紅了。「太謝謝了，我們怎麼會嫌棄，都不曉得要怎麼報答你們！」

「嫂子快別說這些了，我和小伊投緣，第一次看見她就喜歡得不行，可惜妳們走了以後再見就難了，我還真捨不得。」

翠嬸子見她們這樣，想想她們以前的日子，也難受起來。

「嬸子，等我們安定下來就請你們來玩啊，我娘說我們那邊的山可大可漂亮了，你們就當來遊山玩水。」

林伊誠心邀請，在現代她可是專門乘火車坐飛機去爬大山呢。

「那行，嬸子等妳來請我了。」翠嬸子點頭應下，又問林氏。「我聽說去你們那裡的縣城一天只有一趟馬車？」

「平時每天只正午有一趟，天冷了兩、三天才有一趟。過節的時候要多點，一天能有兩趟。」林氏答道。

她這幾年年年都要回去，對這條路線很熟悉。

「那妳們歇會兒再走，還是直接去縣城？」

「直接走吧，我還沒有去過縣城，想去逛逛呢。」林伊搶先答道。

「也行，可以看看有沒有啥需要買的東西，我們縣城的東西很全，說不定有些東西你們那縣城還沒有。有的話也沒有我們這兒的便宜。」翠孀子建議道。

林伊只覺一道亮光在腦海中閃過，她眼珠一轉，想到了個賺錢法子。

第三十六章

林伊忙把自己的想法告訴翠嬸子。「嬸子，妳說我在縣城買點東西去我們縣城賣怎麼樣？例如我在這裡買十條手帕，再拿到我們縣城找家店全賣給他，賺點差價。」

「可以啊，好多小城鎮就是在我們縣進貨呢，妳這就相當於把貨給他們帶回去，肯定可以。我覺得妳說的手帕就挺好，賣這個絕對不會出問題，只是賺得不多，勝在穩當。」

「我們現在就圖個穩當，真有風險還不敢去賺呢。」林伊喜笑顏開，能賺點是點，她不嫌棄。

「小伊腦子活啊，一下就能想到掙錢的法子，真是個聰明的孩子，以後妳們肯定能過上好日子。」

翠嬸子摸著她的腦袋，笑眯了眼。又告訴她們買這些針頭線腦可以去縣裡的桃花街買，那裡專賣這些日用品，不僅品種齊全，還價格便宜，只是十件以上才賣，她們在這裡買貨最實惠。

林伊一聽就明白了，桃花街就相當於批發市場。

林伊忙問道：「嬸子，這條街好找嗎？」

「好找得很，就在縣衙旁邊，妳們進了縣城一問誰都知道。」說完一拍腦袋。「唉，這兒有幾個早上沒吃完的饅頭，反正放著也沒用，我就給妳們包上了，妳們帶著路上吃吧。」

她把另一個包裹打開，裡面果然是四個形狀各異的大饅頭，旁邊還有四顆水煮蛋，一小張紙包早上吃的炒鹹菜絲，還有一個裝水的竹筒。

她指點著說：「我聽說中途吃飯的時候，車馬行帶著去的飯鋪價格貴，東西還不好，乾脆咱們就自己帶，再裝點水，路上的吃食就不用花錢了。」

林氏這下真不好意思要了，這些饅頭怎麼會沒用，一會兒族長他們起床就能吃，這是翠嬸子專門給她們準備的啊。她急得臉都紅了，一個勁兒地擺手。「不行不行，怎麼能又吃又拿，像啥話啊？」

「快拿著吧，我娘說是我們吳家人對不起妳們娘兒倆，讓妳們受那麼多苦，現在能彌補一點是一點，妳們就不要推辭了。」翠嬸子真心實意地勸說著，又拉過林伊。「小伊身子這麼弱，不能再讓她受苦了。」

不由分說地就把包裹包好，和裝衣服的包裹一起放進了林伊的背筐裡。

林氏還想推辭，就聽見院門響了一聲，有人進了院子，林伊從窗外看出去，是小琴和吳老三過來了。

小琴和吳老三肯定是來找自己的，林伊忙走到房門口，輕聲喚道：「小琴，三叔！」

小琴見了她又是高興又是難過，紅著眼睛跑過來抱住她。「二姊，妳們也要走了。」

林伊摟著她心裡也不好受，接下來小琴就得一個人在吳家了，希望小雲能早點把她接走，別待在這爛泥潭受苦。

翠嬸子忙叫兩人進屋，知道他們有話要說，便對林伊道：「你們先說著話，等小海收拾好，我來叫妳們。」

翠嬸子走後，四人打了招呼坐在桌前說話。

林伊見吳老三狀態很差，垂頭喪氣的，臉色發青，眼眶更是烏黑一圈，不過一夜時間，整個人像是老了一截。看來昨天的事情對他打擊很大，精氣神都沒了。

淚眼汪汪的小琴拉著林氏和林伊的手。「二嬸，我捨不得妳們，我也好想跟妳們走啊。」

林伊拍著她的手安慰道：「大姊不是說要接妳過去玩嗎？應該就這幾天了，妳再等等，這段時間家裡的人肯定會很安生，不敢欺負妳。等我安定下來就給妳們寫信，妳們也要給我寫信啊。」

吳老三一直低頭沈默不語，聽了林伊的話，抬起頭詫異地看了眼小琴，好像明白了什麼，他苦澀地笑了笑。「小琴，能在小雲家就別回來。我過兩天也要離開。」

林伊幾人大吃一驚，睜大眼追問道：「你去哪裡？還回來嗎？」

吳老三遲疑了片刻，終於下了決定，他深吸一口氣，雙手握拳放在桌上，語氣堅定地回答。「我應了一門親事，做上門女婿，昨天下午相看過了，雙方都很滿意。我已經跟女方提了，儘快成親。」

他的話無異於一道驚天大雷，把林伊幾人徹底劈傻，她們張著嘴，呆愣愣地看著他，半天回不過神。

好一會兒林氏才找回自己的舌頭，顫巍巍地問：「娘不會答應吧？還有爹，爹也不會答應的。」

林伊和小琴也在旁邊點頭認同林氏的說法。

田氏有多在意吳老三的親事，吳家人全都知道，都快到了瘋魔的地步，她下半生的執念就是給吳老三娶個好媳婦，為此做了很多犧牲，整個人也改變了不少。現在卻告訴她，自己最寶貝的兒子要去當最被人看不起的上門女婿，她肯定會吐血三升，暴斃而亡吧？

「奶奶不答應，你的親事也成不了。」林伊提醒他。

「她一定會答應，如果她不答應，我就離家去做和尚。親事能成就成，不能成我收拾東西馬上出家，寺廟我都看好了，就在縣城邊上的白馬寺。」

吳老三橫了心，這次一定要遠離吳家，昨天晚上那一齣讓他的意志更加堅定。

對於爹娘和兩個兄長的行事為人，他一向不認同，卻無法說服他們。眼下隨著幾個姪女長大，家裡貪財忘義，把女兒當成貨物賣掉的做法更讓他不能接受，而爹娘的相處越來越糟糕，動不動就惡言相向，這很讓他頭疼。他特別羨慕村裡那些和睦溫馨的家庭，也想要過那樣的生活，而吳家的現狀卻讓他明白這是癡人說夢。

既然沒法改變，那就只有遠離，於是他想到了入贅和出家兩條路，其實他很想去從軍，可惜近來根本沒有徵兵的消息。

首選是入贅。他前段時間幫工的那戶有錢人家要招上門女婿，當時他做活時表現很好，再加上外貌出眾，那家老爺一眼就看上了他，想讓他應了這門親。

起初他還很猶豫，畢竟娘對自己的親事有多在意他非常清楚。可是那天見到爹娘大打出手，他終於下了決心，他不能娶媳婦回來和他一起過這樣的生活，這種雞飛狗跳的日子太難熬了。

於是他應了這門親，沒想到這家小姐既溫柔又和氣，模樣也端莊大方，完全超出他的想像，他滿意極了。現在他已經拿定了主意，如果娘不同意他入贅，他絕不娶親，立刻跑去當和尚，他在吳家完全待不下去了。

至於娘聽到這個消息會有什麼反應，他不敢想，只能走一步看一步了。

他現在很慶幸在二哥出事前說定了親事，要不然這門親事很有可能也會告吹。

「我沒辦法再在家裡待下去，二嫂在還好點，那個寡婦我看著就是個厲害人，嫁進來不曉得會鬧騰成啥樣，想想都頭疼，如果我娶媳婦回家，就是害了人家姑娘。」吳老三苦著臉，語氣低沈。

林伊在心裡大大贊同吳老三的決定，她甚至很佩服這個十八歲的少年能有這樣的覺悟，敢於爭取自己的幸福，並不會為了面子和爹娘的期盼就胡亂娶親，把一個無辜的女孩拖入到泥潭中，這才是個負責任的男人呢。如果女方能尊重他、敬愛他，彼此和睦相處，日子能過得快樂如意，是不是上門女婿又有什麼關係呢？

林伊想像著田氏聽到這個消息的嘴臉，和吳家人的慌亂景象，覺得太解氣了。只是田氏沒了吳老三親事的束縛，行事會不會更惡毒囂張？一個楊氏、一個劉氏，再加上吳家三個男人，這家的日子不曉得會熱鬧成啥樣，林伊有點迫不及待想看看了。

正思慮著，吳老三摸出個錢袋遞給林氏。「二嫂，妳們走得匆忙，我也沒準備東西。這裡有兩百文，妳收著，看看能不能置點東西。」

林氏嚇一跳，急忙拒絕。「不用不用，我們不能要你的錢。」

林伊也幫著林氏說話。「三叔，你攢點錢不容易，眼下又要辦親事，用錢的地方多，你留著自己用吧。」

吳老三一臉傷心，他把錢袋放到林氏面前，紅著眼道：「二嫂，妳到我們家時，我比小寶還小，我娘經常有事，多虧妳照顧我。記得每次我摔了，都是妳扶我起來，跟我說沒事，別哭別哭，摔一跤長一截，我們老三很快就要長成大人了。從那以後，我再摔倒就會想起妳說的話，想著是我長大了，再也沒哭過。現在我真的成了大人了，卻沒能護住妳，讓妳這樣離開我家，我心裡很難過。」

他抹了把眼淚，看著林伊說道：「以後小伊出嫁，我怕是沒機會見到，這錢就當是我送給小伊的禮金吧。」

隨後又急急地保證。「妳們放心，我自己還有錢。」

林伊明白，這錢不收，吳老三心裡過意不去，便朝林氏點點頭。

林氏淌眼抹淚地收了，吳老三是她一點點看著長大，對他的感情比對吳老二還深。

說話間梔子也來了，她把林伊攢的五百多文都帶了來，林氏完全沒有想到小吳伊暗地裡攢了這麼多錢，又欣慰又羞愧，更加覺得把錢交給小伊管理是正確的決定。

除此以外，梔子還遞給林伊幾個小瓷瓶，裡面裝著徐郎中自製的專治頭疼腦熱的藥丸和外傷藥水。林伊萬分感激地接過。在這個年代，醫療技術相對落後，很有可能一場風寒就要了人命，有了這些藥，第一時間就能救治，簡直太實用了。

梔子又拿了兩個荷包出來，她依依不捨地對林伊說：「小伊，我捨不得妳，可是我知道妳是去過好日子，我應該為妳高興。這是我自己做的荷包，裡面裝的都是避蚊蟲的藥，妳和林嬸子一人帶一個，妳可不要嫌我做得不好看。」

林伊拿起來一看，確實粗針大腳的，比自己做的還糟糕，荷包散發出微苦的藥香，特別好聞。林伊馬上把荷包遞了一個給正在感慨的林氏，兩人當著梔子的面掛在身上。

林伊向梔子許諾。「我娘說我們那兒有座大山，裡面有好多藥草很稀罕，這裡沒有，到時候我採了存起來，等存多了託人給妳帶過來。等有空了，我們還可以約在縣城見面呢。」

梔子兩眼放光，立刻和林伊擊掌約定。「行，我們三年為約，到時候在縣城碰面。」

小琴對林伊說，等她們安頓下來報個信，她要去看林伊，還要在她們家住幾天。林伊當然熱烈歡迎，還邀請吳老三有空也過來看看。

林伊把林氏給她描繪的大山美景轉述一番，大家都很嚮往，立刻討論起來，傷感的氣氛消散了不少。

正說得熱鬧，翠嬸子來叫她們，牛車已經套好，可以出發了。

依依不捨地告別後，小海趕著牛車慢騰騰地在村道上跑起來。

可能因為昨晚的那場鬧劇，很多人還在睡覺沒有起床，村裡空蕩蕩地沒幾個人。

兩個吳家大娘站在門口閒聊，依稀聽到在說林氏鬧和離的事，顯然這兩位昨天沒能起床參與昨晚的盛況，正不住後悔呢。

見林伊母女坐在牛車上，知道她們要離開，一個大娘忙叫小海等會兒，小跑著進屋裡拿了幾個玉米餅和幾顆梨出來，硬塞給林伊讓她帶著路上吃，還讓她們沒事就回來看看。

林伊接過來，邊感謝邊心裡暗想，這輩子都不會來了，離了這個地方絕不再踏足一步。

出了村踏上通往縣城的大道，走了一小段路，小海叫停了牛車，朝路邊的人打招呼。「羅嬸，妳要去縣城嗎？」

林伊一看，原來是羅大嬸站在路邊朝她們招手，旁邊站著她的兒子羅小虎。

羅大嬸揚聲回應小海。「不進城，想跟林嫂子說幾句話。」

林伊心一跳，倒是可以找她打聽劉寡婦怎麼樣了，這個問題一直在她心裡打轉，不問清楚了怪難受的。

她忙攙著林氏下了車，走到羅大嬸面前。

羅大嬸雖然面色疲倦，態度卻非常親切，她拿了個小包裹遞給林氏。「知道妳們今天早上要走，我趕著做了幾張餅給妳們路上帶著吃。」

林伊開心極了，她們收到的乾糧保存得當的話，夠吃好幾天！

林氏不好意思，不曉得應該怎麼回答，林伊忙接過話頭。「謝謝羅嬸子，翠嬸子已經給我們準備了，路上夠吃了。」

羅大嬸嗔怪地看她一眼。「她是她的，我是我的，怎麼，嫌我做的不好？妳放心，我做的餅子又香又有嚼勁，放上好幾天都不會壞。」

林伊趕緊申明。「怎麼可能嫌，我早就聽說嬸子做的餅子好吃了。」

羅大嬸不再廢話，直接把包裹放到她懷裡。「那就別說了，快接著。」又摸了個錢袋出來塞給林氏。「這兒有一兩銀子，是族長讓我們補償給妳們的，是我們家的媳婦不好，壞了你們好好一個家。」

見林氏要拒絕，她態度堅決地說道：「別推辭，我知道應該感謝妳們，如果沒有妳們，我家那幾畝地還不知道要打多少麻煩才能拿到手上。這銀子裡面有一半是我家老二的，他也要我感謝你們。」

林伊見狀捏了捏林氏的手臂，示意她收下。林伊知道，羅家人應該猜出這把火是自己放的，只是不曉得他們猜的是誰，多半猜的是林氏。

林伊沒猜錯，羅家人確實以為放火的是林氏。

第三十七章

劉寡婦家的這把火燃得蹊蹺，明顯就是要把劉、吳兩人的姦情抖出來。羅家人雖然老實卻不笨，稍微一想就明白了，後來林氏一到場就要告官提和離，他們心裡頓時有了數。

不過他們作夢也沒想到放火的竟然是林伊那麼個小小的人，還以為是林氏呢，對林氏的膽色和魄力佩服不已。

說起來羅家兩兄弟都是厚道人，劉寡婦要改嫁他們並沒有意見，畢竟她那麼年輕，真要一直守著也過意不去。

只是他們知道劉寡婦如果改嫁，找她要回地，肯定有得鬧騰，因為劉寡婦平時看著和氣，一旦涉及利益問題，才不會管兄弟情分。當初她一進門就慫恿老三分家，分的地最多最好，病重的親娘卻不願意照顧，羅家兩兄弟在她手上吃過虧，一想到這個問題就頭疼。

孰料這兩人的姦情東窗事發，劉寡婦失了婦德，羅氏家族不肯再讓她守著，這時候要回地，她便無話可說，根本沒有鬧騰的本錢。

他們真心實意地覺得對不住林氏，自己家得了田地錢財，林氏卻沒了一個家，都是自家弟媳幹的好事！

不等族長提，兩兄弟已經商量好了要拿點銀錢補償林氏，知道今早林氏母女要離開，讓羅大嬸拿錢給她們，怕村裡人知道，還特意出了村，在通往縣城的道上等著。

林氏接過銀錢，林伊也不拐彎抹角，直接問羅大嬸。「嬸子，劉嬸子怎麼樣了，她有了身子，不會真被打板子吧？」

羅大嬸嘆口氣，愧疚地看著林氏。「唉，就因為她有身子，族長免了她的板子，已經親自寫了休書，叫她娘家的人來接她走，以後跟我們羅家沒關係了。」

「她的地全收回來了？我聽我爹說她只需要交一半出來。」林伊追問。

羅大嬸詫異地看了林伊一眼，她突然有個強烈的感覺，這個小丫頭似乎才是主事的人，難道……

她不動聲色地掃了林伊一眼，再想到小虎今早說的，事先告訴過小伊她爹的事。再想到她在山裡和劉寡婦拉扯的畫面，羅大嬸醍醐灌頂，一下明白過來。這眼神清明的小丫頭才是設局的人，他們都猜錯了！

她不由心中暗讚，小小年紀能有如此心計，謀劃得這麼周全，簡直太有本事了！偏生模樣還標緻可人，以後說不定能有大造化。

她看了看身旁傻愣愣望著林伊的小虎，心裡一動，如果能把這丫頭娶回家，倒是羅家的福分。

林伊見羅大嬸遲疑，以為她不樂意說，忙笑道：「我就瞎打聽，嬸子不方便就不用說了。」

羅大嬸立刻露出開心的笑容，樂呵呵地道：「沒啥不方便，地全交出來了！一畝也沒留下。這規矩定死了，走哪兒去都變不了。分給她的銀錢也全都讓她退回來了。只是……」她頓了下，對著林氏和林伊有點頭疼地道：「鬧得特別厲害，怎麼著都不肯給，說老三生病的時候全用完了。這銀錢的事真不好說，不像地，擺那裡誰都看著，跑都跑不掉。」

「那怎麼肯退了？」

「族長火了，說她壞了族裡的名聲，放以前要被抓去沈塘的，現在族裡寬厚，不和她計較，她再鬧就把族規請出來，照著族規辦，她一聽就老實了。不過這些年的產出她不肯交出來，說都花完了，不信就去屋裡搜。我去看了，只有幾兩銀子，確實沒看到別的，不曉得被她藏哪裡了。」

林伊有點不甘。「那怎麼辦，都給她了？」

「是啊，辯了半天也辯不過她，我們家那兩兄弟都嘴笨，我二弟妹更是不言語，只有我能和她說道幾句，可也不是她的對手。她說按規矩產出的錢就該歸她，聽著也是這個理。後來不想跟她扯了，覺得能把地收回就很不錯，她有身子，萬一逼急了出事就不好了。妳們沒瞧見她昨天那瘋魔勁，一個勁兒要村長來給她主持公道，說她嫁給吳家只用交出一半的地，村長答應了的。我們族長氣極了，馬上派人找村長對質，結果村長說他根本不知情，這是我們家族的事，他絕對不會干涉，他可不是不懂規矩的人。」

「啊？果然被騙了！」林伊偷笑。

「她當時就傻了，要衝去和吳老二拚命，又嚎她根本沒有懷孩子，不要嫁給這種沒本事的男人，更不會給他生孩子。族長怕她出事，派人守著她，連夜通知她娘家人過來帶她走，就怕萬一有事會賴上我們家。」

林伊一下就抓住重點，她懷疑地問羅大嬸。「她說沒有懷孩子，會不會是真的？你們沒有找個郎中給她瞧瞧？」

「怎麼可能？那肯定是她氣急了說的狠話，她一個寡婦，懷孩子這種事情敢亂說嗎？當時那麼混亂，哪裡去找郎中嘛，再說她後來也沒鬧了，那就是她一時的氣話。」羅大嬸一點也沒在意。

林伊覺得事情不簡單，劉寡婦那麼有心計的人怎麼可能隨便懷上孩子，萬一吳老二一直拖著不娶她進門怎麼辦？

可她假稱有孩子硬嫁進了吳家，最後真相大白，她打算怎麼處理這種窘境？

抓緊時間趕緊懷一個？有那麼容易嗎？

謊稱孩子不小心流掉了？很有可能！

不過田氏不是好糊弄的，她生養了三個孩子，又有這麼多孫子，怎麼會輕易被騙，再加上楊氏那個惹事精，吳家可真是有得瞧呢！不過前提是劉寡婦得嫁到吳家才行。

現在劉寡婦反應過來自己被騙，不願意和吳老二在一起，林伊有點擔心。「她會不會不嫁給我爹了？」

「嫁！必須嫁！」羅大嬸回答得很乾脆。「她都這樣了誰還敢要，名聲臭完了。」

她頗有點幸災樂禍地道：「妳們不知道，昨晚族長派去她家報信的是個大嘴巴，說話不懂避諱，嗓門還大，半夜三更在她家門外就嚷嚷開了，把他們族長和村裡人全驚動了。他們族長問清楚事情原由後，特別生氣，大罵她德行有虧，心思歹毒，竟做下這等醜事，令族裡蒙羞，以後不許回村，如果她娘家敢接回去，就立刻出族搬離村子。免得壞了村裡名聲，害村裡的姑娘、小子說不上親事。」

故意的，羅族長就是故意的！

他肯定看出來劉寡婦沒懷孕，故意不請郎中診斷，再鬧到她娘家斷了她的退路，讓她不得不嫁到吳家。到時候在吳家鬧出事來，丟的是吳家臉面，壞的是吳家名聲，和羅家再無關係，他只管在旁邊看笑話！

想到羅族長笑嘻嘻心裡暗算計的模樣，林伊覺得自己猜得八九不離十！

只是林伊覺得羅族長的算計要落空，吳族長狠狠懲罰了吳老二，吳家人肯定嚇破了膽，哪裡還敢在外面鬧騰，說不定都不敢出門了。

不過，劉寡婦家的族長很公正，一點也不護短！林伊暗讚。

「她爹娘一刻不耽擱就來了，她娘哭得話都說不出來，一個勁兒拉著我跟我道歉，說對不起我們家。她爹請族長叫吳家過來，立馬要把她嫁過去，以後跟娘家再無瓜葛，當沒有生過這個黑心腸的閨女。不過昨天吳家忙得很，哪有功夫，今天一早又去請了，這會兒不曉得是啥情況。」羅大嬸繼續道。

林伊心頭大爽，嫁過來就好，以後這家人關上門一鍋亂鬥，不曉得有多好玩，可惜無緣看到。

解除了疑惑，林伊便和羅大嬸告辭。一直默默站在旁邊的小虎遞了件東西給林伊，依依不捨道：「小伊，這是我的彈弓，我把它送給妳，以後再有誰欺負妳，妳就拿石子射他。」

羅大嬸哭笑不得，這小子怎麼拿這玩意兒送小姑娘，哪個小姑娘會喜歡啊？

林伊接過來，看著被他長時間摩挲變得光滑無比的弓架感動不已。這把彈弓是小虎的舅舅送給他的，弓架又大又結實，皮筋的彈力也特別強，在村裡小子們的彈弓比賽中射得最遠、準度最高，從來都得第一，是他們的夢中神器，有些小子能摸一摸就覺得很光榮。小虎自己也很寶貝，總是隨身攜帶，用它射過不少小鳥，現在竟然捨得送給她。

她把彈弓遞回給小虎。「謝謝你，我不能要，這是你最喜歡的東西。」

小虎急了，一個勁兒推給她。「妳拿著啊，誰敢打妳，妳就射他啊。我喜歡的東西還有很多，不少這一個。」這可是他思考了一晚上才想好的，這是最適合小伊的禮物呢。

羅大嬸在旁幫腔。「小伊，小虎說得也有道理，妳們娘兒倆在一起，萬一遇到事情，嗯……也能用這個抵擋一下。」

她這話說得一點底氣也沒有，真遇上事，這彈弓能有啥用啊。

她又接了一句。「妳留著吧，我讓他舅舅再做一個。」

林伊看著小虎殷殷的目光，想了想，也行，倒是可以拿這個打野雞野兔，總比自己赤手空拳好。

她誠心道了謝，便扶著林氏上了車，在羅大嬸、小虎目送中，朝縣城駛去。

坐在車上，林伊開始在心裡盤算身上的財產。

林氏的嫁妝八百文加上自己的草藥錢五百三十八文就是一三三八文，再加上吳三叔的兩百文，劉寡婦賠的五十文，還有羅大嬸的一兩銀子，總共是一兩銀子並一五八八文，這數字吉利，要我發發，好兆頭！

饅頭四個、雞蛋四顆、玉米餅三張、乾麵餅六個、梨子四個、一小包炒鹹菜絲，還有一竹筒水，食物還挺豐富。

她本打算中午和林氏在縣城吃碗麵，嚐嚐外面吃食的味道，現在改了主意，就吃饅頭。這個天氣雖然不算太熱，乾糧還是不能久放，若是壞掉太可惜了。

她在心裡計劃了一下，今天中午吃兩個饅頭、兩顆雞蛋，晚上再吃兩個饅頭，明天早上玉米餅加兩顆雞蛋，路上的吃食就解決了。

剩下的乾麵餅能放，可以留著回南山村吃，畢竟到了那兒還不知道會是什麼狀況。萬一情況不樂觀，這幾個餅子能對付幾天。

不管怎麼說，現在她們有錢有糧，還有地方去，比當初設想的一無所有離開吳家，只能去山林住山洞好太多。

盤算完，她心頭大定，也有心情欣賞田園風光了。

因為村長家的牛車經常載人，車上扔了幾個布墊，再加上小道平坦，牛車又慢，坐在車上並不覺得顛簸。

現在已過了中秋，陽光並不熱烈，只懶懶地照在人身上，不會曬得難受。

樹上的綠葉陸續變黃，風一吹，飄飄蕩蕩地落下來，落得到處都是。

道路兩旁的田裡，有些種上了綠油油的菜蔬，在陽光的照耀下生氣勃勃，有些則空著，裸露著黑黃的土地，略顯蕭條。

「這些地是種小麥的，應該就這幾天。」林氏指點著跟林伊說。

原來如此，要不了多久，這些空地也會生機盎然。

只要有土地，就有希望。

林伊暗想，不管怎麼樣，回南山村後得想辦法買點地，有了地，就算是扎下根了。

離長豐縣越近，道路越寬闊，行人和馬車也越多，道旁不斷看到挑著擔子、揹著背筐的各村村民，想必是把自家的農產品送到縣裡去賣。

往前又走了一段，小海轉回頭，高興地告訴她們。「嬸子，快到了，前面就是城門。」

林伊抬起頭向前仔細觀看，只見前方寬敞的城牆綿延開去看不到盡頭，正中間巍峨的城樓高高聳立，城門洞開，各條小道上揹筐挑擔的人都朝著城門湧去。

到了城門，小海甩鞭加快牛車的步伐，跟在一輛馬車後面迅速進了城。

林伊新奇地打量著這座古代縣城。

平心而論，長豐縣的規模和現代城市完全不能相比，但卻古意盎然，別有一番風味。林伊看得眼珠都轉不開，這可是正而八經的古建築啊。

瞧這寬闊平坦的青石板路，經過歲月的沖刷，青中帶黑，黑中透亮，筆直地伸向縣城中心，其間又延伸出無數條血管般的窄徑細道，將兩旁的小巷串連起來。

街邊屋舍井然，商鋪林立，各色店招幌子迎風招展，呼啦啦歡迎著各方來客。

街上人來人往，熙熙攘攘，路人的高談闊論聲，商販的叫賣聲，加上各式車馬輾壓在道上的轔轔聲混在一起，整個縣城喧囂無比，熱鬧非常，一派繁榮景象。

「小海，我們在車馬行下。」林氏看了看前面的路對小海說，又向林伊解釋。「先把車票買了再去辦事，免得回來沒車。」

「好。」小海朗聲答應。

牛車從第一道街口拐進去，停在一大片空地前。

空地上停了不少馬車，一側有一排房屋，不斷有人進進出出，這裡便是縣城的車馬行。那排房屋是售票處、車馬調度室和候車室之類的處所。

林伊聽林氏說過，全國各地的車馬行都是由國家辦的，雖然價格貴點，但是比私人馬車安全也有保障，不會發生中途甩客或者客沒上滿要拐去別處招客的行為。

「小海，你忙你的吧，我們買了票就在縣城逛逛。」林氏下了車對小海道。

小海遲疑地問：「不用我送妳們去縣衙？」

「不用，這裡我來過幾次，知道縣衙在哪裡，我們自己去就行。謝謝你。」

小海點點頭。「行，嬸子妳們慢慢忙，我在前面街的武行，妳們要是有事就來找我。」

林伊母女答應了，揮手和他告別後走進了車馬行。

第三十八章

林氏對車馬行還算熟悉，她帶著林伊走進賣票處，買了去昌永縣的兩張車票。票價不便宜，八十文一人，兩個人就得一百六十文。

林伊的銅錢瞬間只有一四二八文了，可這筆錢省不了，再貴也得買。

賣票人把蓋上戳印的車票遞給她們，好心地提醒她們注意開車時間，又問要不要把背筐免費寄存在這裡。

林伊想了想，決定揹著，她們還要買東西，有背筐方便些。

此時陸續有馬車趕來停在指定的位置，有幾輛車正在上客，吵吵嚷嚷的，到了出發時間的馬車則載著乘客噠噠離開。

林伊發現馬車的車廂都又寬又大，起碼能坐八人。車頂是平的，四周有圍欄，上面裝著各種各樣的包裹箱籠，用細繩固定住。

這是行李架啊！這樣車廂裡就只坐人，不會人貨混雜了，挺好。

從車馬行出來，順著青石板路往前走不久，就到了縣城中心，縣衙就在這裡。

手續辦得很順利，專管戶籍的文書絲毫沒有為難她們，問清要落戶的縣城名後，很快地開出了證明。不用一文錢，虧得林伊還擔心他們會收取紅包呢。

林氏小心地收好證明，出了縣衙隨便找個路人打聽清楚桃花街的位置後，兩人便直接殺了過去。

這條街不寬，僅容兩人並排走，街道兩旁是一個挨一個的小小店鋪，每個鋪子裡都擠著身揹大筐來進貨的人，人聲鼎沸，比主街還要熱鬧。

林伊欣喜地發現這裡全是明碼標價，概不講價，這要省不少事啊。雖然她曾是講價高手，但還是不願意費這個神。

她們在這條街上轉了兩個來回，感覺各個店鋪的貨物都差不多，於是便選了家顧客最多的鋪子買貨。

林伊打算用一半的錢買貨，另一半留著不動，萬一投資失敗還有退路。

可進到店裡，聽到那些顧客左一句這個太便宜，右一句那個很划算，又見人家不只是說，還踴躍購買，她頭腦一熱，只留了一二八文，其餘的錢全買成了貨物。

反正店主跟她保證這一趟包賺不賠，不過是賺多賺少的問題，既然如此，那就盡可能的利潤最大化吧。

這次她們買最多的就是素色手帕，中下等材質的買得比較多，據店主說這兩種在小城鎮賣得最好，上等的只買了五條。

然後就是各色繡線花樣，針線包林伊也買了二十包，這個小荷包裡面不僅有針、小頂針，還有幾小把常用色的棉線。小小的一個方便攜帶，特別實用，就算賣不掉，自己用也很不錯。

林伊沒有買頭花，一是怕長途行車會被壓變形，二是怕隔得遠了兩個地方的審美有差異，萬一長豐縣的人覺得好看，昌永縣的人卻不這麼認為怎麼辦，還是穩妥點好。

將貨品包裹好放進背筐後，林氏看了看天色。「時間差不多了，咱們先到車馬行候著吧。」

林伊大吃一驚，時間過得這麼快？

她們進縣城時不到九點，到這條街最多也就九點半，她覺得才轉了一會兒，怎麼就過了快兩個鐘頭，看來一買起東西時間真是過得飛快啊。

「要不要買點東西帶給祖祖？」林伊問林氏。

來縣城一趟，怎麼著也得給老人家帶點禮物，至於林老爹和他那一家人就算了吧。

林氏猶豫了下，還是拒絕了。「不用了，妳祖祖喜歡吃安平鎮的棗泥糕，我們到那兒再買。」

安平鎮是南山村附近的小鎮，跟長豐縣完全不一樣，所賣的商品非常粗糙，談不上品質。但貴在結實耐用、價格實惠，很符合林氏能用就行的要求，她決定所需的東西都在那兒買齊。

於是兩人不再閒逛，直接往車馬行趕去。

到了一問，她們來早了，還得等一會兒才會出發，兩人便到候車室的長條凳上坐著等。

眼看快到午飯時間，林伊見正前方的桌上放了個大缸，裡面是熱氣騰騰的開水，就跟林氏商量。「娘，這裡有熱水，我們乾脆把午飯吃了。」

林氏沒有意見，林伊便拿出饅頭雞蛋和鹹菜絲準備開吃。

林氏接過饅頭，卻不肯接雞蛋。「我吃饅頭就夠了，雞蛋留著給妳祖祖吃，她在家吃不到好東西。」

林伊收了一顆雞蛋起來，把另一顆一分為二。「我們分吃一個，其他的留給祖祖，以後把祖祖接到我們家，天天給她煮新鮮的。」

林氏兩眼含笑，使勁地點頭。「還要蒸蛋羹，蒸得嫩嫩的，妳祖祖最愛吃了。」她輕笑一聲。「妳祖祖不知道我們會回去，到時候突然站在她面前，她肯定會嚇一跳，以為自己是在作夢呢。」

一想到奶奶見到自己意外出現又驚又喜的樣子，她的笑容變得調皮起來。

吃完飯，林伊剛將竹筒裡的水裝滿，就聽到外面有人吆喝。「到昌永縣的上車了！」

兩人連忙收拾好東西跑到他面前，那人看了她們的車票，叫一個伙計將她們引到馬車前，讓她們將背筐裡的貴重物品和隨身之物拿出來，便用塊粗布將背筐蒙上，放到了車頂的行李架上。

兩人快速上了馬車，林伊坐在車上正向外打探，就聽到那個伙計大叫。「昌永縣時間到了，可以走了。」

一個馬車夫快步跑過來，馬車就噠噠噠地出發了。林伊發現她們對面只坐了三個乘客，車上卻有八個座位，顯然沒有坐滿。

林伊心頭暗喜，人少清靜啊，會少很多是非，而且要在車上過一夜，坐寬鬆點晚上好受些。

不知是不是在吳家村太疲累，現在放下心事，林伊從上車就開始昏睡，除了吃飯方便以外，就沒睜過眼，一路睡到了昌永縣。

到達時天色已大亮，街上有不少行人走動，道路兩旁的店鋪正陸續取下門板準備營業。昌永縣的建築完全沒法跟長豐縣相比，基本只有一層，鮮少有二層樓房，三層的更是沒看到，普遍老舊滄桑。縣衙門也灰撲撲的，好在文書是個模樣清秀、性情溫和的青年書生，不僅動作麻利，對林伊母女還很客氣。

往戶籍上填兩人名字時，林氏提出將吳伊改為跟她姓林。

這是林伊主動要求的，她跟林氏說，有句話叫無依無靠，自己叫吳伊，太不吉利了！

林氏一聽，有道理！

她馬上答應，立刻就改！

文書沒有多問，欣然將林伊的名字寫了上去，從此以後，小吳伊就名副其實地變成了林伊。

文書將辦好的戶籍遞給林氏，笑道：「妳們村長肯定樂壞了，終於新添戶了，不容易啊。」

南山村地勢偏僻，交通不便，有點本事的人家不願意困在村裡，都想辦法遷了出來。這幾年村裡住戶只減不長，所交的賦稅越來越少，這說明村長能力不行，留不住人。

林伊母女雖然是女戶，可是一樣要繳納賦稅，她們一看就是老實本分的人，不會給村裡帶來麻煩，而且還不排除在村裡結親的可能，算是最受歡迎的外來戶。

林伊也很高興，林氏愁著林家人不樂意她們回去，現在看來林家人樂不樂意根本不重要，只要村長樂意就行！

見文書和氣好說話，林伊便向他打聽縣上哪家繡坊信譽好，她想把進的貨批發出去。

在文書的指點下她們來到了錦繡坊。

這家店規模不大，老闆是個好脾氣的中年男人，隨時都笑咪咪的。

林伊看了下店裡的貨，中等面料的手帕比自己買的下等的還差，心裡一下有了底。

果然，林伊把貨一拿出來，老闆毫不猶豫地表示他全要了，報出的價格讓林伊淨賺八十文。

林伊挺滿足，轉下手一個人的車票錢賺回來了，這個價格她能接受。

老闆正在收揀貨，林伊突然反應過來，以後自己家裡也要縫衣服，怎麼沒想到留點針線自己用。林氏雖然把針線帶上了，可是卻不太夠。

老闆聽到她和林氏嘀咕，大方地送了她三把棉線，白藍黑各一把，是最常用的顏色，還送了兩個小針線包。

他對林伊道：「妳們平常做衣服用這個線就行，用繡線太可惜。」他現在心情不錯，店裡其他的貨都還挺齊全，就是素手帕和繡線不多了。他正在傷腦筋要不要關門去府城進點貨，林伊就把他想要的送來了，自己這運氣真是沒話說。

「還是少了點，再多點就好了。」他暗自可惜。

特別是花樣，樣式新穎別緻，和他平時在府城進的貨不太一樣，肯定好賣！

從繡坊出來，兩人重新回到了車馬行。她們還要坐一段馬車到安平鎮，再從安平鎮搭車回南山村。

「這也太麻煩了，要轉三道車，以後掙了錢自己買輛馬車，說走就走。」

還沒找到落腳地的林伊許下了宏願。

到了安平鎮她一下來了精神，手腳麻利地下了馬車，揹上背筐就拉著林氏往鎮上跑，她們今天要在鎮上大採購。

林伊估了下時間，現在應該不到十一點。她們不打算多逛，買了就走，可能花不到一個小時，那麼十二點之前就能從安平鎮出發。

車馬行沒有到各個村子的馬車，得在鎮口搭去村子的牛車。

如果運氣好搭上了，一個多小時就能到達，運氣不好就只得靠雙腿走回去，大概要花差不多兩個小時。

這麼算下來，最遲下午兩點之前就能回到村子，林氏就能見到她親愛的奶奶了。

離家越近，林氏越激動，平時黯淡無神的雙眼閃閃發光，嘴角無意識地翹起，秀美的臉上滿是笑容，走起路來也步履輕快，和在吳家愁苦無助的模樣判若兩人，一下年輕了好幾歲。

安平鎮不算大，但是卻很乾淨。

街道只有正街用青石板鋪就，其他的小巷是碎石路。

就是那青石板也大多裂了，走上去七拱八翹，要是雨天不小心踩上去，肯定會濺一身泥。

兩旁的建築更是簡單古舊，路上行人不多，身上衣物看著材質不佳，行動間卻不急不緩，別有一股閒適的意味。不像縣城的人走路風風火火，像是有人在身後追著跑似的。

林伊不由覺得身心放鬆，呼吸都輕盈起來。

林氏對安平鎮比較熟悉，她帶著林伊拐了個彎，走進一條小街，路標上寫著吉祥街。街兩旁全是鋪子，門面都不大，賣啥的都有，只是這會兒沒人，看著有點冷清。

街口第一家是個雜貨鋪，據林氏說這家鋪子雖然小，卻已經在鎮上開了幾十年，老闆很實誠，不會欺瞞顧客，名聲非常好。

林伊仔細看了一下，店裡的品種齊全，她們所需要的東西大部分都能買到。

首先是碗，成色好的小碗要兩文一個，中碗三文，大碗要五文。瑕疵品每種便宜一文，有的是形狀不太規則，碗口甚至都成橢圓形了，有的是圖案顏色不好看，還有的釉面不光滑。雖然長得不好看，但是不影響使用，林氏看中的就是這種碗。

林伊不太想要，這是一天三頓都要拿出來盛飯菜的，樣子太差難免影響食慾。漂亮的餐具盛上飯菜擺在桌上看著賞心悅目，心情也會變好，這可是多少錢都買不來的。

生活已經這麼艱難，還是應該在力所能及的範圍內對自己好點。

她對林氏說：「買貴的，咱們小心點不要摔壞，能用好久呢。看著好看心裡也舒服，飯都能多吃一碗，再說也多花不了幾個錢。」

愛美之心人皆有之，只是長期壓抑困苦的生活讓林氏不敢去想，現在聽林伊這麼一說，也躍躍欲試起來。

她把兩種小號碗拿著對比，越比較越覺得林伊說得有道理，貴點的確實要好看得多，讓習慣了粗糙用具的她愛不釋手。

於是她決定奢侈一把，買貴的！

兩人商量了下，小碗拿來吃飯，買三個，中碗盛菜也買三個，大號的盛湯買一個，還買了個陶盆，一共花了三十文。

接下來就是鍋，陶鍋鐵鍋各買了個中號的，再加上鏟子茶壺，廚具基本就齊了，一共花了兩百六十文。

至於筷子和茶杯勺子鍋蓋之類的，林氏說不用買，村裡滿山滿村都是竹子，有些比碗口還粗，這些都能自己做。

林伊想著得做幾個竹碗用來裝鹹菜這種小菜，擺在桌上也是一種趣味。

林伊轉眼看到地上的大木盆，這個她想要！

在吳家村這麼久沒能好好洗澡，都是端盆水擦一下，她覺得自己身上的泥垢肯定連蚊子都叮不進去。

「娘，咱們買個木盆，晚上燒了熱水痛痛快快地洗個澡。」

再撒點花瓣泡在裡面那才美呢，現在雖然只能想想，以後安定了也不是不可能，背靠那麼座大山，鮮花肯定也很多。

林伊又想到還得買個木桶，要不水怎麼提回來？還有木盆，得洗臉啊。

雜貨店老闆是個五十多歲的中年人，長得富富態態，一雙細瞇眼，天生一副笑模樣。

他記憶力很好，林氏以前來買過幾次東西，他就記住了。現在見她們買這麼多東西，不由詫異地問道：「妳們是要在這兒安家嗎？」

第三十九章

林氏聽了店老闆的問話也不隱瞞，笑呵呵地回答。「是啊，以後要經常來你這兒買東西了。」

她離吳家越遠，心裡就越快活，一點也不迴避這個問題。

老闆不動聲色地打量了她們兩眼，似乎明白了什麼。「妳們隨便選，我給妳們算便宜點。」

待她們買齊了東西，老闆把零頭抹掉，只收了三百文，看她們的背筐裝不下，還另外送了個大背筐。

雜貨鋪旁邊是糧油鋪，這裡的物價比長豐縣要便宜點。

上好的大米三十文一斤，她們買了五斤，這是給林奶奶熬稀粥的。

糙米十文一斤，她們買了五斤，又買了五斤玉米渣花了三十文，可以和糙米一起煮著吃。

麵粉也得買，白麵粉買不起，她們買了黑麵粉，還有菜油、鹽、調味料和糖塊，這麼一買齊，湊了個整數三百文。

現在該買農具了，砍刀不用買，她的砍刀平時在背筐裡放著，離開吳家時一起帶了出來，省了一小筆錢。

她選了把鐮刀，這很實用，割東西方便，又買了把鋤頭，在鐵鋪花了六十文。

往前走一段路是布店，林氏想給林奶奶做身新衣服，過年回去的時候見她的衣服都爛得不像樣了。

選了半天，她聽從林伊的意見選了五文一尺的豆青色粗布，比她原本中意的墨藍色更顯精神。

「娘，妳也扯點布做身衣服吧，妳身上的衣服太破了。」

林伊看上了一疋淡藍底碎白花的粗布，覺得林氏做身衫裙穿上肯定端莊嫻雅。

林氏堅決拒絕。「不用，做了也穿不上。我們這段時間有做不完的活，身上的衣服正好做活，先買緊要的東西。」

林伊覺得有道理，她跟林氏商量。「娘，那我們買兩床棉絮吧，現在晚上開始涼了，沒被子會受不了。」

昌永縣這邊的氣候土質很適合種棉花，所以棉絮不貴。

林伊選了兩床兩斤重的花了六十文，等手上的錢寬裕了再來買個幾床，還要買點做棉衣，暖暖和和地過冬天。

棉絮有了還得再買布做被套，老闆熱情地向她們推薦最實惠的被套面料。

林氏想買深色的，耐髒，林伊不樂意，幹麼被套也要耐髒，是一年才洗一次嗎？

她自作主張選了暖黃色，看著就很溫馨。

買完布後，兩人到糕點鋪給林奶奶買棗泥糕。棗泥糕二十文一斤，她們買了兩斤。林氏讓伙計包成兩份，一份給林奶奶，另一份送給村長家，以後在村裡生活，必須和他家相處好。

這時林氏有了新的煩惱，要不要給林家其他人買禮物？

「要不要給妳外公買點東西？」林氏和林伊商量。

這麼大老遠回去一趟，不給自己親爹買東西有點說不過去，至於後娘李氏，她完全沒有考慮過。

林伊堅決不肯，她才不想把錢花在這家人身上。

怕林氏心裡不舒服，林伊分析給她聽。「娘，如果我們回去需要給家裡長輩買禮物，給祖祖買就足夠了，家裡還有比她輩分更大的長輩嗎？禮法上完全沒有問題，其他人不能買，我們是和離歸家，身上沒有多少錢，給祖祖買已經盡我們的最大努力了。要是每個人都買，他們還以為我們是有錢人，拿了很多錢回來，以後沒事就過來找妳要錢，妳說給還是不給？」

林氏想了下自家人的德行，決定聽林伊的。「行，就只給妳祖祖買，給他們買了也討不到好。」

林伊滿意極了，娘總算明白了。

出了糕點鋪，林伊猛然想起自己應該買點種子，南山村荒地多，回去了可以開荒。

林氏卻不太樂意，她說南山村的荒地地力薄，石頭雜草多，收拾起來麻煩。就算頭三年不用繳稅，可辛苦勞作一年，卻連地錢和種子錢都收不回來，根本沒必要。

林伊便說：「娘，咱們可以先種些綠肥啊，像油菜啊，苜蓿啊，蘿蔔啊，現在正是種這幾樣東西的時節呢。妳要是不放心，先少開一點，等地的肥力上來了，再種糧食。」

「還有這個說法？妳怎麼知道的？」林氏疑惑地看向林伊。

「徐郎中說的，他們家以前買荒地就這麼種，妳看好多人家收了稻子都要種油菜，不只是為了榨油，也是為了肥田呢。」

這些是林伊以前在網路上看到的知識，不過麼，在這裡可以推到徐郎中身上。因為在吳家村人的心目中，徐郎中就是無所不知的存在。

「特別是苜蓿，有句農諺叫『一畝苜蓿三畝田，連種三年勁不散』，不僅肥了田，還能餵養雞兔豬，牲畜可喜歡吃了，咱們多養點，以後賣肉賣蛋也是一筆收入！」她接著道。

林氏做家務還行，卻不太懂種田，都是聽家裡人的安排，林伊這麼一說，林氏就信了。

「既然是徐郎中說的，那準沒錯。荒地便宜，錢要是夠就多買點，要不然等田肥了，大家都知道就買不到了。」

哈哈，娘親也有自己的小心計呢。

「回了村，隨便找誰買點菜種，伺弄菜園子我還是很在行。」林氏盤算道。「像小白菜、蘿蔔、大蔥，長得快又不怎麼擇地，種在屋門口都行，要不了多久就能吃到自己種的菜了，再種點馬鈴薯，還能當糧食吃。」

想到家門口一片綠油油菜田的情形，林氏眼裡的笑意止都止不住。

走過肉鋪時，林伊跟林氏說：「娘，買點肉吧，等祖祖來了，我們給她做肉吃，還能煉豬油。」

看著買的一大堆東西，林氏遲疑了。

她對林伊道：「小伊，咱們住哪裡還不知道呢，要是沒屋住，這些東西放哪裡？」

林伊不以為意。「娘，放心吧，我有砍刀呢，沒房子住我就現砍竹子，先做間竹屋湊合，隨便揀幾塊石頭搭個灶就能做飯，怎麼著也不會露宿在外。妳放心吧，妳閨女現在厲害著呢。」

林氏呵呵笑道：「對啊，忘了我有個厲害的閨女了。」

兩人說笑著買了一斤五花肉，花了三十文，屠夫用菜葉將肉包起來放在她們的背筐裡。

東西買齊，可以去鎮口搭牛車回家了。

林伊把花的錢算了下，花了八百多文，身上還有一千七百多文銅錢。

差不多了，這些錢得留著，在村裡把家置起來還得花錢。

只是聞到一家麵館飄出的香氣時，林伊走不動路了。

這兩天都吃乾糧，雖然能填飽肚子，卻吃得她想吐，她好想吃一碗熱氣騰騰、湯多汁濃的麵條啊。

林氏見林伊兩眼直勾勾地盯著麵館，嘴裡不住吞口水，一副嘴饞的樣子。她對林伊道：「小伊，我們在這裡吃碗麵再走吧，娘聞著這味道有點饞了。」

林伊眼睛一亮，哈哈，娘親和她想的一樣，不愧是親母女！

她湊過去看招牌，一碗素麵要十文，加了肉末的是十二文。

她徵求林氏意見。「吃有肉末的嗎？十二文一碗。素的十文。」

「妳看著辦吧，娘都聽妳的。」

「咱們買一碗肉末的吧，分著吃，可以把麵餅掰爛了放麵湯裡吃，一樣好吃。」林伊很快打算好了。

現在吃個麵都要這麼計算著，她怪難受的。

遙想自己吃香喝辣的瀟灑時光，林伊掬出一把辛酸淚。

唉，算了，好漢莫提當年勇，走到哪個坡，唱哪個歌了。

麵來得很快，兩人坐下沒一會兒，伙計雙手捧著個大碗過來了。

好大的碗！

林伊嚇得差點站起來。

這碗比小雲成親裝菜的碗還大，微微泛黑的麵條堆得冒了尖尖，上面還有一團黑油油的碎肉渣，濃膩的肉香隨著熱氣直往鼻子裡鑽，灰白色的湯汁裡還浮著幾片翠生生的小白菜，讓人食慾大開。

林伊覺得自己實在太英明了，真要一人一碗，兩人吃完了得當場躺在這裡，沒想到這家麵館竟如此實在。

林氏也是瞠目結舌，不住唸叨。「太多了點。」

林伊讓伙計拿了個空碗，把麵條一分兩半。「這就夠了，不用再加麵餅。娘，妳嚐嚐看味道，有沒有妳調的味兒好吃？」

林氏第一次在外面吃飯，她吃了半晌給出了評價。「不好比，這味兒很特別很好吃，我調不出來。」

「就是油多料多，在家裡吃哪捨得這麼放啊。」

前世林伊吃了不少好吃的，這種麵根本不放在眼裡，可是這段時間實在吃得太素，她竟然覺得好吃得能把舌頭吞下去。

「小伊，妳還認字？也是徐郎中教的？」林氏想到了林伊唸招牌的情景。

「梔子教的，梔子還誇我聰明呢，隨便啥字教一遍就會了。」林伊煞有介事地答道，還不忘往自己臉上貼金。

林氏卻一點也沒懷疑，跟著誇獎。「沒錯，我閨女最聰明。」

離開吳家後，她才發現自己閨女會很多東西，完全出乎她的意料，看來在吳家，小伊都藏著掖著，不敢表現出來，她再一次慶幸自己離開吳家的決定。

「可惜妳祖祖不在，她就愛吃麵條。」林氏又想到了她的奶奶。

「沒事，以後咱們帶她來吃，鎮上離村子不算太遠。」林伊忙安慰。

味美的麵條落肚，兩人頓時覺得胃裡暖暖的，身上有了力氣，心情也好上幾分，這就是美食的力量吧。

兩人心滿意足地來到鎮口，這裡停了幾輛等客的牛車。過去一問，往南山村方向只有一輛，而且只到前面的村子，從那裡下車還得步行差不多半個小時才能到家。

趕車的大爺見她們猶豫，扯著嗓門勸道：「上來吧，今天南山村沒有車過來，只有我這一輛，錯過妳們只能走回去了。妳們上來吧，上來我就出發。」

林氏對林伊道：「上吧，搭一段是一段。」

林伊自然沒有意見。

車錢倒便宜，一人一文，不過背筐要加收一文。林伊看了下，那兩個背筐就算疊在一起，占的位置比一個人還要寬，不多說直接把錢遞給了大爺。

大爺見她如此爽快，心情甚好，揚起鞭子趕著牛車上路了。

車上都是媳婦姑娘，有相熟的聚在一起嘰嘰喳喳說個不停，單獨出門的則埋著頭一聲不吭，倒沒人來關注林伊母女。

林伊發現一個小媳婦的背筐裡還有些白菜、馬鈴薯，品相不是很好，顯然是沒有賣完的，她正想買點小菜，剛才看見牛車就把這茬給忘了。

她還真猜對了，確實是小媳婦沒有賣完，她以為只能揹回去了，哪曉得牛車上還能遇到買主，高興地跟林伊說，如果她能全包，只要六文錢。

林伊看了下，還挺大一堆，她問了林氏的意見，便全買了過來。

現在她們菜也有了，省著點吃能吃兩天呢。

牛車行走的道路遠不如前兩次的官道平坦，坐在車上顛簸得不行。

小道兩旁種著銀杏，葉子已經變黃，朝前望去，叢叢金黃中夾雜著點點翠色，伸向無邊的遠方。秋風吹起，片片黃葉如同翩躚的蝴蝶緩緩飄落地面，很快將地面鋪上一層黃色的地毯，牛車經過，發出沙沙的聲響。

道路的外面是一塊塊方整的田地，大都種上了蔬菜，有農人在田裡勞作，不時傳出朗朗的歌聲與笑聲，顯然在自己的田裡耕耘是一件讓人快樂的事情。

牛車不緊不慢地往前走，每經過一個村子，就會有人下車，車上越來越空，兩旁的田地也越稀少，田地的盡頭已經開始有了山林的影子。

牛車拐了個彎，走上了另一條小道，小道左邊是一條奔騰的小河，小河邊上是寬闊的河岸，上面鋪滿了大大小小的灰白色鵝卵石。一道長長的山梁陪伴在小河的身旁，順著它蜿蜒向前，右側則是坡地，上面散亂地聳立著幾間小屋，旁邊是不規則的零星田地。

沒多久，在一個交叉路口，老漢一甩鞭子，發出啪的一聲脆響，牛車應聲停住，老漢轉頭笑呵呵地說：「我要往那邊去，接下來妳們得自己走了。」

林伊和林氏跳下牛車揹起背筐，目送著牛車走遠，繼續順著小道往南山村走去。

一路上的風景大致相同，只是越往裡走，山上樹葉變黃的越多。

「這座山叫老虎嶺，再過一段時間，山上樹葉全變黃了，深的淺的滿山滿野，就像老虎的皮毛，可好看了。」

林氏指著河對岸那道青黃交加的山梁告訴林伊。

走了差不多十來分鐘，原本興致昂揚的林伊就對眼前的美景失去了興趣，實在是一模一樣，沒啥變化啊。

她決定向林氏打聽林奶奶的事，小吳伊沒有回過林家，對林奶奶完全沒有印象。

第四十章

說起林奶奶，林氏兩眼流露出溫柔的目光，在她看來，林奶奶是世上最好的奶奶，又聰明又能幹，家裡家外一把好手，林氏縫補衣服的本事就是跟她學的。

林伊卻不敢苟同，覺得林奶奶略略是個沙包。

例如她告訴林氏家和萬事興，後娘李氏既然是個好強的人，那就多讓著她，不要和她爭辯，要和氣相處，日子久了，李氏就會覺得自己做得不對，會慢慢改變。

林氏傷心林老頭娶了李氏對自己不好，林奶奶說他現在負累重了，難免顧不過來，要林氏多體諒他，就算林老頭動手打她，也要忍住，不能抱怨，天下無不是的父母。

總而言之，她不僅自己軟弱可欺，還讓林氏不要反抗，把林氏教成一個大沙包，送到吳家受折磨。

但是從她發現吳家親事有問題這點來看，她又是個有智慧的人，真是挺矛盾的，這讓林伊對她很好奇，想早點看到這位老人。

說完了林奶奶，林伊又打聽林老頭那家人，回去了肯定要和他們打交道，必須瞭解清楚心中才有數。

林伊已經預感到了，和這家人的相處絕對不會愉快。

「現在他們家具體是什麼情況？我就不太清楚了，只是每次回去都說家裡過得不好，日子苦得很，又怨我沒有拿錢回去。」林氏話裡帶著苦澀。

據她所知，李氏在村裡名聲不好，和村裡好多媳婦大娘吵過架。林老頭腦袋不清楚，一切都聽她的，對林奶奶頗多嫌棄。

兩個兒子，老大林大山，二十歲，是個不吭聲的，因為家裡窮，去年才娶了個潑辣媳婦，和李氏不太對盤。

老二林小山，十八歲，比老大要勤快些，去年被人介紹到鎮上一家鋪子做伙計，還沒娶親。

他們從小都是林氏在照顧，對林氏還算不錯。

再就是村裡的鄰居，有幾戶人家和林氏關係很好，首先是她的堂伯一家，不過已經遷出了南山村。

然後是村長家，村長的兒子和林氏年紀差不多大，他的媳婦也是南山村人，幾人以前經常在一起玩，關係還算不錯。

這也是林氏回娘家落戶的原因之一，她們回去了，不敢說村長家會特別照拂，至少不會為難，娘兒倆的日子會好過很多。

再就是幾個兒時的伙伴，大家感情很好，回去後也能有走動的人家。

林伊問起村裡的情況，林氏以前只是泛泛地說了下村裡日子勉強過得去，算不上太富裕。可是俗話說「靠山吃山」，有那麼大一座山在那裡，光靠山貨也能過得很好才對啊。
林氏嘆口氣，說村裡的那座大山就叫南山，山上雖然植被茂盛，水源豐富，還有各種飛禽走獸，村裡的人從大山裡得到的資源卻有限得很。
大家平時只在山腰以下活動，從來不敢往山腰上走。
因為山腰往上全是參天大樹，終年不見天日，常有猛獸出沒。
以前沒有開出這麼多耕地的時候，村民日子過得艱難，為了生活不得不上山打獵，雖然能得點獵物，卻經常有傷亡發生。
後來隨著耕地增多，大家勉強能吃飽飯，就不再願意上山冒險，只在山腳下採點野菜山貨，獵點小野物貼補生活。
現在除了日子實在過不下去的人家偶爾會上山打野物，南山村已沒有專門的獵人了。
而且山腰上有個叫鴛鴦坪的迷魂坑，只要不小心走進去了別想活著出來，歷年來發生過不少村民誤入再也沒回來的悲劇。
曾經有幾個本事大、不信邪的外鄉人聽說了這件事，專門組成了隊伍到這裡來，說要破了這個迷魂坑，結果進去了就沒人再見過他們，應該是全折在裡面了。
此事一出，大家更加害怕，更沒人願意靠近。
「咱們村裡的田地雖然多，可是地力卻薄，產出根本不能跟吳家村比，在地裡拚死拚活辛苦一年也就能把飯吃飽，再多的就不能夠了。而且咱們村位置偏，離縣城遠，路也不好走，村裡很多人連昌永縣城都沒去過，最遠就到過安平鎮，還有些人連村子都沒有出過。」

自己算是走得遠的了，還去過長豐縣，林氏不由苦笑。

「雖然沒辦法跟吳家村比，不過還是過得下去，再往裡走還有比我們村子更窮的地方呢，比上不足比下有餘了。」

「我們村是雜姓人家，沒那麼齊心。」這也是南山村的一個特點。

「管他呢，反正我們到時候關起門來過日子，不去招惹誰，應該不用誰幫我們出頭。」林伊覺得這樣不錯，沒那麼多束縛。

越往前，路越窄，破破爛爛，兩人經過都會踏起一片塵土，要是遇到雨天全成了爛泥坑，根本沒法走。

這可不行啊，要想富，先修路，要是有錢，一定得把路修好，林伊嘀咕道。

林伊見林氏走得艱難，怕她累著，從她背筐裡提了點東西到自己筐裡。

林氏知道她力氣大，倒也沒有推辭。

她在吳家身體虧空得厲害，這兩天又馬不停蹄地趕路，現在揹著東西走在這小路上，確實有點吃不消。

好在沒多久，又拐了個彎，林氏指著前面高興得聲音都在打顫。「小伊，就在前面了。」

朝思暮想的家鄉出現在眼前，林氏莫名有點心慌。

林伊抬頭看去，只見前方的道路明顯修整過，寬闊平坦，盡頭隱隱是片小村落。一棵枝繁葉茂的高大古樹屹立在村口，將村裡的房舍遮擋了大半，村子背後是綿綿青山，頗有點世外桃源的感覺。

兩人加快腳步朝著村子前進，村中的房舍越來越大越來越清晰，林伊辨認出這棵古樹是棵皂角樹，樹幹足有三人合抱那麼粗，幾個小孩在樹下嬉鬧玩耍。

見到林氏，一個頭上紮著兩根牛角辮、穿得破破爛爛的小女孩蹦跳著跑了過來，仰著頭脆生生地招呼林氏。「林嬸嬸，妳回娘家來了！」

女孩不過五、六歲的年紀，牛角辮紮得亂七八糟，額頭上的劉海剪得坑坑巴巴，像被狗啃了一樣，一雙烏溜溜的大眼睛生動靈活，看著特別慧黠，整個一小人精。

厲害啊，林氏一年只有過年時才回來一次，這丫頭居然記得林氏，林伊暗道一聲佩服。

林氏笑呵呵地應道：「是啊丫丫，嬸子回娘家。」

「丫丫，妳還玩不玩？」樹下的孩子們催促丫丫。

「你們玩吧，我陪嬸子回家。」丫丫朝他們揮揮手，陪在林氏身邊朝村子走去。

「林嬸子，妳這次回來會待很久吧？」丫丫邊走邊老氣橫秋地詢問。

「以後都不走了，和丫丫做鄰居可好？」林氏摸著她的頭問道。

「好啊好啊！」丫丫開心地拍著手。

林伊好奇地問：「丫丫，妳怎麼曉得我們會待很久？」

「以前孀子都是一個人回來，沒多久就走了。這次孀子帶著姊姊，肯定就會待得久。」

ㄚㄚ一點也不怕生，看著林伊說得有理有據。「姊姊，我說得對嗎？」

「太對了，ㄚㄚ太聰明了。」林伊由衷地誇獎她。

ㄚㄚ不遑多讓，也大力讚嘆林伊。「姊姊妳真好看，像天上的仙女一樣！」

這小ㄚ頭好巧的嘴，林伊的臉都被誇紅了。

她低下頭問：「妳怎麼知道我像仙女，妳見過仙女嗎？」

ㄚㄚ眼珠一轉。「沒見過，就是姊姊這樣的。」

林伊被她逗得哈哈大笑，這ㄚ頭太狡猾了，長大了可不得了。

林氏向林伊含蓄介紹。「這是妳良子叔的女兒，今年七歲，家裡只有他們兩個，她大伯娘和我很要好。」

七歲？怎麼長得這麼瘦小？又是個吃不飽飯的小可憐？這沒了娘親，親爹肯定不太會照顧。

林伊看著ㄚㄚ不由心生憐惜，沒娘的孩子真可憐，家裡的事都是她在張羅吧，頭上那歪七扭八的牛角辮和劉海可能也是她自己整理的。

她從兜裡摸了個小紙包出來，裡面有顆雜糖，是買棗泥糕時秤不夠老闆搭的，正好可以給ㄚㄚ。

「ㄚㄚ，姊姊請妳吃糖。」

丫丫的眼睛黏在糖上，嘴裡卻不住推辭。「謝謝姊姊，妳自己吃，我不愛吃糖。」

林伊難受起來，她好像看到了面對翠嬸子甜餅的小吳伊，於是把糖輕輕塞進她的嘴裡。「吃吧，姊姊只有這一顆，下次去鎮上再給妳買。」

丫丫含著糖，還在惋惜。「不用全給我，我吃一半就好，就嚐嚐味道。」

窮人的孩子早當家，小小的一個人，就知道計劃著過日子了。

南山村如林氏所說，到處都是茂密的竹子，一叢叢一簇簇的，將座座屋舍掩映其中。房屋基本是土坯茅草房，只是院牆都用山石壘得又高又厚。

據林氏說明，是為了防止山上的野物下山跳進屋裡傷人，雖然並沒有發生過這種事情，但是村民修房屋還是會將院牆修得高大結實。

林伊看到家家戶戶的院門都大開著，看家狗懶洋洋地臥在門口，有人過來立刻警覺地抬起身子，見認識，便又重新趴回地面，嗚嗚地低鳴一聲，似乎是在和丫丫打招呼。

丫丫熱心地向她們介紹著這些狗的名字，陪著她們朝林家走去。

此時剛吃過午飯，大家還在家裡收拾，村裡走動的人不多，遇到熟識的人，丫丫就大聲向他們宣佈。「林嬸嬸回來了，以後住下不走了。」

這下把大家弄得很好奇，不過林氏要先回娘家，這會兒不方便打聽，都讓林氏忙完了來家裡坐。

林伊哭笑不得，這小丫頭丟出了個大疑惑給大家啊，她能夠想像出村人聚在一起熱烈討論的情景了。

經過一戶青磚瓦房時，丫丫對林伊說：「姊姊快看，那是村長的家，是我們村最好的房子，我爹爹說以後掙了錢我們家也修這種屋子。」

林伊默默地想：姊姊我也是這麼打算的！

「姊姊，妳們家在那兒！」往前走了一段，丫丫指著前面的一座院子對林伊說。

林伊一愣，她聽到有女人尖利激烈的爭吵聲從院裡傳出。

丫丫皺了皺小鼻子，和她們告別。「姊姊，林嬸嬸，妳們慢慢去啊，有空來我家玩！」說完蹦跳著跑走了。

林氏無奈嘆氣。「那婆媳倆又吵上了，可別拿我奶奶撒氣。」

她加快腳步走進院子，林伊緊跟在她身後。

林家的屋子和村裡別家的佈局一樣，院裡的泥巴地坑坑窪窪，幾片爛菜葉碎稻草扔在地上，院牆邊上長著些雜草，看著就髒兮兮的不清爽。

堂屋門口站著個中年婦人，正扠著腰破口大罵，她四十多歲年紀，長得虎背熊腰的。家裡雖然邋遢，自己卻收拾得乾淨光鮮，臉上還描眉畫唇，要是在外面遇到她，林伊肯定會把她當成媒婆，這人就是林氏的後娘李氏了。

和她對陣的是一個穿著青色粗布衫裙的年輕婦人，她站在東廂房外，肢體語言極其豐富，前仰後合地配合著她的回擊，這是林氏的弟媳洪氏。她黑黃的臉上顴骨高聳，兩片薄唇翻得飛快，李氏說一句，她能回十句，聲音大中氣足，完全壓過李氏的叫嚷。

林伊聽了一下，恍惚是這兩人都不想做某事，彼此推脫指責。

「聽到吃的跑得飛快，讓妳做事就躲邊邊，就沒見過妳這麼懶的婆娘！」這是李氏在跳腳。

「我還沒見過妳這樣惡毒的婆婆，把媳婦當驢使，從早到黑不讓人歇，讓驢幹活還不讓驢吃草。有啥好吃的想不到我，自個兒藏屋裡吃，現在有事就想到叫我了，早上我才去了，現在休想再叫我去！」洪氏完全沒在怕，拒絕得乾脆俐落。

兩人正吵得熱鬧，發現有人進來，馬上熄火同時轉頭望向大門。

見是林氏，李氏扔下對手驚嚎著奔過來。「哎呀！妳怎麼回來了，這不年不節的，妳回來幹啥！」

林氏還沒來得及說話，她又看向林伊，繼續質問。「妳閨女？妳怎麼把她帶回來了？」她往後一側身，做出一副隨時準備逃跑的模樣。「妳們這是被吳家趕回來了？是不是被他家休了？妳做了啥丟人現眼的事？我告訴妳，妳可別想回來，我家沒妳住的地方！」

林伊無語望天，果然極品處處有，她遇到的特別多啊。

她原本以為不管關係如何，至少會把她們迎進屋裡坐下，盤問一番再發難，哪曉得李氏這麼狠，啥都不問直接開火。

對於剛才這兩個女人的吵架，她已經沒有原則的站在年輕婦人那邊，不管她們吵啥，都是李氏錯！

林氏被李氏說得大窘，紅著臉忙向她解釋。「是和離歸家，不是被休。」

李氏根本不理會，大聲嚷嚷。「這有啥區別，都是吳家不要妳了，歸家？歸啥家？我們家沒地方讓妳歸。」轉過頭朝屋裡大吼。「死老頭，快出來，你閨女被吳家趕出來了。」

這女人野蠻又無理，簡直就是沒了婆母壓制的楊氏啊！

林伊頭疼地看著林氏，心裡有種不妙的感覺，難道走到這裡還要和極品鬥啊，她真是不想了，太累人了。

第四十一章

李氏話音剛落，正屋裡走出來一個身材佝僂、頭髮花白的黑瘦老漢，看得出來他年輕時個子很高，只是歲月的搓磨和生活的重擔已將他的腰背壓彎，滿是皺紋的臉嚴肅地板著，很是不悅地看向林氏。

林伊看他這副樣子就知道在家裡說不上話，兩個婦人吵鬧，他只敢縮在屋裡，不敢站出來，可聽林氏說他對林氏很可惡，顯然是個欺軟怕硬的男人。

林氏連忙招呼他。「爹。」

林老頭不答腔，只啞著聲音問：「妳娘說的是真的？妳被婆家趕出來了？妳做了啥丟臉的事，人家才會不要妳？」

林伊再也忍不住，大聲辯解。「外公，我娘是跟吳家和離，是我們不要他們，不是他們不要我們，我娘沒有錯，你先弄清楚再說。」

林老頭狐疑地看著林伊，問林氏。「這就是妳那個小閨女？怎麼一塊兒帶回來了？吳家連她都不要？」

林伊都要氣死了，這老頭完全無法溝通啊，她說的話聽不懂嗎？

一想到他是林氏的親爹，林伊就有種無力感。在這個以孝治天下的時代，這兩個極品再可惡，只要一個孝字壓下來，她們就得乖乖聽命啊。

林氏還在那兒好聲好氣地解釋，是她主動離開吳家，不是被吳家趕出來。

林老頭一扭脖子，死倔地訓斥林氏。「不要跟我說這些，趕快滾回去，我們家沒有妳這樣的閨女，村子裡有哪戶人家的閨女會被婆家趕回來，自己做錯了事就該跪著求人家寬恕，還敢跑回來。丟死人了，快滾，快滾！」

這時，從外面大步進來一個和林老頭長相差不多的粗壯男人，他肩上扛著一把鋤頭，腿上滿是泥點，見院裡站著一堆人，他悶聲問道：「怎麼都在院裡站著？」待看清是林氏，他一臉吃驚。「姊？妳怎麼回來了？」

林老頭怒喝一聲打斷他。「她不是你姊，我們家沒這樣不知廉恥的閨女！」

洪氏跑過來一把將男人朝房裡拉，叮囑道：「她被婆家趕回來了，你可別趕著認親戚，當心黏上你就不放，我可沒錢貼補她。」

林伊忍不住要罵髒話了，遠嫁的女兒歸家，一句關心詢問的話也沒有，全是冷言惡語，甚至不想認她。

林氏眼淚「唰」地就落下來了，她知道自己回來不會被人待見，可沒想到會是這個局面。

林伊不想再多說，直接問林老頭。「我祖祖呢，怎麼沒見她？」

林氏也恍然想起，跟著追問道：「奶奶呢？奶奶沒在家嗎？」

一聽到林氏問起林奶奶，林老頭臉上的怒氣驀地凝固了。

他尷尬地扯扯嘴角，轉頭看向身旁的李氏，李氏和他對望一眼，抿了抿嘴，支支吾吾地說：「妳奶奶、妳奶奶……」

林氏察覺他們神情有異，一迭連聲追問。「我奶奶怎麼了，她怎麼沒出來？她去哪兒了？她出什麼事了？」

李氏聽了林氏的問題，兩手一甩，沒好氣地白了眼林氏。「能出啥事？妳說的什麼話，妳就不盼著妳奶奶好啊。告訴妳吧，妳奶奶什麼事都沒有，被妳姑姑接走了，瞧瞧妳那破嘴！」

「我姑姑？怎麼可能？」林氏鬆了口氣，只要奶奶沒出事就好，不過她很快又有了新的疑問。「她何時接奶奶走的？」

李氏不耐煩地瞪她一眼。「有何不可能，就許妳想妳奶奶，不許妳姑姑想了？妳才霸道呢！」又一口氣回她。「才接走沒多久，不曉得啥時回來，我說得清楚了吧，還有啥要問的，一塊兒問吧！」

林氏被她回得不曉得說啥才好，懷疑地看向林老頭，林老頭眼神閃爍，態度倒軟了許多。「是妳姑姑接走的，說是住一段時間就會回來。」

林氏放心了，林家人的態度讓她寒心，既然他們不在意她，她也不想留在這裡找氣受。

「小伊，我們走吧。」

聽到林氏要走，李氏上前攔住她。「妳們背筐裡都是什麼，這麼遠回來一趟沒有給妳爹娘買點東西？」

林伊搶在林氏說話前回道：「沒什麼，就是我們的破衣服，妳都說了我們被趕出來，哪還有錢買東西。」

見李氏不信，林伊問她。「妳要留我們住下嗎？太好了，我們身上一文錢也沒有，正不曉得要住哪兒呢。」

李氏橫她一眼，也不答話，伸手來抓她的背筐。「啥破衣服這麼大一筐，別不是把吳家的東西偷回來了，我倒要瞧瞧。」

她是見林伊的背筐又大又沈，上面反扣著大木盆，把背筐遮得嚴嚴實實，什麼都看不到，不由心癢難耐，很想看看裡面裝的是什麼。

林伊肩一側躲開，李氏撲了個空，她惱羞成怒地訓斥道：「妳躲什麼，筐裡有什麼見不得人的？」

林伊不理會，拉著林氏就往門口跑。

李氏轉頭朝林老頭吼道：「你死人啊，就知道在那兒傻站著，快來看看她們背筐裡有什麼，真等吳家人報官把你抓起來？」

吼完朝著林伊衝過來。「老娘今天還非看不可了！」

她看準了林伊個子矮小好欺負，誓要把她的背筐搶到手。

這人是土匪嗎？竟敢明搶！

林伊心裡惱怒，待她逼近，靈巧地往旁一閃，同時把腳往上勾了勾。

「妳藏啥見不得人……啊呀！」

李氏眼裡只有背筐，絲毫沒有防備腳下，被林伊絆個正著，她驚叫一聲，撲通摔倒在地。

林伊在旁邊好心勸道：「慢點慢點，看，摔了吧！說了是破衣服，妳著急什麼呢，我的衣服妳又穿不下。」

李氏衝勢太猛，這一跤摔得狠，再加上她到底有了年紀，倒在地上半天爬不起來。

林老頭和林大山見她跌倒嚇一大跳，驚叫著衝上去扶她。

李氏呻吟道：「慢點，慢點。」

兩人把她攙扶起來，著急慌忙地問她怎麼樣了，洪氏抄著手在旁邊一臉幸災樂禍。

李氏抓住林老頭的手臂勉強立住，只感覺鼻子酸痛無比，鼻子下似有鼻涕流出，她忙用手背去擦，手背上竟猩紅一片，她摔下去竟把鼻子碰破了！

李氏的臉唰地白了，整個人立馬軟了下來，站都站不住，瞬間滿頭大汗，眼淚止不住地往下流。

林伊暗暗詫異，她怎麼反應這麼大，難不成不敢看到血？

林老頭見她這副模樣嚇壞了，扶住她焦急地問：「妳要不要緊？」

她哆哆嗦嗦就是說不出話，只一個勁兒地翻白眼。

林老頭趕忙招呼林大山把她扶回房，轉過身朝她們吼道：「滾出去，妳個不祥的賤人，每次一回來我家就出事，以後不許踏進我家門一步！我沒有妳這個閨女！快滾！」

你不認我們正好，我還不想認你們呢！

林伊不生氣，拉著林氏出門。「咱們走！」

出了門，林氏仰著頭長嘆一口氣，硬是把眼裡的淚水逼了回去。

看林伊擔心地望著她，林氏苦澀地笑了笑。「沒事，我其實都想到了，這樣也好，死心了。」

林伊也覺得挺好，要是表面和氣暗地裡卻充滿算計，那才更可怕。

她挽住林氏的手。「咱們又不靠他們生活，走，現在就去找村長，把戶落了，把宅基地要到先修屋子。」

林氏點點頭，卻有點遺憾。「可惜沒有見到奶奶，姑姑怎會把她接走呢？沒道理啊。」

「為何？姑婆不喜歡祖祖？」

「不是，是妳姑婆嫁得遠，家裡又窮，和媳婦處得也不好，她自己在家裡都過得艱難，把妳祖祖接過去不是受罪嗎？不曉得何時會送回來。」

林氏想到姑姑的情況就腦袋疼，她在家裡的地位並不比自己好多少，奶奶在那兒能過得好嗎？

林伊有點猶豫，不曉得該不該把心裡的疑惑告訴林氏。

剛才林氏向李氏問起祖祖去哪兒的時候，她一直在打量院裡幾人，總覺得他們的神態有點奇怪，好像在隱瞞什麼。但仔細想想，又有啥可隱瞞的？難道祖祖病重，他們不想負擔，硬讓姑婆把祖祖接走？

那個李氏窮凶惡極，林伊覺得很有這個可能，不過，他們完全可以跟林氏說妳奶奶病了，妳姑姑接她過去治病。沒有必要隱瞞吧？

林伊想了想，決定暫時不跟林氏提，她心裡已經很難受了，別再用這種沒有根據的猜測讓她煩心。

說話間兩人回到了那座青磚瓦房前，這房屋顯然不久前才翻新過，非常氣派，在周圍土坯茅草房的襯托下，彰顯出主人的身分地位和經濟實力。

林氏沒有遲疑，拉著林伊邁步進了院子，揚聲叫道：「娟秀！娟秀！」

一條大黃狗立刻很負責任地朝她狂吠，林伊嚇了一跳，閃身正想往外跑，就聽到一個清脆的女聲喝叱黃狗。「行了，旺財，別叫了。」

旺財非常聽話，立刻止住叫聲，只是仍擺出防禦的姿勢，嘴裡嗚嗚低嘯著，虎視眈眈地注視著她們。

很快一個身材修長結實、面目清秀的年輕婦人從房裡匆匆跑了出來，邊跑邊問：「誰啊？」

「娟秀！」林氏回應。

娟秀不敢置信地看著林氏，半天才疑惑地問：「玉芝？是妳嗎？玉芝？我沒看錯？」

林氏呵呵地笑得開心。「妳沒看錯，就是我！」

娟秀立刻跑過來。「真是妳啊，妳怎麼回來了，這是妳閨女吧？和妳真像，簡直一個模子刻出來的。」

「我的閨女肯定得像我啊！」在昔日的玩伴面前，林氏變得活潑起來，轉向林伊介紹。「這是妳娟秀姨！」

林伊乖巧地打招呼。「娟秀姨！」

娟秀姨皮膚微黑，卻光潔飽滿，沒有斑點，一雙眼睛又圓又亮，笑起來整張臉生動明朗，看著就是個直爽樂觀的性子。她和林氏差不多年紀，可兩人站在一起，感覺她比林氏起碼年輕了五歲有餘，從她的精神狀態就能看出日子過得很舒心。

娟秀撫著林伊的肩膀，誇個不停。「都這麼大了啊，長得真俊啊，以後長成大姑娘可不得了，十里八村的都比不上。玉芝，妳有福氣啊，有個這麼好的閨女。」

林氏被她說得直樂，臉上的愁色消散了不少。

娟秀說了半天，猛然想起。「妳們怎麼這會兒回來了，妳不是過年才回來的嗎？」

林氏晦澀地看她一眼。「說來話長，妳爹在家嗎？我要找他。」

「在呢，剛吃完飯在屋裡歇著，家裡人都在，瞧我，也不叫妳進屋，就把妳堵門口說半天，快跟我進屋去。」

娟秀一手挽著林氏，一手摟著林伊的肩膀，把兩人領進了堂屋。

劉家家境確實不錯，堂屋又高又大，寬敞明亮，家具是新做的，雖然不是名貴木材，卻簡潔大方。

劉村長是個身材清瘦的中年男子，他正坐在八仙桌旁和兩個十四、五歲的少年說笑，旁邊坐著的大娘見娟秀進屋，好奇地問：「誰來了？」

林氏恭敬地喚道：「胡嬸子。」

林伊也跟著喊道：「胡奶奶！」

胡奶奶沒想到來的會是林氏，一臉吃驚，村長也皺眉看著林氏，林氏從沒在這個時間回來過，他們完全沒想到。

胡奶奶緩緩起身，上下打量著林氏，不敢相信地問道：「玉芝？妳怎麼回來了？這小丫頭是妳閨女？」

林氏侷促地點點頭，眼裡有幾分不安。「嬸子，我回來了。」她轉頭看向村長。「劉大叔，我已經立了女戶，想在村裡落戶。」

村長一家聽了林氏的話很意外。

娟秀招呼兩人坐下。「快坐快坐，別急，慢慢說。」

她忙著要給兩人倒茶，又張羅吃的。「妳們肯定還沒吃飯，我給妳們弄點去。」

林氏連忙阻止。「不用了，我們在鎮上吃了回來的，還給你們帶了點心。」

林伊從背筐裡把棗泥糕拿出來放在桌上。

胡奶奶嗔怪地瞪林氏一眼。「瞧妳這孩子，還買點心，跟我們客氣什麼。」不過態度倒是親暱了幾分。

見過禮後，林伊知道了那兩個少年是娟秀的兒子，大的十四歲，叫大強，小的十二歲，叫小壯。兩兄弟長得和娟秀很像，言談舉止頗為有禮，在這小山村裡算是比較出眾的。

林氏把自己的事情簡單說了一遍，並拿出自己的戶籍交給村長。

胡奶奶聽了拍著林氏的手道：「回來也好，不用受那家人的折磨，我早說那家人不是好東西，嫁不得，偏妳爹……唉……」她猛然想起。「妳回過家了吧，他們是不是不讓妳進家門？」

林氏眼眶一紅，點點頭。

胡奶奶一揮手。「不認妳最好，妳爹一家沾不得，沾到了只有妳倒楣，以後劃清界線別來往。妳們不是要落戶嗎？讓妳大叔給妳劃塊好地，妳們建了房住著好好過日子，別理他們。」

她和李氏合不來，看不慣李氏到處搬弄是非，再加上李氏在背後說他家貪財小氣，傳到她耳朵裡了，她更是厭煩李氏。

劉村長聽了胡奶奶的話，點頭如搗蒜，從知道林氏母女要在村裡落戶，他臉上的笑容就沒停過。太不容易了，南山村終於遷進新戶了，年底縣裡考核業績他不會被訓了。

他打定主意，這母女倆處境艱難，既然選中了南山村，他就一定不會讓她們失望，定要護她們周全。

他向林氏承諾。「妳決定搬回來沒做錯，別的不敢說，至少妳們在村裡落了戶，沒人敢來欺負妳們。如果誰有過分要求，我會替妳做主。」

林伊和林氏驚喜地對視一眼，劉村長這是要為她們撐腰啊。

林氏很心急，問村長能不能先把宅基地劃給她們，她們好早些安排。

劉村長想了想，問林氏。「我這裡的地要說好也不算多好，妳們對位置有沒有要求？我照著妳們說的給妳們看看。」

林氏看向林伊。「小伊，妳想要怎樣的地？」

照林伊的意思，房子別建在村裡，她不想離林家人太近。

最好是像梔子家在山腳下，離村裡有段距離，但又不是太遠。

林伊以後想上山打獵，住在山腳下，可以悄無聲息地把獵物帶回家。要是住村裡，扛回來全村人都知道了，林家人若是討要，給還是不給？若是他們吃順嘴了，林伊才不幹。

思及此，她問劉村長。「山腳下有沒有地？我和我娘這樣的身分，我想離村裡遠點，我們關起門來過日子，是非會少點。」

劉村長一拍大腿。「還真有個地方符合妳說的。」

第四十二章

劉村長看向屋裡幾人。「陸老頭那地我覺得行，上面還有間屋子，他走了幾年了，那屋子沒人住，裡面還有幾樣家具，玉芝過去住正好，連屋都不用建。收拾整理一下，今天就能搬進去。」

林伊母女聽了大喜，還有這麼好的事，連忙詢問具體情況。

劉村長給她們詳細解說了一遍。

這人林氏也認識，是村裡的孤寡戶，也是個不幸的人。

他年輕時娶過三任媳婦，可惜都早死了，連個孩子都沒留下。為了給媳婦治病，田地家產全部變賣，只剩下他光棍一個，窮得連多餘的衣服都沒一件。

就有傳言說他命硬剋妻，是個不祥之人，雖然他性情好，卻沒有人再願意嫁他。他自己也灰了心，在山腳簡單地搭了個窩棚棲身，沒有田地，就靠著在山裡打點野物過活，和村裡人少有往來。

他慢慢攢了點錢，雇人工拆了窩棚蓋了土坯房，日子漸漸好過起來。

後來有不怕死的寡婦願意嫁給他，可他習慣了一個人生活，不想拖累旁人，所以一直獨自住在山腳處。

「他不會回來了嗎？那屋子要花多少錢買？」

林伊聽明白了，這人離開了南山村，就是不曉得房子會不會太貴，自己的那點錢買不買得起？

聽了她的話，屋裡幾人面色變得古怪。

村長苦笑著回答。「不會回來了，他要是回來了，我們村裡的人全都得跑光，因為他去極樂世界享福了！」

林伊恍然大悟，是自己誤會了，她不好意思地摸摸頭髮。「啊，是我聽岔了，我還以為……」

林氏面色也不自在，原來她和林伊想的一樣。

她感嘆道：「真沒想到啊，我記得有一年回來遇到他，身子骨還挺硬朗，這才幾年就……」

「他年輕時吃了苦，上了年紀身體一下就垮了。因為沒有後人，村裡幫襯著把他的後事辦了，他的地和屋子就都歸村裡了。」

劉村長挺唏噓，陸老頭真是個好人，可惜好人命不長啊。

「沒有後人？我記得他不是收養過一個小子？」林氏奇怪地問。

「那小子沒有戶籍，不能在村裡落戶，也沒法在村裡分地。我沒讓他搬走，想著他住那屋子也行，哪曉得他跟我說了一聲，自己搬上山住了，倒是個有志氣的好孩子。」劉村長解釋。

胡奶奶癟癟嘴，還不是村裡那些長舌婦說三道四，人家聽不得才離開。尤其是林氏的後娘李氏，又不關她的事，她鬧得最厲害，那塊地他們看不上，還不讓別人住，就是見不得別人好。

村長繼續向林伊介紹。

「說起來那塊地除了位置偏僻了點，其他都很好，旁邊是山溪，取水方便，門前一大片荒地，要是願意可以開出來種點作物，荒地前三年不用交稅，種出來的都歸妳們自己，就是得防著野物下山來糟蹋。那房子值不了幾個錢，就連著宅基地一起劃給妳們，妳們意思意思給個一百文就行。不過我得先說清楚，陸老頭這人不祥，又是死在裡面的，不曉得妳們在不在意？」

林伊並不在意，生老病死是人之常態，哪個人敢說自己不會死？現在的房子只要不是新修的，哪一戶沒有長輩去世？至於說不祥，她才不信這種鬼話，就不知道林氏……

她轉頭看向林氏，林氏更不在意，也沒有在意的本錢。

林氏忙起身，讓村長帶她們過去看看，儘快把房子拾掇出來，今晚就有地方過夜了。想想很快就能有自己的地和房子，林氏簡直一刻也不能等。

「我帶妳們過去，順便幫著妳們收拾。」娟秀自告奮勇地要領路。

「行，妳們去吧，看好了，明天就來把手續辦了。」村長沒有意見。

他巴不得林氏早點落下戶，最好能開荒地，這都是他的業績。

走出村長家，林氏向娟秀打聽。「沒見妳男人？」

娟秀嘆口氣。「妳又不是不曉得他那人，屁股上像是有倒刺，根本在家坐不住，一吃完飯就出去溜達了。」

林氏之前跟林伊介紹過村長家，村長只有一兒一女，女兒嫁到了外村，兒子叫成子，從小就喜歡滿山亂跑，叫都叫不住。

成子有次上山遇到了野豬，他原本想一個人把野豬收拾了，回到村也是一樁榮耀。哪曉得技不如豬，被野豬追得落荒而逃，一直追到山下，野豬才放過他悻悻離去。

他心慌意亂，脫離危險後居然摔了一大跤，把腿摔瘸了，不能動彈。

剛巧娟秀在山下挖野菜，把他揹回村裡找人救治，兩人因此結了良緣。

只是郎中醫術不行，成子的腿到現在都有後遺症，走路不太索利。

從那以後，成子再也沒了雄心壯志，很少上山，就算上山，最多在山腳下砍樹挖草，不敢往裡走深了。

娟秀繼續道：「多半去良子家了，妳也曉得，他就和那兩兄弟說得來。要尋他，去良子家一尋一個準。」

良子？不是丫丫的爹爹嗎？

林伊抬頭望了眼林氏，只見林氏不自在地抿抿唇，沒接娟秀的話。

「剛才是丫丫領我們進村的，她是良子叔的閨女吧，乖得不得了。」林伊有點奇怪林氏的態度，便接過娟秀的話頭誇獎道。

「呵呵，這小丫頭鬼機靈一個，我也愛得緊。她肯定去給何嫂子報信了，一會兒何嫂子準來尋妳。」娟秀立刻笑起來。

幾人走沒幾步，迎面來了三個人，又蹦又跳，比劃著說個不停的正是丫丫。

林伊見她的羊角辮已經梳得整整齊齊，狗啃似的劉海也修剪平順了覆在額頭，只是因為太短，看著有點違和。

她拉著個十四歲左右的苗條少女，長得溫柔可親，正滿臉帶笑地聽丫丫講述，還不住點頭附和。

旁邊是個三十歲多歲的婦人，身材高眺結實，容貌和那少女相似。

這兩人身上的衣服雖然洗得發白，還綴著補丁，卻乾淨清爽。

見到林氏幾人，那婦人大聲招呼。「玉芝！真是妳啊，丫丫跟我說我還不信，妳怎麼回來了？」

娟秀轉頭看向林氏，挑挑眉，一副「我沒說錯吧」的得意表情。

林伊忍不住笑起來。

丫丫幾步跑過來，跟娟秀、林氏打了招呼，脆聲問林伊。「姊姊，妳們去哪兒啊？」

林伊忙告訴了她，那母女倆也跟著走了過來。

眾人團團介紹，這婦人姓何，是丫丫的大伯娘，和林氏處得很好，以前對林氏頗多照顧。那個少女是她的女兒小慧。

知道林氏回來的原因後，何氏很是嘆息了一番。林氏還反過來安慰她，以後自己就是自由身，不用再做牛做馬伺候人，應該為自己高興。

何氏見林氏神情輕鬆，一臉如釋重負，知道她真的不在乎，遂放下心來。

聽說她們要去山腳下陸老頭的家，三人也要跟著去，一幫人說說笑笑地往山腳下走去。

小慧是個很有大姊風範的女孩，她友善地和林伊打了招呼後，便走到她身邊和她聊天，向她介紹村裡的情況，林伊立刻喜歡上了這位好脾氣會照顧人的小姑娘。

順著村道走了一段，道兩旁不再有房屋，只有一大片荒地，長滿了野草和稀稀落落幾棵雜樹，遠處有一座索橋，過了索橋就進山了。

村道左邊離索橋不遠處有條羊腸小徑，斜著伸向一大片竹林，因為走得少，長出齊腳深的野草，快把小道覆蓋了。

娟秀領著她們拐上小道，指著那一大片竹林道：「屋子就在那兒，在這裡都能看到屋頂。」

林伊睜大眼仔細察看，果然在一片翠綠中夾雜著點點枯黃的色調。

離村子不算遠嘛，就幾步路，以後真有點事，扯著嗓門一喊，村裡人就能聽見。

林伊看了眼身後變得小小的村民屋子，對位置很滿意。

幾人很快來到了竹林前，只見一座土坯房被茂密的竹林包圍著，秋風掠過，一片片竹葉飛舞著飄落到屋頂院裡。屋後是連綿的群山，屋旁有涓涓溪流，這不正是山水畫中的田園小屋嗎？

林伊看得歡喜極了，且不論房屋怎麼樣，就憑這景致她已經決定要住在這裡了。

走到近前，她發現屋子的院牆異常高大，比村裡人的更厚實，院牆上還種著荊棘，可能是因為在山腳下，更要提防山上的野物進屋吧。

林伊滿意地看著院牆，這第一道防線如此堅固，讓人安心不少，看著看著，她突然覺得有點不對，怎麼沒有院門？就一個門框立在那裡，像個沒牙的老太太大張著嘴。

娟秀也發現了，她皺眉道：「院門哪兒去了？」

何氏左右看了看，有了猜測。「該不會是哪家人修屋直接拆去用了吧？」

林伊有了不好的預感，院門都拆走了，那屋門肯定凶多吉少。

果然，一進院子，幾人就對著沒了門窗的屋子大眼瞪小眼。

「還真拆走了，一扇都沒留下！」娟秀喃喃地感嘆。

林伊四處打量，渾不在意，門窗沒有房屋還在，這屋況已經比她事先設想的強多了。

這屋子前院很大，比劉村長家的還大，長滿了齊膝深的野草。院牆邊種了棵高大的棗樹和一棵矮矮的梨樹，樹上一個果子沒有，顯然讓人摘光了。

後院比前院還大，也是雜草叢生，院裡沒有豬圈雞圈，只有個兔舍，以後林伊要養雞養豬，還得自己壘圈，養兔子倒是方便。

院中並排三間房，左右沒有廂房，只右邊有間茅廁和一間小雜物房。

因為久未住人，房屋呈現出破敗之相。房頂的茅草亂紛紛的，遇到下雨肯定得漏。

從門洞和窗洞看進去，除了廚房裡的土灶臺、土砌的案板，外加一個破了口的大水缸外，空空如也，劉村長說的幾樣家具影兒都沒有。

幾人把屋子看了一遍，娟秀神情有點尷尬，苦笑道：「這些人倒是會打主意，一樣東西都沒留。」

何氏直發愁。「這怎麼能住人，沒門沒窗也沒床，現做來不及了。要不妳們隨便在哪家先將就幾晚，等找人做好了再搬過來。」

「沒事，外面那麼多竹子，隨便砍幾根綁在一起就是門了。床也可以這麼做，我們帶了棉絮床單，鋪上就行。」

林伊無所謂，材料遍地都是，只要花點力氣、費點時間很快就能弄好，反正她力氣時間都不缺。

「能有自己的屋子我們已經很高興了，先湊合一下，以後會越來越好。」林氏非常贊同林伊，別人家再好，哪有自己家好。

何氏抬頭看了眼屋頂，點點頭。「也行，房頂要補，我家和娟秀家都有稻草，挑點過來就能弄好，我去找幾個人來幫忙，妳們先把屋子打掃一下。」

林氏忐忑不安。「會不會太麻煩了？」

何氏毫不在意地揮揮手。「麻煩啥，又不是外人。都是從小一起長大的，一叫他們，保證跑得飛快，攔都攔不住，我這就去叫人。」

正在四處遛達的丫丫聽了，自告奮勇地要求承擔這個光榮的任務。「我去我去，我跑得快，一下就跑到了。」

「行行，妳個小機靈鬼，曉得叫哪個不？」娟秀逗她。

「就去我家叫，大伯在我家呢。」丫丫口齒清楚，反應靈敏。

「行，快去吧，我們等妳。」眾人看著她那小大人樣樂得不行。

「記得叫他們帶上工具。」見丫丫忙不迭地跑走，何氏在後面叮囑道。

林伊把背筐放到廚房裡，把砍刀和買的工具取了出來，娟秀和何氏讚嘆不已。「一看就是安心過日子的，準備得真夠齊全。」

看到廚房裡比自己矮不了多少的大肚水缸，林伊有點汗顏。她們啥都想到了，就是忘了買水缸，幸好這裡有，雖然缸口破了洞，好在水缸夠大，洞又在缸口下面一點，勉強能用。

娟秀也看到了，她直惋惜。「挺好的水缸，可惜破了個洞。」

林伊倒是慶幸，得虧破了洞，不然也早就被搬走了。

想到接下來清掃肯定需要大量用水，她決定先把水缸裝上清水。

她跟林氏說了一聲，提起水缸往外走。

娟秀見她瘦骨嶙峋，身材矮小，卻隨隨便便就提起大水缸，驚得目瞪口呆。「小伊好大的力氣，比我兩個小子都強！」

她的兒子也能提，卻不可能像小伊那樣就跟提隻小雞似的。

林氏與有榮焉地笑了笑。「是啊，她力氣就是大，沒幾個人能比得上。」

何氏目光追隨著林伊的身影，不住讚嘆。「有了這把力氣還怕啥，上山隨便撿點野物就能把日子過好，沒誰敢欺負妳們！」

林氏看向同樣睜大雙眼不敢置信的小慧。「小慧也不錯啊，又能幹脾氣又好，有這麼個好閨女妳真有福氣。」

「行了啊，妳們兩個是在氣我嗎？知道我想要閨女，就在我面前顯擺啊！」娟秀做出受傷的表情，噘著嘴抗議。

林氏和何氏相視一笑，何氏打趣道：「妳有啥可氣的，想要閨女，等妳兒子娶了親，讓他多生幾個。」

幾人妳一言我一語地邊聊天邊清掃房間。房間裡落葉和塵土積了厚厚一層，她們打算先把較大的髒污清理了，待房頂修補好後再細細打掃。

林伊快步出了院子，前面不遠就是草坡，往前走幾步就能看到一條山溪流過，溪水清澈透亮，水底小石清晰可辨。

水質不錯啊，林伊心裡暗喜。

她找了個落腳的地方將水缸涮了下，又把水裝到破洞下方一點，就扛著水缸回了家。她心裡不住感慨，還是這麼提水方便啊，要是用水桶一桶桶地提，得提到何時啊？

屋裡的女人看到她扛著滿缸水輕鬆自如地進來，嘴都合不攏，誇獎話像是不要錢似地往外倒，弄得林伊都羞澀了。

不過她是故意為之，在這裡她可不打算扮小可憐，而是怎麼剽悍怎麼來，讓大家都知道自己的大力氣，讓不懷好意的人有所忌憚。

第四十三章

林伊見大家各自忙碌，便拿起砍刀，準備去砍竹子。

後院有道小門，出去就是竹林，非常方便。

「來了來了，他們來了！」何氏透過門洞看著外面歡喜地道。

林伊一看，小道上走來幾個挑著稻草的壯年男子，當先一人身材高大，丫丫蹦蹦跳跳地跑在他的身旁，一直仰著臉和他說話，後面還跟著幾個人。

屋裡的人趕緊迎了出去，和他們在院中相見。大家七嘴八舌地打著招呼，蕭瑟的院中一下有了人氣，變得熱鬧起來。

何氏給林伊介紹，第一個人是丫丫的爹良子叔，他年紀和林氏相仿，長得粗眉大眼，相貌堂堂，不笑時沈穩內斂，笑起來卻有股豪爽之氣，是個陽剛氣十足的帥大叔。

第二個人是良子的大哥東子，也是何氏的男人。兩兄弟容貌相似，只是東子身材要矮小一些，一臉機靈。

在他旁邊十七、八歲的少年是他的兒子小柱，他和何氏長得相像，是個文秀的少年，臉上掛著靦覥的笑容。

走路微跛的是娟秀的男人成子，娟秀的兩個兒子跟在他的身旁。

互相見了禮後，何氏三言兩語把林氏的情況說了。幾人點頭表示瞭解，沒有多打聽，也不發表意見，就像這是件再平常不過的事情，讓心裡忐忑的林氏大鬆了口氣。

這幫人看著就性情溫和，善解人意，定然很好相處，林伊對他們頗有好感。

林伊發現他們帶來的工具很齊全，不僅有鐮刀、砍刀、鋤頭、鋸子、錘子，良子叔揹了架竹梯，小柱還擔了大大小小的竹籮竹筐。

東子叔笑道：「看我想得周到吧，把家裡工具都提來了，免得少了哪樣要再跑一趟。這些竹筐妳肯定用得上，也帶了幾個。」又拍著成子的肩膀對林氏道：「給妳抓的勞力。」

原來成子叔和他們正在一塊兒聊天，聽說林氏回來了，也要過來幫忙，順路還叫上了兩個兒子一起。

林氏惴惴不安地連聲說道：「太麻煩了，怎好勞動你們。」

東子叔笑嘻嘻地看著她。「瞧妳說的啥話，又不是才認識，還跟我們客氣。」

良子叔在旁邊感嘆。「回來就好，回來就好。」

林氏的眼眶一下紅了，眼淚止不住地往下流。

東子叔見了取笑道：「愛哭包，怎麼又哭了。」態度親暱自然，就像對著家裡姊妹。

林氏含著淚白了他一眼，何氏使勁捶他。「就你有嘴，就你能說。」

丫丫湊熱鬧幫著捶打東子叔，打得東子叔哎喲哎喲直討饒，何氏還給她打氣。「用點力，看他以後還敢不敢亂說話。」

大家哈哈大笑，一瞬間彷彿回到了無憂無慮的少年時代。

林伊看得無比開心，瞧瞧這融洽的相處場面，回來這裡真沒錯，至少林氏身心是真正的放鬆，臉上不再有悲苦的神情。

談笑已畢，大家決定先修整房頂。

男人們都爬上屋頂，其他人在何氏的指揮下，把稻草分成一捆一捆，往上扔給他們。

這幾人都是熟手，又經常一起做活，很有默契。

東子叔時不時地還會扯開嗓子唱上幾句山歌，他有把好嗓子，聲音清亮，中氣十足，穿透力極強。可惜五音不全，不僅跑調跑到隔壁村，還經常忘詞瞎唱，就沒有唱全一首歌，引來大家的陣陣嘲笑。

特別是丫丫，急得不得了，在下面跺著腳糾正他，何氏忍不住撇嘴嫌棄。「唱又不會唱，還這麼大聲，也不怕人笑話。」

丫丫小大人樣嘆口氣。「唉，聽大伯唱歌累死人。」

大家都同意她的說法，成子叔在屋頂另一邊大聲建議。「東子哥，小點聲，別把山上的野豬招來了！」

東子叔根本不把諷刺挖苦放在心上，越唱越高興，越唱越投入，有首歌被他翻來覆去就在那兩句打轉，把他自己都唱愣了。「咦，怎麼出不去了？」

丫丫皺眉發愁。「大伯唱歌都要迷路！」

大家笑成一團，林伊笑得直咳嗽，林氏笑得眼淚都出來了。

林伊看著林氏放開心胸盡情歡笑的模樣，有一瞬間恍神，自從她嫁到吳家再也沒有發自內心的笑過了吧？而自己呢？上一次開懷大笑是什麼時候？她不記得了。

前世林伊最多的笑容是面對客戶的公式化笑容，標準而完美，只是笑意從沒到過眼底，更沒有到過心裡。到吳家村以後，每天都在盤算計劃，還要角色扮演，身心疲累，根本沒有心思大笑。

現在遇上娘親這群日子艱難、卻樂觀開朗的朋友，林伊不自覺被他們的情緒感染，打心眼裡感受到快樂。

在歡樂的氣氛中，屋頂很快就補好了。

他們又繼續合作，幾下把茅廁和雜物間屋頂的茅草也整理好了。

林伊不住感嘆，人多力量大啊，就算她有大力氣，讓她一個人不知道要做到何時。

接下來就是打掃屋子、清理雜草和砍竹子做門窗了。

林伊發現良子叔雖然不愛說話，只悶著頭做事，卻是主事的，也沒人問他，他很自然地就開始分配任務。「我們三兄弟砍竹子。大強，你們三兄弟割院裡的草。大嫂，妳們幾個就打掃屋子吧。」

大家聽了並無異議，各人拿著東西開始幹活。

林伊舉手表示有意見。「良子叔，我砍竹子吧，我力氣大。」

良子叔詫異地打量她，沒看出她怎麼就力氣大了。

林氏接過話來。「讓她去吧，她的力氣你們幾個都比不了。」語氣中頗有幾分得意。

「哎喲，還有這種事，那我們倒要瞧瞧看。」東子叔一下來了興趣。

林伊也不多話，跟著他們一起朝竹林走去。

一進到竹林，林伊悶頭大幹，碗口粗的竹子兩三下就砍倒一棵，不僅快，還異常輕鬆，令幾人讚嘆不已。

東子叔不住倒吸著冷氣。「我的娘吔，我就沒見過誰有這把力氣，更不要說小閨女了，不得了不得了。」

成子叔也停住手，驚異地看著林伊砍伐。

良子叔反應靈敏，見此狀況，只咂了咂舌，立馬重新分工。「大哥、成子，別砍了，你們把砍好的照著門窗尺寸鋸出來，待會兒直接釘在一起。」

兩人答應一聲，拖著竹子往院裡走。

良子叔搓搓手。「小伊，這裡就看我們的了。」

對於林伊的大力氣，他表現得比成子叔、東子叔淡定得多，是個非常沈得住氣的人，林伊對他的好感又加深了一分。

接下來兩人就跟比賽似的埋頭苦幹，一會兒功夫就砍倒了一堆竹子。

良子叔看了看堆在一旁的竹子，讓林伊停手。「小伊，差不多了，先做門窗。」

兩人用麻繩將竹子捆起來全部拖回院中，此時前院的草已經割完堆在角落裡，東子叔和成子叔正在院中鋸竹子。

南山村竹子多，村裡人經常用竹子做各種器具，幾人加工起來得心應手。門窗很快做好，裝到門框上剛好合適，看著還挺結實，很像那麼回事。特別是院門，用最粗的竹子紮成，並不比厚實的院牆遜色多少。

良子叔走遠幾步打量了一下，滿意地點點頭。「先這麼著吧，明天我們上山尋幾棵大樹，砍下來曬乾了再給妳們做個結實的門，再做幾樣家具。」

他曾跟人學過幾天木匠，只要不講究外形，做出來的東西還是能用。

林伊覺得不必，這院門已經很結實了，而且青幽翠綠，帶著竹子的清香，別具特色，很符合田園小屋的風格。

院門有了，林家宅子的安全就有了保障，緊接著的內部修繕可以很從容地進行了。

門窗搞定了，接下來開始做床板。

做床板的竹子選得很嚴格，粗細必須均勻，一根根排起來，再密密地紮在一起。

東子叔在這方面很有一套，別看他平日嘻嘻哈哈的，做事卻認真細心，在他的指揮下，一張平整寬闊的床板漸漸地鋪展開來。

山腳下濕氣大，把床板直接放地上太潮，林伊想著像在吳家那樣，弄幾排竹子把一頭削尖釘在地上，再把床板放上去，這樣能離地一段距離。這個建議得到了大家的一致認可。

良子叔擦了把頭上的汗，左右打量著屋子斟酌道：「還差桌子凳子，院裡的雜草得燒掉，草木灰正好埋在地裡，翻了地就能種菜。要是養牲畜還得做個圈欄。」他是心動就要行動的人，轉頭對東子說道：「大哥，我們把桌子凳子一塊兒做了，要不玉芝都沒地方坐。」

不知道為什麼，林伊總覺得「玉芝」這兩個字從他嘴裡說出來別有一番情意，再看看他說話時，林氏眼神閃爍看向別處的模樣，林伊的八卦之心「噔」地動了一下。她覺得這兩人關係不簡單，以前肯定互有情愫，只是因為種種原因沒能成為眷屬。

林伊對良子叔很有好感，林氏和他站在一起，男的高大帥氣、女的溫柔秀美，非常養眼，以後若能結為夫妻倒是一樁美事。

當然，現在想這些還太早，可以慢慢觀察，只要良子叔人品沒問題，她絕對會大力支持！

她可沒想過讓林氏獨身一輩子，因為吳老二那種人渣放棄對幸福生活的追求，沒必要！

不過東子對良子的安排有意見。「桌凳容易做，你和小柱配合一下就可以了，我給玉芝做幾個竹架，她們好放東西。」

幾人重新分了工，略休息一下又開始工作，良子和成子的兩個兒子做桌凳，東子做竹櫃，他的兒子和成子叔在一旁幫忙。幾個女的細細打掃房屋，清潔灶臺。

丫丫是最忙的，在幾個工作組間竄來竄去，幫他們傳遞工具。院子裡不斷傳來——「丫丫，把刀給我遞一下！」「丫丫，鋸子拿過來！」和丫丫清脆響亮的回應——「來了！」

時不時有村裡的大娘拿把小菜過來打探消息，對林氏說些寬心的話，還有村民聽說這邊在修繕房屋，三三兩兩約著來看熱鬧，見他們忙不過來會伸把手幫忙。

不過這些人都是來無影去無蹤，一抬頭發現院裡多了幾人，再一抬頭那幾人又不見了，隨興得很。

林伊有個重大發現，東子叔竟是做竹器的高手！

他手一摸到竹子，嘻嘻哈哈的神情立刻消失不見，變得專注認真。他微擰著眉，咬著唇，眼裡心裡只有手中的竹片，竹片也彷彿有了生命，在他的指間翻飛，很快就做好了一個竹架。

她望著全神貫注的東子叔，覺得他變帥了許多，整個人彷彿在發光，看來專注的男人最帥氣這話沒錯！

見大家忙了半天，水都沒喝一口，林伊找出陶罐和陶碗去溪邊洗淨後在灶臺燒水。

林氏一拍腦袋。「我這人一急起來啥都忘了，我們還有點心和梨子，快拿出來給大家吃。」

娟秀連忙擺手。「這會兒手都髒得很，暫時不用，一會兒再說吧。」又對林伊道：「其實水不用燒開，涼的就行，大家都喝慣了，不過麼，妳們今天入住，第一爐火燒一罐開水，以後會財源滾滾，要是再放點糖進去，日子就會甜甜蜜蜜。」

林伊睜大眼，還有這個說法，她寧可信其有，不可信其無，忙翻出用來調味的糖塊掰了一塊放進水罐裡。

火燒起來後，枯枝在灶膛裡噼啪作響，廚房裡立時有了煙火氣，爐火旺旺的，心也暖暖的，這間久未住人的屋子頓時有了家的感覺。

忙碌了一下午，快到晚飯時，終於大功告成！

第四十四章

大家在院裡四處遛達，檢驗成果。

可能是因為山腳地多，這座屋子特點就是很寬敞，不只前院大、後院大，三間主屋大，就連茅廁和雜物房也非常大。

現在院門安上了，屋子的門窗也有了，雖然和土坯房結合在一起不太協調，就像舊衣服釘上了新鈕釦，卻給這衰敗的破屋帶來了生氣。

院子裡的雜草全都清除了，顯得院子更加寬闊，一條從院門到堂屋的青石板路顯露出來，把院子分成兩半。

幾間屋子不僅地面清掃得乾乾淨淨，牆面屋頂的積塵也沒有放過，看著整潔清爽。

左邊的屋子是林伊母女的臥室，靠牆放著一張竹板床，上面厚厚地鋪著修補房屋剩下的稻草，林伊在吳家柴屋的湖藍色床單罩在上面。

沒有枕頭，林伊把兩人的幾件舊衣服疊起來做了兩個，新買的兩床棉絮被林伊用被單裹起來，這就是她們暫時的被子。南山村早晚溫差大，晚上必須要蓋被子，光是一張薄被單不濟事。

床頭是東子叔做的竹架，母女倆的衣服和針線擺了上去。屋子正中是良子叔新做的桌子，桌上擺著在鎮上買的油燈，桌下有四張竹凳，雖然粗糙卻非常結實。

堂屋裡也有一張竹桌四張竹凳，棗泥糕、切好的梨子和裝著糖水的大碗放在竹桌上，丫丫晃悠著腿坐在其中一張竹凳上，拿著一塊棗泥糕吃得眉開眼笑，見林伊經過還非要讓她咬一口。

右邊是廚房，陸家的土灶是靠著牆角砌的，一大一小兩個鍋口，大的上面放著她們買的新鐵鍋，小的放著陶罐，剛剛就用它燒的糖水。兩個鍋口中間還有個小陶罐，裡面也裝著水，只要兩邊燒火，火的餘溫就能將小罐子裡的水燒開。

灶臺靠牆的一側擺上了新買的調味料和菜油，做菜的時候拿取非常方便。一個裝著蔬菜的小竹籮也放在灶臺上，旁邊還有一個大碗，裡面是羅大嬸做的麵餅，三顆雞蛋靠碗放著，旁邊的菜葉包裡包著那一斤五花肉。

土灶旁邊是破了洞的大水缸，林伊已經將它清洗乾淨，裝上了清水。灶臺旁邊是大窗，正對著前院，窗下的土泥案板上面放著東子叔帶來的竹菜板和一把菜刀。案板旁邊是一個新做的竹架，擺著碗盆罈罐，最上面還疊著幾個小竹籮，也是東子叔帶過來的。林伊的大木盆和水桶在牆邊斜靠著。

大家逛了一圈非常滿意，東子叔點點頭。「像那麼回事了。」

林伊和林氏高興極了，終於有了自己的家，不必住山洞不用蓋窩棚，是實實在在的三間大屋子！

林氏控制不住情緒，眼淚不停地往下淌，又怕被笑話，只敢偷偷地背過身擦乾淨。

「叔叔、嬸嬸晚上就在我家吃個開伙飯吧，就是飯菜不太好，你們可別嫌棄。」林伊笑著邀請大家。

林氏也連忙開口。「現在已經是飯點了，你們回去做了飯吃都不知道是何時了，還不如在這裡湊合一頓。」

成子叔和娟秀連忙推辭。「我娘煮了飯，我們就不在這兒吃了，以後妳住這兒，有的是一起吃飯的時候，今天就算了。」

林氏著急了。「這怎麼成，辛苦那麼久，就在這兒隨便吃點吧。」

娟秀很誠懇地攔住她。「真不用了，我們家妳也知道的，我們出來的時候沒跟我娘說，她肯定做了我們的飯菜，不回去吃她老人家會不高興。東子、良子你們在這裡吃吧，反正你們回家也要現做，也算替玉芝暖灶。」

想想她說得很有道理，林氏不好再留她，只眼神殷殷地看向何氏，她知道，只要何氏答應了，那兩兄弟絕對沒問題。

何氏見她如此，爽快地點點頭。「行，那我們就留下蹭妳一頓。」

一直在旁緊張地看著的丫丫聽了，立刻拍手歡呼。「太好了，太好了，我們要在姊姊家吃飯了！」

她是個愛熱鬧的性子，一聽到林伊邀請他們留下，早就十二萬分的願意了。

小慧也很高興，已經坐到灶下幫著燒火了，她和丫丫一樣，喜歡一堆人聚在一起說笑玩鬧。

晚上吃什麼？

幾個女人查看著食材提出自己的意見，這個說可以這樣，那個說那樣也行，一時間廚房裡嘰嘰喳喳，熱鬧得很。

三個男人沒有發言權，可是也坐不住，便跑出去撿了一堆柴火回來堆在廚房，足夠娘兒倆燒十天半月了。

經過一番協商，大家最後決定採納林伊的提議，用五花肉、馬鈴薯、白菜，加上村裡大娘拿來的小菜和麵糊做一鍋肉片麵疙瘩湯。

羅大嬸給的麵餅用微火烙熱了作為主食，那三顆捨不得吃、準備留給林奶奶的雞蛋也拿了出來，丫丫單獨吃一個，其他兩顆切成小塊都扔進了肉片湯裡，路上沒有吃完的炒鹹菜絲也算是一個佐菜。

幾個人共同合作，洗菜的洗菜，切肉的切肉，一鍋熱氣騰騰的麵疙瘩湯很快就做好了。

這頓飯材料雖然不算豐富，但馬鈴薯煮熟後變得粉糯，湯也變得濃稠，肉片肥軟香濃，再加上麵疙瘩和麵餅，很能飽腹。

而且羅大嬸做的麵餅確實沒話說，又香又有嚼勁，放了一天依然無損麵餅的美味。

因為湯多，用最大的碗也裝不下，林氏直接用大瓦罐盛了端上桌子，好在買的大大小小的碗加一起也夠用了，就是沒有筷子，不過有幾位竹子加工高手的存在，這個難題根本不在話下。

聞到肉湯的香氣，忙了一下午的幾人頓時感覺饑腸轆轆，端著碗唏哩呼嚕吃得香甜。何氏邊吃邊問林氏。「妳們以後打算怎麼過活，就靠著小伊上山打野物嗎？」

林氏和她們是交心的朋友，便沒有隱瞞，將林伊開荒地的想法告訴了她。

何氏勸道：「開荒不容易，雖說頭三年不用交稅，可是咱們這裡的地薄，根本種不出東西，到時候又費錢又費功夫，還啥都得不到，不划算。」

「小伊說荒地第一年不能種糧食，得種不挑地的綠肥，又能肥田又能有收成，等把田養好了，再來種糧食。」

「還有這種說法？什麼是綠肥，咱們一點也不懂。」何氏激動地問道，連飯都顧不上吃了。

東子和良子家沒有田地，村裡人也沒有多餘的地租給他們種，他們平時在山上撿點野物，農忙時各村轉悠幫人打零工，日子過得很是艱難。如果這個方法可行，對他們也有幫助。

林伊把自己的打算說給他們聽，她想買兩畝地，肥田蘿蔔和油菜混種，這裡油菜種得少，菜籽油的價格相對比較高，到時候種出來榨油賣很划算。肥田蘿蔔既是蔬菜，沒糧食的時候還能和著米飯一起吃，也能算是多了點糧食。莖葉還能用來餵牲畜，油菜收穫後再種豆類綠肥，收穫了再種玉米，和大豆交替種，一直這麼輪著來，荒地的肥力很快能上來。

最可貴的是，這片荒地旁邊就是山溪，開溝渠把水引到地裡根本不是難事，過兩年還能養成水田，到時候種上水稻，一點也不比山下的地差，山下的地離溪水還沒有這麼近呢。

「咱們不只種稻子，還能在稻田裡養鴨子養魚。」

幾人聽得一愣一愣，還不知道田能這麼種。

小慧好奇地問道：「鴨子和魚一起養稻田裡？不怕鴨子吃魚、吃稻子嗎？這怎麼可以？」

大家頻頻點頭，也有這個疑問。

「這可不是隨便亂養，是有講究的，插秧後就下魚苗，魚苗太小就吃不了秧苗，等魚和秧苗長大了再把小鴨子放進稻田，這時候魚鴨稻子就各自生活，互不干擾了。魚在水底找食吃，鴨子則吃水面的青草和葉片上的青蟲，就夠牠們吃了，不用另外再餵飼料，能省一筆錢呢。魚和鴨子的糞便又成了稻苗的肥料，而且牠們在水中游動還能鬆土除草除害，好處多得很。如果怕鴨子吃穀子，稻子抽穗了就把鴨子抓起來，換個地方先養著，等稻子收了之後再放進田裡餵養。」林伊把她知道的大致說了一遍。「鴨子不能養太多，一畝地也就七、八隻左右，魚最好是草魚、鰱魚，鯽魚、鯉魚也行。」

「聽著還真能行啊，這樣不是一畝地能掙三份錢了？」

「是啊，如果操作得好肯定能行，不過我只知道有這麼個養法，具體沒有做過，也不太會種田。你們是種田好手，到時候我們一起商量，保證能夠成功。」

幾人都連連讚嘆，想出這個法子的人腦袋真好，不知道是何等的聰明人。

因為在山區，南山村的人都不太會種田，就是傳統的種完稻子種麥子，再種點菜。田地沒有休養生息的機會，地力越來越薄，產出越來越少，日子也越過越窮，好在有南山的產出補貼，要不然真的飯都吃不飽。

「說不定這麼拾掇下來，荒地比村裡的地還要肥。」東子叔一臉興奮。

「很有可能。」關於荒地肥料的問題，她提出新的想法。「我看竹林裡的土都肥得發黑了，山上的土常年有腐葉和小動物的骨肉糞便作肥料，肯定更肥。把荒地上的草燒了，這就是現成的草木灰，再混上林土，一起翻到地裡……」

「對啊，我們怎麼沒有想到，守著這麼大一座山，不只有野物，可用的東西多了去！」東子叔激動地打斷林伊的話，他現在已經完全被林伊說服了。「看來種地也不能瞎種，得講方法。」

「那是，要不然從古到今怎麼有那麼多農書。」

「還有專門種糧食的書？我以為書裡只講怎麼做官呢！」東子叔不住咋舌，他大字不識一個，對書裡寫的東西充滿敬畏。

「怎麼會，農業是國家的根本，沒有農民種糧食出來，那些當官的再厲害也得餓死。」

林伊笑盈盈地道。

「小伊這話有道理，從大地方回來的說話都不一樣。」東子讚道。

林伊又提出新的問題。「竹林隔得近，擔土還好點，從山上擔土很麻煩，會很費力氣。」

「這怕什麼，我們有的是力氣，就怕沒地方用呢。」東子叔毫不放在心上，如果真能有自己的地，再麻煩他都願意，空有一把力氣沒處使，才最讓人難受。

他對良子道：「這法子行得通，咱們也買畝荒地試試看。」

「好倒是好，可惜沒有那麼多錢，一畝荒地得要五百文。」良子叔為難地抓了抓頭髮，他也很心動，可惜現實就是這麼不給力。

東子卻不願意放過這個機會，便和良子商量湊錢買一畝。「咱們湊一湊吧，再怎麼著五百文還是能湊出來的。」

「荒地在山腳下，位置不好，能不能找村長商量下便宜點。」林伊問道。

「對，明天找村長問問，我覺得應該能行，村長不是一直說讓咱們開荒嗎？多和他說說應該沒問題。」

兩個人也不避諱，當著林氏和林伊的面就開始盤點家產，計算著能不能湊出這麼多錢來，他們越說越有勁，又問林伊還有沒有別的打算。

林氏便提起她想養雞兔和豬，何氏聽了非常支持，她家裡就養了三隻雞，養的蛋攢多了便拿到鎮上賣掉，也能掙點油鹽錢。「我家裡有種蛋，我幫妳孵小雞。羅大石家的母豬剛下了小豬仔，妳正好可以去抱，我一會兒回去就幫妳問問，說好了妳就去抓。妳們想抱幾隻？」

「如果價錢合適，就抱兩隻，一隻養大了拖去賣，另一隻留著咱們自己吃肉。」林伊已經規劃好了。

至於兔子，她想得很美好，改天去山上抓一窩兔崽子就能養起來，如果抓不到，就抓成年野兔子回來配，她早就躍躍欲試，等著上山一展身手。

不過能不能成真，就拭目以待了。

林伊拿起桌上東子叔編的竹筐，好奇地問：「東子叔，你的竹筐編得這麼好，怎麼沒想著拿去賣啊？」

東子叔嘆口氣。「妳看看咱們這裡，啥都不多就竹子多，哪家哪戶不會編竹筐，這些東西也不用多好看，做出來能用就行，辛苦做好了根本賣不掉。」

「可我看鎮上雜貨店也有賣竹筐的，還不如你編得好呢。」林伊很不解。

「雜貨店有專門的人家供貨，我們插不進去。」

東子也很想自己做的東西能有人願意買，他沒別的愛好，就喜歡編竹製品，手只要一摸到竹片心裡就充實滿足，編出來的竹器村裡沒人能比得上，如果能靠這個掙錢養家就最好不過了，可惜啊！

林伊擰眉思索，如果基本款大家都會做銷不出去，可不可以做點特別的？東子叔手藝這麼好埋沒了太可惜，只是要做什麼？

她想了半天不得要領，這會兒事情多思緒亂，暫時先放一邊吧，等安定下來再好好想想，肯定能想到好法子。

吃完飯，幾人趁著還有日光，將前後院割下來的荒草全堆在後院，一把火燒了。

看著這吞吐的火苗，林伊感慨萬千。上次放火是毀掉一個家，這次放火則是新建一個家，意義大不相同，正所謂不破不立，不捨不得，看來只有敢於捨棄才能有新的開始啊。

待火焰燃盡，地上只餘灰色的草木灰，這些草木灰翻到土裡能殺菌預防病蟲害，是很好的有機肥料。

幾人扛著鋤頭要翻院裡的地，林伊和林氏商量，前院不種菜，把地夯實碾平，以後修幾個石桌石凳，架起葡萄架，種點香花美樹，再擺一張躺椅。坐在院裡看著蒼翠青山，聽著松濤陣陣，這樣的納涼休閒定是別有一番情趣。

如果可以的話，她還想挖口井，山溪雖然清澈，可若是下了雨，溪水就會變得渾濁，到時候用水就會成為問題。

後院也分成兩半，一半把地弄平整了養雞，在這裡雞可不能散養，要不然放出去的是雞，找回來的就是雞骨頭，就讓牠們在後院遛達吧。

另一半地翻了種菜，再在院牆邊搭上竹架，種絲瓜扁豆。

林氏自然沒有意見，一半後院就已經夠大了，她們人不多，種上菜完全夠吃。實在不夠，院門外的地裡也能種點不值錢的小菜，村裡不會干涉。

地翻完天已快黑了，林氏一個勁兒地勸他們回去休息，良子叔卻在那兒遺憾。「可惜沒把豬圈、雞圈做成。」

何氏看不過去了，瞥了他一眼別有深意地道：「活計哪能一天就做完，以後日子長著呢，慢慢做吧。」又笑著向林伊解釋。「妳這個叔叔啊，就是個恨活計的，有事沒做完心裡就難受。妳看著吧，要是沒人拉住他，他能給妳做到明天早上，不做完不歇著。」

東子叔走過去搭著良子叔的肩膀，語重心長地勸他。「活計比命長，放心吧，有你做的時候。」

良子叔沒想到自己的無心之語被他們這般調侃，很不好意思，他忙低著頭收拾工具，眼角餘光掃向林氏。

林氏像是沒有聽到他們的談話，只認真地看著自己的新屋子，彷彿要看出朵花來。

林伊見此情景，心中的八卦火苗又開始跳動，她可以肯定，林氏和良子叔以前就是有段故事，而且還是公開的，大家都知道。

今天一起勞動這麼久，林伊暗暗觀察良子叔，覺得他是個可以依賴的人，等自己家安頓好了，兩人如果能有感情發展，林伊絕對會大力支持。林氏這麼好的女人就是值得男人真心以待，寵愛有加。

何氏一行告辭時，丫丫拉著林伊的手不放，她很喜歡這個姊姊，很喜歡這間她參與整理的屋子，不想離開。

小慧過來牽住丫丫。「姊姊今天累壞了，咱們快走吧，讓她歇息。」

丫丫這才依依不捨地向林伊告別。

林伊也很捨不得她，不知道為何，看見她總覺得像是看見了小吳伊，不由自主地對她產生憐惜之情。

她拉住丫丫另一隻手。「走吧，姊姊送你們。」

林伊和林氏一直將他們送到了村道才停住腳步，和他們揮手告別。

小慧牽著丫丫走在最後面，林伊聽到小慧跟她說姊姊明天有很多事要忙，不要來打攪姊姊，丫丫理直氣壯地辯解。「我可以幫忙，我今天就做了好多事！」

「對，妳很能幹，就是妳不要再亂剪劉海行不行？」

丫丫的聲音弱了下來。「老是遮住眼睛。」

「那也不行，妳自己瞧瞧剪成了啥樣！」

「我以後不剪了，找姊姊幫我。」丫丫立刻接受了意見。

「這才對，剪刀戳到眼睛那可不得了，以後可別瞎動刀子。」小慧還在叮囑。

前面的良子叔兩兄弟則在商量明天買荒地的事，還決定買了立刻就翻出來。

林伊聽著他們的唸叨，望著他們越來越遠的身影，忍不住笑了。

她由衷喜歡南山村，喜歡這裡的景色，喜歡娘親這群善良熱情的朋友，回到這裡實在是再明智不過的決定。

「回去歇著吧，累了一天了。」林氏在旁邊柔聲說道。

「好！」林伊挽住林氏的胳膊轉身往家裡走去。

此時夕陽西下，落日從雲層中探出頭來，將天空染得火紅。餘暉如同一張閃閃發光的紗帳把群山籠罩其中，遠處的荒野也映成了暗金色，幾隻鳥兒展翅飛過，被那霞光染得金燦燦的。

晚霞行千里，明天又是個大晴天！

林伊走在空曠的荒地上躊躇滿志，也許在不久的將來，這裡會變成良田，有一大半都將屬於自己，自己就真的變成地主婆了。

林氏也在張望，她眼尖地發現了不少野菜，還有野蔥、野蒜、野韭菜，看得她高興極了，忙跑回家裡拿了大背筐出來摘了滿滿一筐。家裡正好沒有菜，這些野菜可以暫時擋一下。

第四十五章

回到屋裡，兩人又將屋子重新收拾整理了一遍。

林伊邊收拾邊在心中計劃，等以後有錢了，要把房間重新裝修。臥室太大了，可以做道牆，娘兒倆一人一間，地面全鋪上青石板，窗戶裝上窗簾，床上用品全換成明亮柔和的色調，再擺點鮮花裝飾品，把家裡佈置得溫馨又舒適。

正想著，林氏燒好了熱水招呼林伊洗澡，林伊痛痛快快地洗了個徹底。換上乾淨的衣服後頓覺神清氣爽，就像獲得了新生一樣，身上每個毛細孔都在呼吸。

林氏洗完澡還坐不下來，她把油燈點亮，美滋滋地道：「天黑了我就點燈，沒人再罵我。」

「可不，我燈油買得多，天沒黑妳都可以點，隨妳高興。」

林氏不同意。「那不行，該省還是要省。」

她不停地在幾個房間裡走來走去，嘴裡唸唸叨叨，東摸一下西摸一下，不住對林伊強調。「小伊，這是真的，不是在作夢，我們有自己的家了，這一整間屋子都是我們的。」

眼前的一切真實可觸，在吳家的生活卻恍如夢一場，她感到從未有過的安心。

轉悠了一會兒，她問林伊。「小伊，妳說我們明天早上吃啥？要不要這會兒做好，明天起床就能吃。」

林伊心裡也很激動，現在完全是自己當家作主了，不用看人臉色，想做啥就做啥。

她笑咪咪地道：「娘，聽妳的，妳說吃啥就吃啥。」

林氏扳著手指盤算開了。「咱們明天攤幾張餅子，熬點稀粥，把馬齒莧涼拌，再炒個茼蒿，可惜沒有雞蛋，要不然再炒個雞蛋，得快點把雞養起來。」

「雞會有的，豬會有的，很快一切都會有的。」

林氏彎著嘴角暢想了下以後的生活，再也待不住，她要去準備明天的早飯。「咱們先把粥熬上，就用灶裡的餘火慢慢熬，明天早上又濃又稠，香得很。麵團也和上，明天直接攤餅子。」

見林伊要跟著她去廚房，她忙制止。「不用不用，妳坐著就好，讓娘來，娘一個人能做好。」說完興沖沖地奔進了廚房。

林伊沒有堅持，明天要去買荒地，她打算把銅錢數出來準備好，也不知道和村長講下價，最終多少錢能買一畝荒地。

就在這時，院外響起了清脆的「啪啪」聲，有人在用力拍打竹門，拍門聲在安靜的荒野裡甚是刺耳。

林伊有點奇怪，這個時候會是誰上門？她豎起耳朵細聽，想分辨一下。

林氏也聽到了敲門聲，在廚房裡大聲叫林伊去開門，她現在心情好得很，認為是村裡的舊識來看她。

林伊可沒有這麼樂觀，總覺得來者不善。不過轉念一想，現在天色雖然晚了，自家位置偏僻，但憑自己的本事也沒啥可怕，便忙跑了出去。

保險起見，林伊沒有把門全打開，只開了一條縫，準備情況不對立刻把門關上。家裡只有兩個女人，萬一來個無賴衝進家裡賴著不走，鬧起來也是一場麻煩，她不想把精力花在無聊的事情上。

借著昏暗的光線，林伊發現站在外面的竟是林老頭！

他板著臉皺著眉，很不滿地瞪著林伊。「怎麼回事？敲半天才開？」

大白天不露面，現在天黑了他倒跑過來，在他眼裡到自己親閨女這裡來是很丟人的事嗎？要避著村裡人的耳目？

林伊沒好氣，直接問：「你有何事？」

林老頭一哽，死丫頭一點也不懂禮，都不恭恭敬敬地招呼自己！

轉念一想，和個小丫頭說不著，只繼續道：「妳娘呢？讓她出來！」

「我娘不方便出來，你有事和我說，我們家現在是我當家。」

「妳當家？妳個小丫頭片子當啥家？快把妳娘叫出來。」林老頭不耐煩了，大聲道。

林伊更不耐煩，聲音比他還大。「跟你說了我娘不方便出來，沒聽懂嗎？有事就跟我說，沒事請你離開。」說完心疼地看了看竹門，回瞪他一眼。「新做的，別亂敲！」

反正沒人看到，她不打算對他客氣。

林老頭沒想到這個小丫頭竟然如此張狂，不僅不請他進去，還對他一臉嫌棄，立時大怒。「誰讓妳們住這裡的？明天一早收拾東西給我滾，少在村裡丟我的臉壞我家名聲！」

臨出來時，他媳婦李氏再三叮囑了，一定要讓這娘兒倆搬走，被夫家趕出來了還在一個村子待著，以後自家怎抬得起頭，小山還要不要說媳婦了？

最要命的是她們還問東問西，萬一問出點事怎麼成？只要她們離開就沒事了。

林伊上下打量他，不屑地哼了一聲。「你誰啊？你是村長？南山村是你家的？憑啥不讓我們住？」

「聽清楚了！」林伊一字一句地對林老頭道：「我們已經立了女戶，是昌永縣縣老爺請我們回村落戶，縣衙門給辦的文書蓋了官印，你敢不讓我們住村裡就是和官府作對，我要是去縣衙告你，衙差馬上就會來抓你打板子！」

林老頭一看就是個沒有主見、愚笨無知的鄉下老農，對付他，抬出官府肯定最管用。

林老頭嚇了一跳，怎麼不讓這娘兒倆住村裡就是和官府作對了，他不信！

他懷疑地看著林伊，試探著問道：「妳說的是真的？縣老爺讓妳們回來的？還有文書？還蓋了官印？妳拿來我看看。」

「憑啥給你看？那麼寶貴的東西能隨便拿出來嗎？我下午給村長看過，不信你找他去問。」林伊傲慢地抬頭望天。

林老頭眨了下眼，心裡頗為氣惱，給村長看了怎麼就不能再給他看！

他不想再和這丫頭在門口糾纏，揮手叫她讓開。「別堵門口，我進去跟妳娘說話。」說著要破門而入。

這老頭絕對不能把他放屋裡去，要是他對著林氏擺出當爹的款，要林氏做這樣做那樣，林氏還不好推拒。

林伊二話不說，一把將林老頭推開，大聲警告。「你幹麼？我們家都是女人，你一個男人不方便進去！」

林老頭被林伊推得連退幾步才穩住身體，他惱羞成怒地大罵。「妳個不孝的死丫頭，我是妳親外公，是妳娘的親爹，怎就不方便了，妳敢不讓我進去！」

「你下午不是和我們斷絕關係，不認我娘了嗎？現在你想起來我娘是你閨女了，沒用！」說著就要關上院門。

林老頭驀地想起媳婦叮囑的另一件事，他急得衝上去想抵住門不讓林伊關上，可惜他的力氣和林伊比差得太遠，院門在他面前用力關上，絲毫沒有給他留面子。

他摸著差點被撞到的鼻子對著院門大吼。「開門，開門！妳下午把妳外婆絆倒了，得賠！開門！」

林伊嗤笑一聲。下午的事現在才來找，你覺得我會認嗎？

她拍拍手，不再理會林老頭，準備回屋裡去。

一轉過身，她看見林氏立在堂屋門口，呆呆望著院門。

林伊有點心虛，怕林氏會怪她對林老頭不敬，她輕輕喚了聲。「娘！」

林氏突然回過神，向林伊綻開笑顏。「小伊，粥已熬上了，麵團也和好了，妳來舀點水幫我洗洗手。」

林伊立刻鬆了口氣，蹦跳著跑到她的身邊，跟著她進到廚房裡。

她覷著眼觀察林氏，見她神色平靜，沒有絲毫怪責自己的意思，彷彿剛才來的不過是個不講理的村民，而不是她的親爹。

一切收拾妥當後，兩人躺在床上，林伊忍不住問林氏。「娘，我那麼對外公，妳不怪我嗎？」

林氏沈默了半晌，沒有回答她的問題，而是自責道：「小伊，我知道妳想留在縣城生活，是娘不好，不該讓妳回村裡來。我沒想到他們這麼無情，根本不管我的死活，一心只想趕我走，連村裡的鄰居都不如。」

林伊忙安慰道：「怎麼會呢，妳看良子叔、東子叔還有何嬸子多好，在縣城能遇到這麼真心待咱們的人嗎？就為此回來也不虧，我們才沒有必要為了那家人放棄這麼好的朋友，還有這間大房子，這和白給我們有何區別，縣城裡可能嗎？我們可是大賺啊！」

林氏接過她的話喃喃道：「真是沒想到啊，我有一天會有完全屬於我的家，一切都由我說了算，不用聽別人的。」

「對，明天咱們不用早起，想睡到何時起來就何時起來，一覺睡到自然醒。」

「可惜沒有看到妳祖祖，要是她在就更好了，也不知道她何時回來。」

「明天問問何嬸吧，姑婆接祖祖走的時候村裡人肯定知道，如果有一段時間了，咱們過兩天就可以把她接回來。」

「行，這間屋子夠大，就讓妳祖祖跟我們一塊兒住，明天咱們去找村長把手續辦了。」

林伊有了新的想法，她跟林氏商量。「要是價格便宜多買兩畝地，不過我們種地不在行，不如妳在家養牲畜，打理菜園子，我去山上打獵、打柴火。把地都租給良子叔和東子叔種，良子叔他們有力氣會種地，肯定比我們種得好。」

林氏覺得她說得有道理，又和她討論菜園先種哪些菜蔬，雖然忙累了一天，但一說起以後的日子精神卻很亢奮，一直到半夜才睡去。

第四十六章

不知道睡了多久，林伊恍惚聽到「啪噠」一聲，好像有東西從院牆上掉了下來，她馬上驚醒，翻身下床，跑到窗前往外看。

會是什麼東西掉下來？難道是山上的野物翻進來了？這野物還有點厲害，這麼高的院牆都攔不住牠。

此時天已亮，差不多清晨五點，院裡的情景看得很清楚。

她驀地發現院牆下有團麻灰色的東西正在蠕動，怎麼像是個穿著衣服的人？

林伊皺緊眉頭嚴密注視那團東西。

沒一會兒，那團東西慢慢立了起來，林伊眼睛一下瞪大了，還真是個人，而且是個矮瘦的男人，比邱老三好不了多少。

這人站起身後，先全身上下摸了一遍，可能是在確定自己有沒有受傷，接著轉了轉腳踝，才弓著腰輕手輕腳地朝屋裡走來。

林氏睡眠淺，林伊起身時也跟著醒了，睜開眼見她趴在窗前往外看，便小聲問道：「妳在看什麼？」

「有賊！娘，妳快起來把衣服穿上，我們出去抓賊。」林伊壓低嗓子對她道。

林伊疑惑極了，這做賊的真奇怪，怎麼晚上不來，天亮了才來，不怕她們已經起床了嗎？一般來說，這個時間大部分農家都有人起來了。

林伊和林氏趕忙穿好衣服，幾步跑到堂屋門後。林伊對林氏點了點頭，猛地打開門對著那人大吼。「抓賊！抓賊！」

那人正膽戰心驚，躡手躡腳地往屋裡走，完全沒有防備，被她這突如其來的吼聲嚇得跳了起來。

待看清是林伊母女，那人鬆了口氣，對著林氏叫道：「玉芝是我，妳表哥李浩！」轉頭朝林伊道：「妳是玉芝的小閨女吧，我是妳表舅，不是賊！」

林伊抬眼打量那人，只見他身上的衣服又髒又舊，人長得其貌不揚，眼神淫邪地望著林氏，一副口水都要流出來的樣子。

林氏也認出他是李氏的娘家姪兒李浩，剛要開口向林伊介紹，林伊朝她搖搖頭，阻止她說話。

這人明顯不懷好意，現在可不是認親戚的時候！

她朝那人厲聲嚷道：「我們不認識你，你翻牆進來就是賊！抓賊啊！」

李浩也不慌，嘻嘻笑著和林氏搭話。「玉芝，不是妳讓我來的嗎？妳在這兒荒郊野地很害怕，要我來陪妳，妳怎麼不認了？快跟妳閨女說說，我可不是啥賊。」

林氏氣得破口大罵。「不要臉的惡賊，我啥時讓你來了？」

李浩聲音大起來，扯著嗓門吼。「明明是妳讓我來的，怎麼翻臉不認人，這又不是丟臉的事，妳怕啥？」一邊說邊朝門口退。

林伊撿了根昨天沒有用到的竹棍提在手中，心裡氣憤不已。想跑，沒那麼容易！

她還沒有行動就聽外面有人使勁拍門。「開門，玉芝，妳家怎麼有男人的聲音？快開門！」

李浩已經退到門口，一個箭步衝上去把門打開閃在一旁，只見門口站著三個婦人，中間的正是林氏的後娘李氏，旁邊還有兩個看著強壯潑辣的中年婦人。

李氏鼻頭青腫，當先一步衝了進來，她掃了眼李浩，臉上露出驚駭的表情，立刻指著林氏大罵。「玉芝，妳要不要臉，昨天才回來就勾搭上男人了，妳是一點也閒不住啊，妳個不知羞恥的賤人，村裡的名聲都被妳敗壞完了！」不等林氏回話，轉頭問李浩。「浩子，大清早的你怎麼在這兒，昨天在這兒過夜？」

李浩笑嘻嘻地應承。「是啊，玉芝妹妹叫我來的，她和我相好一段時間了，昨天一回來就託人帶信叫我來陪她。」

這兩人一唱一和，幾句話就把屎盆扣到林氏頭上，那兩個婦人眼神變幻不定，心裡直道晦氣，沒想到大清早上山會遇到這種齷齪事。

林氏頓時氣得滿臉是淚，嘶聲大叫。「你胡說！」撲上去就要和李浩扭打。

林伊眼疾手快一把拉住她，林氏亂了方寸她沒亂，萬一過去被李浩乘機抱住那才是被屎糊上了。她已經看明白了，這就是李氏和那男人設的局，想壞林氏的名聲，不過他們休想如意！

李浩見林氏站住，心裡急了，嘴裡叫著玉芝妹子就要衝過來抱林氏。

林伊豈能容他得逞，她舉起竹棍朝著他沒頭沒腦就是一棍，李浩躲閃不及，被她抽個正著，踉蹌兩步倒在地上。

林伊手上不停，二話不說揚起棍子就是一頓狂抽，李浩也不示弱，躺在地上提起腳狠踹林伊的小腿，還掙扎著起身搶她棍子。

林伊腳一挪躲過他的蹬踹，對著他的臉狠狠抽下去，李浩往旁一閃，棍子正好抽在他的脖子上。他慘叫著捂住脖子又倒在地上，嘴裡嗚嗚啊啊嚎個不停，他作夢都沒想到這個瘦弱的丫頭如此恐怖，竟會對自己痛下殺手。

林伊還不甘休，她上前一腳踏住李浩，用棍子指著他，眼神凶狠地問道：「是我娘讓你來的？你想好了再說。」

李浩隱隱覺得不妙，但還是嘴硬。「沒錯，就是妳娘讓我來的！」

李氏跳腳大罵。「妳個死丫頭，眼裡有沒有長輩，那是妳的表舅，妳竟敢打他！」

她根本沒想到林伊會對李浩動手，還把他打翻在地，在旁邊呆愣愣地看完全程才想起來發作。

林伊冷冷看她一眼。「我娘說了不認識他，我打的是翻牆進我家偷東西的賊！」

她一指院牆。「看到沒有，院牆上還有塊破布，他就是從那裡跳進來的。」她又指著李浩被劃破的衣服下襬，看向那兩個婦人。「大嬸，麻煩妳們幫忙見證，這裡是被我家牆上劃破的，身上的泥是摔在地上沾到的。」

那兩名婦人抬頭看眼院牆，又看看地上的李浩，有點明白過來，湊在一起低低討論。

李浩翻身就想爬起來，林伊一腳把他踢倒在地上。「想跑？門兒都沒有！」

她一把抓住他的背心把他從地上提了起來，舉在空中，三個婦人頓時驚恐地瞪著她，李氏直叫道：「妳個死丫頭，快放妳表舅下來！」

李浩最懵，他還沒有明白是怎麼回事就離開了地面，他大驚失色，拚命想掙脫，背後的手掌卻如同鐵鉗一般死死抓住他，根本掙不脫。他想扭過身去打林伊卻又打不到，只得聲嘶力竭地狂吼。「妳個瘋子，快放我下來，快放我下來！」

林伊冷笑道：「如你所願！」用力將李浩扔在地上。

李浩頓時和大地來個親密接觸，啃了滿嘴泥，摔得他齜牙咧嘴不住呻吟，半天動彈不得。

李氏見了心疼不已，急得直嚷道：「你有沒有怎樣，有沒有摔到哪兒？快讓姑姑看看！」邊嚷邊要衝上去扶他起來。

林伊怎麼可能容她靠近，待李氏跑到李浩身前，一把抓住她的後領把她往旁邊扔去，由於力道沒拿捏好，李氏站立不穩，尖叫著一屁股坐在地上。

李浩啐啐吐盡嘴裡的泥，在地上蓄了半天力，終於艱難地爬了起來。剛勉強站穩，林伊又是一腳猛踢過去，李浩又結結實實地摔在地上。

他又驚又嚇，拚命大叫。「瘋婆子，妳要幹麼？」

「幹麼？你到我家做賊被我抓住了，你說我能幹麼？」

她回頭對林氏道：「娘，拿條繩子給我，我把他手腳捆上，提到村長家去，問問他抓住賊應該怎麼處置。」

那兩個婦人面面相覷，提到村長家？怎麼個提法？

李氏沒想那麼多，撲上去痛罵她。「妳個不知羞恥的賤丫頭，妳娘做出這種醜事還好意思去找村長。」

林伊冷冷地看著她。「站穩，摔了可別怪我。」

李氏一下頓住，驚疑不定地瞪著林伊。她有點明白過來，這丫頭的力氣不是一般大，心又狠性子又暴，不是任她拿捏的軟柿子，這下不好辦了。

林伊轉臉溫聲笑著對那兩名婦人道：「嬸子，能不能跟我們一起去做個見證？」

那兩人不是笨蛋，昨天晚上李氏約她們今早上山採野菜，她們心裡就在嘀咕，這人怎麼轉性了，竟然也要上山幹活。

今天一大早李氏就跑到人家屋裡，催命一樣催著快出發，走到山腳又說要叫上林氏一道，她們想著多一個人也沒什麼，遂和她一起過來了。

現在回想一下還就明白了，這人和姪兒設了圈套，誆她們來當見證，這是被她當槍使了！

兩人一想清楚頓時又氣又恨，更為林氏不平，當即滿口答應。「沒問題，我們給妳作證。」

說完轉過頭恨恨地瞪了李氏一眼，其中一個還用力朝她啐了一口。

李氏心裡一驚，暗道不好，她找上這兩人就是因為她們脾氣直不徇私，說話讓人信服，現在惹到她們，以後日子怕是不好過。

林伊手上不停，兩三下把李浩的手腳捆綁在身後，抓住李浩的背心，把他舉在空中。

李浩像翻了身的烏龜，身體扭動晃個不停，卻怎麼也脫不了身，無奈之下，他大喊大叫讓李氏救他。李氏害怕林伊不敢上前，放柔了聲音好言勸慰，想讓林伊放李浩下來。

可惜林伊置若罔聞，提著李浩快步走出院子。

李浩見李氏根本說不動林伊，心中更急，他惡狠狠地威脅道：「快放老子下來，要不然老子下來了擰掉妳的頭，放火燒了妳屋子。」

林伊當他放屁，理也不理，直接走上小道。

李氏見林伊不聽勸，馬上去拉林氏，聲淚俱下地哀求。「浩子只是一時糊塗動了歪念，沒有壞心思，妳們就饒過他這一遭吧。」

林氏氣狠了這兩人，恨不能把他們生吞活剝，怎麼肯聽李氏的話。

她一把推開李氏跑到林伊身旁，兩個婦人看也不看李氏一眼，跟在她們身後，兩眼緊緊盯著被林伊舉著的李浩不住咋舌，還真是提過去呢！

李氏站在小道上，望著幾人的背影，腸子都悔青了。

昨天晚上她讓林老頭過來趕林氏走，順便討要賠償。結果林老頭一無所獲地回來了，還跟她說那小丫頭厲害得很，不好對付，以後還是不要招惹的好，而且她們是縣老爺請回來的，若是趕她們走，縣老爺會抓自己去打板子。

李氏聽了嗤之以鼻，就那兩個賤人，縣老爺哪裡有空管？明明就是忽悠林老頭那個窩囊廢的！

不過她眼珠一轉，又有了新的計策。

她想到了不成器的姪兒李浩，他三十好幾了，到處偷雞摸狗，家裡窮得叮噹響，連個媳婦都說不上，如果能把玉芝弄到手，那他不就有不要錢的媳婦了？

玉芝那個軟性子，在吳家就是經常被她的男人打，李浩心黑手狠，只要狠狠打她幾頓就能把她收拾住。

玉芝揹了兩背簍東西回來，村長還把陸老頭的房子和地劃給她，兩人成了親，以後就都是李浩的了！自己為他謀劃了這門親事，找他要點好處，他肯定不能拒絕。

主意一定，她馬上急顛顛地找來李浩，和他定好了計劃——天快亮時李浩翻牆進玉芝家，誘她出屋後就打開大門，再趁她不備上前抱住她，大叫大嚷，自己和那兩個婦人過來逮個正著，到時候就說是玉芝和李浩早有私情，逼著玉芝嫁給李浩。玉芝有了這個把柄，這一輩子都別想抬頭做人，只能老老實實地伺候李浩。

李浩聽了自是無有不從，他早就垂涎林氏的美貌，當初就想娶林氏，可惜李氏要用林氏換錢，不肯把林氏嫁給他。現在他只用翻個牆，不僅有了媳婦，還有了現成屋子，天下竟然有這等好事！

要不是李氏拉住他，他立馬就要衝過去，翻牆爬窗這等小事他早就得心應手，熟得不能再熟了。

兩人又把計策反覆推敲了一遍，對於此事越發胸有成竹，勢在必得。

就算林老頭早已提醒他們林伊是個厲害人，千萬惹不得，他們也沒有把警告放在心上。

眼下李氏走在隊伍最後，哭得滿臉是淚，這會兒後悔還來得及嗎？

一走上村道，就遇到不少揹著背筐上山採摘的村民，他們見到這詭異的一幕驚異不已，圍住那兩名婦人打聽是怎麼回事。

那兩名婦人也不隱瞞，一五一十地講解事情原委，從李氏昨晚上門約她們開始講起，一直講到林伊是如何抓住李浩將他捆綁起來，同時穿插著自己對這兩人的不屑和厭惡。

大家都聽明白了，這兩姑姪串通好了要壞人名聲，想強娶林氏啊！

除了一致痛罵李浩不是人、李氏太惡毒外，看向林伊的眼神則複雜得多，有佩服的，有好奇的，還有探究的、驚恐的，隨著圍上來的人越來越多，議論聲也越來越大，最多的就是「力氣大、太嚇人了」這一類的字眼。

有村民追著李浩指指點點。「這姿勢有難度，可不是誰都能擺出來！」

旁邊的笑著附和。「是啊，過年看大戲都沒這麼精彩！可得跟緊點。」

李浩臉憋得通紅，卻不敢回話，他在心裡暗罵李氏。姑姑，妳怎麼沒說這死丫頭這麼凶悍，真被妳害死了！

第四十七章

快到村中央時，村長一家人接到消息急匆匆跑了出來，見到林伊像提小雞似的將李浩提在手中，全都瞪大眼，張開嘴，半天說不出話來。

村長好半晌才找回自己的聲音，結巴著問林伊。「小伊，這、這……這是幹麼？」

娟秀和聞訊趕來的何氏衝到林氏身邊挽著她的手，輕聲詢問她。

林氏這次沒哭，她上前一步平靜地看著村長，一字一句說得清楚。「這個人今天早上翻牆進到我家偷東西，被我們抓到了。」她又看向那兩名婦人。「兩位嫂子也在，她們可以給我們見證。」

「好好，我明白了，小伊妳把人先放下來。」村長看著被舉在空中的李浩直犯暈。

林伊脆聲答應。「好！」說完將李浩大頭朝下甩在地上。

李浩手腳被綁住，胸口重重地撞擊在村道上，撞得他又咳又喘，半天順不過氣來。

李氏想衝上去扶他，可一見到周圍氣憤的村人又不敢上前。

村長皺眉看了眼趴在地上左挪右晃、拚命想翻身的李浩，跟林伊商量。「小伊，能不能先把他的繩子鬆了，他這個樣子不太方便問話，咱問清楚了再把他綁上，妳看行嗎？」

林伊爽快地點頭。「行，反正他也跑不了。」

李氏一聽村長發話，迫不及待地跑上去，手忙腳亂地將綁住李浩手腳的繩索解開。

李浩翻身坐起來，長長地吁了口氣，他這會兒手腳又痛又麻，肩膀也似乎被扭傷，擰著疼，他悄悄活動著手腕，頭都不敢抬。

「妳想怎麼處置他？」

李浩一坐起身，村長就認出來了，這不是李氏的姪兒嗎？這兩家人是親戚啊，他覺得有點不好辦。

「送衙門吧，看衙門怎麼處置。」林伊回答得毫不猶豫。

這樣的人渣絕不能輕饒，今天遇到自己有把力氣抓住他，若是平常人家的姑娘媳婦，搞不好就被他禍害了。

聽到要上衙門，李浩嚇壞了，他是有前科的人，再進衙門就慘了。

他顧不上那麼多，掙扎著想站起來，大聲吼道：「我不是偷東西，是玉芝說她們兩個女人在家不安全，想找個男人照顧她們，才找到我，是她勾引我。」

林伊一聽，咧著嘴笑了，眼神卻一片冰冷，涼得能把人凍死。「你想清楚了再說，我們不安全，需要你照顧？」

李浩一梗脖子。「沒錯，妳娘從小就膽小，住在那荒地裡害怕，要我去壯膽！死丫頭，對我客氣點，以後我和妳娘成了親，我就是妳爹！」

林伊朝他點點頭。「行！」

這人是個無賴，沒臉沒皮，得用非常手段對付。

林伊轉頭朝四周張望，見路旁有戶人家院牆外立著一塊巨大的山石，比吳家後院的那塊還要大。她快步過去，蹲下身用力將石頭抱起，她掂了掂，嗯，還行，再重點都沒問題。

眾人一片譁然，我的娘呀，這丫頭還是人嗎？這是神吧！

有人忍不住驚呼。「小心點！別砸著腳！」

有人咂舌。「被這石頭砸中那不成了肉餅！」

李浩見她瘦小的身體抱著巨石一步步朝自己走來，嚇得三魂飛了七魄，驚恐地問道：「妳幹麼，妳想幹麼？」

林伊不答話，站到李浩面前舉起巨石。「你給我說說看，你是誰的爹？」又轉頭問周圍的村民。「各位大叔大嬸，你們覺得我們娘兒倆需要他照顧嗎？」

李浩臉都綠了，全身上下控制不住地顫抖，冷汗狂飆。

林伊看他半天不說話，不耐煩了，舉起石頭用力朝他擲去。

李浩聲嘶力竭地瘋狂尖叫。「救命，救命！」

他想起身躲開，奈何全身發軟，根本不能移動半步。

在圍觀村民的驚呼聲和李浩的尖叫聲中，大石劃了個弧線，「砰」一聲，重重落在李浩的左腿旁邊，落地後還滾了幾滾，只差一點點就砸到他的腿上。

林伊遺憾地癟癟嘴。「偏了點，沒打中！」又繼續問道：「你是誰的爹？你要照顧誰？」

李浩已經嚇瘋了，聽了林伊的話，抬起臉呆呆看著她，嘴唇哆嗦著，就是發不出聲音。

林伊點點頭，轉過身四處張望，嘴裡自言自語。「哪裡還有大石頭，得比這個大才行！」她自問自答。「砸死人了不會判我的罪吧？應該不會，我砸死的是偷東西的賊！」

李浩崩潰了，痛哭失聲。「妳是我的爹，我瞎說的，姑奶奶妳是我的爹，求妳饒了我，別找了，求妳別找了。」

林伊笑笑看向他。「那是怎麼回事，你老老實實地說，一句不許作假！」

李浩趕緊把頭轉向村長，眼淚鼻涕流了滿臉。「是我鬼迷心竅，聽說她們揹了好東西回來，想去偷點換錢花，被抓住了就胡亂攀扯，是我的錯，是我的錯！」

周圍的村民鼓噪起來，氣憤地大罵他不是人，為了錢財竟然敗壞別人的名聲，女人的名聲有多重要，真要是被他賴上了，就是個大污點，這輩子都別想抬起頭做人。

而且他一個外村人，竟來敗壞本村婦人的名聲，更加可惡。

何氏和幾個婦人聽了李浩的招認氣不過，衝上去抬腿沒頭沒腦地狠踢一頓。李浩左躲右閃沒有逃過，臉上頭上重重地挨了好幾下，踢得他嗷嗷直哭。

村長怒極，才承諾過要照顧林氏母女，竟然就出了這檔子事，他立刻決定。「送官！送官！」

他招呼幾個婦人停手。「出出氣就行了，別打出事了，為了這麼個混帳攤上禍事不值得。」

李浩嚇壞了，手腳並用爬向李氏，哭嚎著向她求救。「姑姑，救我啊！救我啊！」

李氏硬著頭皮替他求情。「村長，他是想偷東西，這不是沒偷到嗎？能不能饒他一次，回去我一定好好收拾他，能不能不送官？」

村長肅著臉，冷冷地道：「不成！他是犯了律法，得抓到衙門懲治。」

李浩大叫。「求玉芝，求玉芝，只要她不告我，我就沒事！」

這人平常偷雞摸狗慣了，對這些事情倒是瞭解得清楚。

李氏馬上撲到林氏面前，苦苦哀求她。「玉芝，妳說句話，放了妳表哥吧，他就是一時糊塗啊！」

林氏別開臉，看都不看她。

這時，林老頭一家人得了信兒跑過來，見到此等場面，也是嚇得不輕。

李氏撲上去一把揪住林老頭，哭嚎著叫他跟林氏說不要告李浩。

林老頭看了眼林氏，張了張嘴，看了眼林伊，又把嘴閉上了。

李氏氣得狠狠捶打了幾下，他仍是閉住嘴巴不吭聲。

見他指望不上，李氏只得對著林伊哭求。「小伊，妳饒了妳表舅吧，他啥都沒幹成啊，妳大人大量，饒了他吧，外婆在這兒求妳了，我給妳跪下了！」說著雙膝一彎就要跪倒。

林伊側身讓開，滿面含霜地問她。「妳今天早上來得很巧啊，這個賊前腳到妳後腳就拍門了，你們是商量好的吧？」

妳還替他求情呢，妳自己也別想跑脫！

李氏一窒，偷眼瞧著林伊。「小伊妳說什麼啊，我想著妳娘是個勤快人，早上肯定待不住，我是叫她一起上山採點野貨。」

林伊嘴角一勾，笑得陰森。「是嗎？」

「當然當然啊，我怎麼可能和他商量，我可做不出這種事。」

林伊不再理她，對著村長說：「村長爺爺，麻煩把他送官吧，要不要我也跟著去做個見證？」

村長豪爽地一擺手。「不用，他自己都認了，妳不用去了。小姑娘沒必要在衙門露面，我叫兩個人把他捆了，駕牛車送過去。」

他巴不得能把李浩送官，捉拿盜賊，也是一份功勞啊。

李浩還以為李氏能保下他，一直心存僥倖，眼見還是要送官，立刻傻了。

他扯開喉嚨大叫。「姑姑，救我啊，是妳讓我來的啊，妳不能不管我啊！」

李氏膽都差點嚇破，她朝李浩啐道：「你瞎說啥，我讓你來我家吃飯，沒讓你去翻人家的牆！」

她擠眉弄眼朝李浩使眼色，拚命暗示，把她拖進去他也得不了好。

李浩可能也明白過來，一下滑倒在地，沒了聲音。

李氏鬆口氣，灰白著一張臉對村長解釋。「這個死小子，又胡亂攀扯了，村長可別聽他亂說話。」

林伊卻不肯甘休，她對村長道：「劉爺爺，這個賊自己招供了有同夥，咱們得一起揪到衙門去，讓衙門來判。」

林伊恨透了這個老妖婆，誓要把她也送進衙門。

李氏平時貪婪刻薄又愛搬弄是非，和村裡很多大娘媳婦都吵過架，大家非常鄙視她，強烈支持林伊的說法。

有人道：「這是個外村人，哪有那麼巧知道玉芝娘兒倆回來，還知道她們住山腳，肯定是他姑姑報的信兒。」

旁邊的都紛紛附和。「沒錯，這麼壞心腸的人可不能放過了，這次是害自家人，下次說不定就要害別家人，得拉到衙門。」

李氏聽得心裡直冒涼氣，六神無主地望著那些聲討她的村民，深恨平時沒有和他們搞好關係。

在一個村裡住了這麼多年，村長對李氏的為人很清楚，心裡明白是怎麼回事。見大家群情激憤，遂一抬手，點了兩個村民，先讓他們把李浩扯走，再來說李氏的事。

李浩見來真格的，拚了命地反抗，想要掙脫開去。一個村民被他磨得不耐煩，抬手甩了他一耳光，李浩哀號一聲，立刻老實了。

李氏見勢不妙，撒腿就要往家裡跑。

被她叫到林伊家的兩個婦人衝過去把她抓住，對著村長道：「可不能讓她跑了，夥同外村人來算計自家閨女，這種毒婦得拉到衙門去打板子。正好我們今天在場，我們自願去作證。」

那兩人身材壯實，又是做慣農活的，很有力氣，李氏怎麼鬧也掙脫不開。

林老頭一家人見狀，飛奔上去幫李氏撕打，想要把她解救出來。

這兩個婦人的家人見她們吃虧，衝上去和林家人扭打在一起。

圍觀的村民有大聲起鬨罵林家人不要臉，人多欺負人少；有上去拉架，結果不小心被誤傷，一怒之下，也加入戰局。

這堆人糾纏在一起，又是罵又是吼，拳頭到肉的砰砰聲和踩踏聲響成一片，場面頓時變得混亂不堪。

林伊看得心癢難耐，很想上去猛踹李氏幾腳，可礙於她是自己名義上的長輩，不好做得太過，只能在心裡暗暗替幾位勇士加油。

劉村長氣得吹鬍子瞪眼，連吼幾聲住手，可惜大家都在全力以赴，沒人理他。

他怒不可遏，努力調勻呼吸，氣沈丹田，憋出一聲驚天怒吼。「住手！」

打得熱鬧的眾人被這聲吼震得呆住了，紛紛停下手，錯愕地看著臉色鐵青的劉村長。

劉村長心裡一股氣還哽著下不來，撿了根地上的木棍，噔噔上前，把參與打架的幾人挨個兒狠狠敲打一遍，末了眼神複雜地瞪了眼李氏，吩咐那兩名婦人把她也拉到牛車上。

此時的李氏狼狽極了。精心梳理的髮髻被抓得東一綹西一把，臉上的脂粉被眼淚糊成了一坨，眼下還有幾道抓痕，鼻頭又紅又腫，嘴角也被撓破了，身上的衣服皺皺巴巴，下襬被撕破了幾道口子。

那兩名婦人剛才在打鬥中也挨了兩下，一肚子氣沒處發，得了村長吩咐馬上扭住李氏，不理會她的尖叫，把她朝牛車上拖。

李氏想甩自己兩巴掌，她這是豬油糊了心嗎？怎麼想到叫這兩個死腦筋一起抓姦！眼見不能掙脫，她撕心裂肺地朝著村長叫。「我冤枉啊，村長，我冤枉！」

村長扭過頭不理她。「冤不冤枉到衙門說去，讓衙門來判！」

李氏無奈，哭喊著向林老頭求救。「死老頭子，你不管我了啊，你救救我啊！」

林老頭不得已，放下臉面向林伊求情。「小伊啊，放過妳外婆吧，真不關她的事啊。」

林伊面無表情地看著他。「她這是犯了事，可不是我說放過就能放過的，得讓衙門的老爺來判。」

林老頭還想再求，見李氏已經被拖上牛車，心裡著急，也顧不上再說，慌忙地追上車。

擔任車夫的大強一甩鞭子，牛車載著還在扭打不休的幾人朝著安平鎮駛去。

第四十八章

村民們沒有散開，有些圍在林氏和林伊身邊七嘴八舌地安慰她們，有些則聚在一起對今天的事議論紛紛。

林伊耳朵好使，聽到有人在指責自己心太狠，自家外婆都不肯放過，那麼大把年紀了，硬要送到衙門去讓她受罪，以後不能和自家打交道。

對於這類言論林伊毫不放在心上。你不想和我打交道，我還巴不得呢！這種是非不分的糊塗蛋濫好人，有多遠給我滾多遠！

有人則是用敬佩崇拜或驚懼不安的目光望著林伊，這小丫頭太彪悍了，這把力氣也太嚇人，村裡還有誰敢惹她們，以後母女倆不得橫著走啊？

還有人嘀咕，有點邪門啊，從來沒聽說過小丫頭有這麼大力氣的，該不會是不祥之人吧？會不會對村子不好？話還沒說完，旁邊就有人反駁，哪就有這樣的，以前還有大力氣的女將軍呢，沒聽說過是你沒見識！

有些懶漢知道林氏和離歸家，想找機會揩點油占便宜，現在立刻歇了心思，被個小丫頭提到手裡，舉著走過來走過去也太沒臉面，以後別在村裡活了。

林伊對這樣的反應很滿意，她要的就是這效果。

從今以後，她可再不會扮作博人同情的小可憐，怎麼彪悍怎麼來，怎麼唬人怎麼做，嚇住那些不懷好意的人，這樣能少很多麻煩。

林氏想著今天的事越想越後怕，要是真被這混帳訛上了，她這輩子就沒法活了，好不容易爭取來的好日子全完了。

何氏挽著她的手，見她雖然看著鎮定，全身上下卻抖個不停，低嘆一聲，安慰道：「沒事了沒事了，小伊厲害啊，有她在看誰還敢對妳們動歪心思，妳這個閨女真是個大寶貝呢。」又惋惜道：「可惜東子兩兄弟一大早就上山尋木材了，要是他們在，非得先把那無賴的腿打斷再說。」

林氏強自穩住心神，把垂落到鬢邊的亂髮抿到耳後，她猛然反應過來，輕呼一聲。「啊呀，我和小伊臉沒洗頭沒梳就跑出來了，不曉得是啥邋遢樣。」

何氏聽了呵呵直笑。「怎可能是邋遢樣，是不得了的樣兒，威風得不得了。」

林伊摸了摸臉，也有點不好意思。

林氏招呼她回家洗漱，對何氏道：「一會兒我們收拾完了來找妳。」

何氏知道林氏說的是什麼事，露出真心實意的笑容連連點頭。「行，我等著妳們。」

回到家裡，林伊母女快手快腳地洗漱完畢後，林氏挑了一小塊豬油在鐵鍋裡，用和好的麵團煎了幾個麵餅，待麵餅煎好，林伊也把馬齒莧拌好了。林氏又兩鏟子炒了茼蒿，盛上熬了一晚上的糙米粥，今天的早飯就大功告成了。

飯菜雖簡單，擺在桌上也是滿滿當當的一桌，母女倆坐在寬敞明亮的堂屋裡，看著院外的風景，不急不緩吃得很香。

林氏吃著吃著，突然落下淚來，林伊嚇一跳，忙問道：「娘，妳怎麼了，是不是嚇到了？」

林氏趕緊擦乾眼裡的淚，笑道：「娘這是高興，那會兒想著，有一天能坐在自家的堂屋裡吃早飯就好了，沒想到這麼快就成真了。」

林伊溫聲笑道：「娘，把地買了我就去山上打兔子，小虎給我的彈弓正好用得上，明天早上我們肯定比今天吃得好。咱們再買點雞蛋，每天煎兩顆蛋，玉米饃饃、麵餅換著花樣吃，日子會一天比一天好。」

林氏重重點頭。「會的，我們的日子一定會越來越好。」

吃完飯，林伊拿出銅錢遞給林氏，現在她們還有一千七百多文，買了地剩餘的錢就拿去買小豬仔。

「咱們三家人一起買，村長怎麼著也能算便宜點，若是能多買幾畝就多買，以後再攢點錢，把這片荒地都買下來。」林伊信心十足地對林氏道。

「嗯，娘就負責種菜園子，後院的地種上菜蔬夠我們吃了。」林氏完全沒有意見。

兩人收拾好走出院門，迎面看到良子叔和丫丫急匆匆地趕來，他們剛從山裡回來，聽說了今天早上發生的事，良子叔家都沒回就先趕過來查看。

再三向兩人確認沒事後，他才放下心來，幾人邊說著話邊朝村裡走。

良子叔看了眼荒地，又回頭看了眼林家高高的院牆，跟林氏商量。「抓隻狗養著吧，有點動靜能提醒妳們。」

林氏正有這想法，她發愁道：「大嫂也這麼跟我說的，可現在村裡沒有小狗崽。」

良子叔皺緊眉頭。「要不先把我家的抱來抵擋一下，等尋到狗崽了再還給我。」

ㄚㄚ大方地表示同意，她拉著林伊的手向她介紹。「我家小乖很厲害，很聽我的話，叫牠坐下就坐下，從不會瞎叫喚，還會抓老鼠呢。」

ㄚㄚ和她家狗子感情非常好，可是為了保護小伊姊姊，她願意把小乖借出來。

林伊連忙制止，對良子叔道：「不用了，今天這麼一齣誰還敢再來我家找事啊！你放心吧，安全著呢，若真有人敢來，我保證讓他走著進來躺著出去。」她低下頭謝謝ㄚㄚ。「姊姊暫時還用不上，如果真的需要再來找妳好嗎？」

良子叔想到何氏說的情形，忍不住呵呵笑了。「這倒也是，小伊厲害，現在村裡的人一說到妳都直豎大拇指，那就再等等看，等叔叔給妳好好尋隻厲害的狗崽。」

良子叔又跟她們提起今天早上的收穫。「找到了兩棵杉樹，已經砍下來了，曬一段時間就能拖下來給妳們做家具。」

ㄚㄚ早上也一起跟去了，她仔細向林伊母女形容那兩棵樹有多大，製成家具肯定非常漂亮。「我爹和我大伯說要做一張大床，還有櫃子和桌子、凳子。」ㄚㄚ扳著手指數給她們聽。

良子叔樂呵呵地聽著，並不打斷ㄚㄚ。

「可惜得多等上一段時間，妳們只有先將就著現在的家具用。」良子叔很懊惱，要知道玉芝會回來，他肯定一早就把木材準備好了。

「不著急，那些竹器挺好的。」林伊忙安慰他。

一行人走到村口，何氏和東子叔站在道旁正和一個大嬸說話，見他們來了，忙和大嬸告別走了過來，一起朝村長家走去。

林伊猜測那個大嬸肯定在向何氏打聽自己的事情，因為她一直用複雜的目光悄悄打量著自己。

「在打聽小伊呢，今天村子裡的人都在找我打聽妳，還說誰娶妳做媳婦那才是福氣，不過又怕降不住妳。」何氏有點不快，還沒娶進門就想著降服人家，也不看看自己有沒有本事娶得到。

林伊也不害羞，直接回道：「我就沒想要嫁人，我和我娘過得挺好的。」

「小伊還小，這些人想太多了，別理他們。」東子叔一擺手，結束了這個話題。「我們昨天湊了八百多文，不曉得能不能買到兩畝地。」

他現在最操心買荒地的事。

林伊倒覺得問題不大，三家人同時買荒地就相當於批發了，肯定能比一家人零買便宜。

她安慰東子叔。「我覺得沒問題，實在不行我們可以先借給你們，買地要緊。」

「這倒不用，娟秀答應借錢給我們。」何氏道。

昨天晚上何氏找娟秀說過這事，還問她要不要也買一點。

娟秀徵求了公婆的意見，他們不願意折騰，現在的十多畝地收拾起來已經有點費勁，不想再花精力去開荒。

不過娟秀讓良子兄弟只管一人買一畝，不夠的話她把自己的私房錢借給他們。

「如果咱們自己的錢夠買地最好，能不借就不借。」何氏補充道。

林氏點頭附和，誰願意欠債啊。

她把自家的現狀說給他們聽，表示買了地打算佃給他們種。兩兄弟自然非常願意，他們有力氣有時間，再多幾畝都能種下來。

幾人就租金怎麼收又爭論起來，按林氏的意見比外面少收一成。何氏不肯，她認為該怎麼著就怎麼著，誰也不占便宜。

林伊見他們爭得熱鬧，一錘定了音。「快別爭了，前面就是村長家了。現在不用交稅，就比外面少一成吧，種子我們家出。」

「沒錯，要不然昨天你們來我家幫忙就得算工錢給你們。」林氏道。

良子叔看了眼村長家洞開的大門，爽快答應。「行，先把地買了，把地養起來，其他的慢慢再說。」

這會兒劉村長正坐在堂屋裡焦急地等待林伊他們的到來。

昨天他從娟秀那兒知道了幾人要買荒地開荒，非常高興。要知道官府鼓勵百姓開荒種田，可惜村裡卻沒人有興趣，以至於開荒任務從來沒有完成過，為此他每年都會被官吏批評幾句。

不過他自己都不願意開荒，又怎麼能勸服別人？

他現在很激動，今年的開荒任務總算有可能完成了！

雖然今早出了李浩這檔事，他的興致也沒減弱多少，事情處理完畢就坐在屋裡等著他們。

成子和娟秀坐在他的旁邊，打算東子講價的時候幫著說點好話。

見到這群人進屋，村長喜笑顏開地起身招呼他們坐下，又叫娟秀泡茶拿果子給他們吃。

何氏一把拉住娟秀。「別忙和了，天天見著的，又不是外人。」

東子叔笑容滿面地坐到村長旁邊，開門見山道：「叔啊，不用張羅了，咱們過來想買點荒地，就玉芝門外那片，麻煩你幫著看看要多少錢一畝？」

剛才幾人商量好了，由東子叔出面和村長談價，他腦筋靈活反應快，又能說會道，一定能圓滿完成任務。

村長沈吟地看著他們道：「那裡離山腳太近，得防著山上的野物下來禍害，你們確定了？」

雖然村長很希望他們能開荒，可隱患還是得說清楚。

「村裡的荒地都是一小塊一小塊的，太零碎，就那裡連著一片。至於野物，到時候再想辦法吧。」

其實在村裡生活了幾十年他們還沒有遇過野物下山。當初追殺成子的那隻野豬快到山腳就撤退了，陸老頭在山腳下住了這麼久也無事發生。可不知為何，村子裡就是有這個傳說，總覺得山腳不安全。

其實在幾人看來，這就不算個事！

當然東子不能這麼跟村長說，他指望著靠這個傳說，讓村長便宜點把地賣給他們呢。

村長略一思忖有了決定。「你們也知道，一般的荒地價格是五百文一畝。山腳的地位置太偏，就三百五十文一畝賣給你們，你們看如何？這是衙門給我的最低價，再低我就作不了主了。」

村長的態度很誠懇，直接報了一口價。

東子叔心裡大樂，自家湊的錢足夠了，還能有剩餘，買種子都夠了。他轉頭看向幾人，徵詢大家的意見。

林伊道：「我們買三畝。」

這個價格比她預想的便宜，買了三畝地還能有錢買小豬仔，她打算拿兩畝種油菜和蘿蓿，一畝種苜蓿，這樣牲畜的口糧也有了。

東子便回村長。「我和良子一人一畝，玉芝買三畝。」

村長見幾句話就把事情搞定，今年的開荒任務超額完成，心頭暢快。接了銀子，拿著土地冊子就要帶他們去丈量。「今天把地劃好了，明天就去衙門辦地契。」

於是一撥人又浩浩蕩蕩地朝山腳出發，路上遇到的村民知道他們是去買荒地，也跟著湊熱鬧。

村長心情愉快，丈量時每畝多劃了一分地，相當於價格又便宜了一點。

他看了看滿是碎石野草雜樹的荒地，對跟來的成子道：「你把咱家的犁搬來，待會兒幫著他們翻地。」

成子和東子兄弟一向交好，自然沒有意見。

跟著過來的村裡人見田地已經劃好，是實打實的買地，紛紛表示不解，有人說他們窮瘋了，竟想在荒地上找吃食。

「你們兩兄弟想地想出病了吧，這裡開出來能種啥，連樹都長得歪歪斜斜，難不成還想著種糧食？」

「搞不好真能成呢，東子這麼個機靈人能做傻事？等著看吧，真搞成了咱們也買幾畝。」有人還是挺樂觀的。

東子不管別人怎麼議論，招呼聞訊趕來的小柱和小慧一起動手整治荒地。

他們想的是一把火將自己田裡的野草雜樹燒了，再翻地撿碎石樹根。

這兩兄弟人緣很好，誰家有點難處總是主動伸出援手，不求回報，村裡人都受過他們幫助。圍觀的村民們和他們相處很愉快，有些更是他們的鐵哥兒們，見要開荒了，紛紛跑回家拿來農具幫忙。

這就是山裡人的個性，豪爽耿直，樂於助人，酸話要說，活也要做。當然也不排除李氏那樣的老鼠屎，這種人哪兒都能遇到。

林伊看著村民們熱心地幫著東子兄弟出謀劃策，再次認為回到南山村是個正確的決定。

東子和良子大聲感謝他們，這些人也不客氣。「東子，你別說啥謝謝的話，到時候種出東西教教我們怎麼種，我們跟著學學。」

東子爽朗地應了。「這是自然，你們只管等著瞧好吧，明年保證能有好收成。」

丫丫高興地在地裡轉圈圈。「我們家有地了！我們家有地了！」

她平時就嘴甜會來事，誰家叫她跑腿傳話跑得飛快，村民們都很喜歡她，見她這般高興都忍不住跟著一起開心。

良子照舊給大家安排工作，燒完野草，男的翻地，女人、孩子撿地裡的石頭和樹根，荒地裡頓時一派熱火朝天的忙碌光景。

人多力量大，四畝荒地很快就翻完了，良子叔誠心謝過幫忙的村民，表示剩下的自家人做就好，不能再麻煩大家了。村民們也不扭捏，嘻嘻哈哈地收拾工具離開。

接下來就要去山裡挖林土了。昨天兄弟倆連夜編了幾個超大的籮筐，專門用於今天裝土，他們提著扁擔和籮筐，決定先去山裡把肥土挖出來，再一筐筐地擔下來。

丫丫也跟著一起去，她是哪裡有熱鬧就要往哪裡跑，剛才她撿了石頭樹根，現在要去挖土了。

他們走後，眼見快到了午飯時間，何氏讓小慧先回家做飯。

林伊家的早飯沒有吃完，中午能湊合著再吃一頓，林氏不用再做，於是三人繼續在地裡翻撿。

林氏突然想起林奶奶的事，忙向何氏打聽。

第四十九章

林氏抬起頭問何氏。「嫂子，妳知道我奶奶什麼時候被我姑姑接走的嗎？說了什麼時候回來嗎？」

何氏停住手，茫然望著林氏。「妳姑姑接走妳奶奶？我不知道啊，她不是過年都沒有回來嗎？後來也沒看到她回來過。」

她垂頭想了想，很確定地告訴林氏。「我一直都在家，沒出去過，不可能妳姑姑回來我不知道，更不可能把妳奶奶接走，誰跟妳說的？」

林伊心裡一沈，結合昨天她觀察到的情形，有種不妙的預感。

林氏慌了，她白著臉道：「是我爹說的，昨天我回家沒看到我奶奶，我爹說是我姑姑給接走了。」

何氏斷然否認。「絕對不可能，妳奶奶前段時間摔了一跤，躺床上動都動不了，一直在家養傷，我好久都沒見她出來。要是妳姑姑接她走，肯定要找牛車，我們不可能不知道。」

「那是怎麼回事，如果在家裡，我外公為何不讓我們見她？為何要騙我們說被接走了？」林伊疑惑地看著何氏。

何氏也不明白，林家人為何要撒謊。

林氏再也待不住，她站起身對林伊道：「不行，我得回去看看，問清楚我奶奶到底去哪兒了。」

「行，我們一起去。」

何氏見狀要跟她們一起。「我也去，他們要再這麼說，我可以作證，妳姑姑就沒回來過。」

三人拍淨手上的泥土，慌慌張張地朝村裡奔去。

林家的大門敞開著，林大山的媳婦洪氏正站在院裡發呆，見她們進來，沒好氣地問道：「你們來幹麼，我爹我娘在衙門，家裡沒人，快走快走！」

林氏不和她廢話，直截了當地問：「我奶奶呢？她在哪裡？」

洪氏愣住了，驚疑不定地看著她們，張著嘴不說話。

林伊不耐煩了，上前一步冷著臉問：「問妳話呢，快說！」

洪氏見識過林伊的厲害，見她逼近，嚇得連退好幾步。「幹麼，妳敢打我不成？」

林氏衝上去著急地問：「奶奶呢？她到底去哪兒了？」

洪氏眼神閃爍。「不是跟妳說了嗎？姑姑把她接走了。」

「放屁！妳姑姑啥時回來的？我在村裡怎麼不知道？」何氏立刻揭穿她的謊言。

「她回來的時候妳不在，也沒多待，把奶奶接走就離開了。」洪氏定了定神，理直氣壯地回答。

「妳姑姑哪天回來的，她接走妳奶奶肯定要叫車。村裡只有村長家有牛車，我們馬上去村長家問問，她們什麼時候去叫的車。」何氏毫不示弱地對質，上去就要拉洪氏。

洪氏閃身躲開，跳著腳罵。「關妳啥事，妳個吃家飯管野事的，咱們家的事要妳來管！我奶奶就是我姑姑接去了！」

林氏心急如焚，衝過去抓住她不放。「我管得著，我奶奶去哪兒了，妳說！」

洪氏使勁掙扎，梗著脖子大嚷。「妳跟我凶啥，有本事去衙門找爹娘去，我啥都不曉得。」

林伊越發覺得不對勁，走到一旁凝神細聽院裡的動靜。

她忽然感覺到後院有微弱的人聲，便朝林氏說道：「娘，別理她，咱們去後院。」

洪氏大驚，甩開林氏衝上來攔住她。「不許進，妳是強盜嗎？怎麼亂闖我家？想搶我家東西？」

林伊不想和她糾纏，一把抓住她的衣襟把她丟到一旁，拉著林氏走進了後院。

後院除了一間柴屋和一堆柴火，什麼都沒有。

洪氏拚命跑上前攔住幾人去路，憤怒質問。「妳們想搶東西嗎？妳自己看清楚，這裡根本什麼都沒有，搶東西也走錯了地方！」又朝著院外大叫。「搶人了！搶東西了！」

林伊覺得她太聒噪，用力一掌將她推開，狠聲威脅。「站遠點，失手打到妳我可不負責。」
這時林氏已經迫不及待地打開房門，頓時一股尿騷惡臭劈頭蓋臉而來，熏得幾人直犯噁心。
林伊捂著口鼻往屋裡看，柴屋裡光線昏暗，除了一張小床、一個櫃子、一個小箱子和一個便桶，便別無他物。
小床上鋪著被子，完全沒有起伏，如果不是枕頭上那顆花白頭髮的腦袋，根本看不出床上有人。
林伊仔細辨認，那是個乾枯瘦弱的老人，正一動不動地躺在床上，黑黃皮膚滿是褶皺，眼睛凹陷，毫無光彩。看見林氏進來，她渾濁的眼裡流出了淚水，乾癟的嘴巴一張一合，發出幾不可聞的聲音，露在被子外面的手臂和樹上的枯枝沒啥區別，不過是多了張皮包著。
那位老人掙扎著想要抬起手來，只抬了一半便又無力地垂了下去。
林氏撲上去傷心大哭。「奶奶，奶奶，妳怎麼躺在這兒，妳這是病了嗎？怎麼成這樣了？」
老人緊緊盯著林氏，眼裡漸漸有了神采，此人正是林奶奶。
林伊也靠近床邊急切地叫她。「祖祖，祖祖，我是小伊，我來看妳了。」
林奶奶遲緩地轉過目光，吃力地望著林伊，嘴角略略勾起，露出了笑容。
林伊心裡火冒三丈，林家人把林奶奶虐待成這樣，難怪不敢讓自家見林奶奶。他們簡直禽獸不如，絕不能放過！

林伊連忙讓不敢置信的何氏去請村長。「嬸子，麻煩妳幫著請村長來，讓他親自來看看這家人是怎麼虐待長輩的！」

何氏連聲應了，轉頭快步跑了出去。

洪氏見勢不妙想溜，林伊一把將她抓住。「跑啥，祖祖這是怎麼回事，等村長來了妳得好好跟他說說。」

洪氏慌得話都說不清楚，她吞了口水，指著櫃子上一個乾硬的餅子跟林伊解釋。「我有侍候她，妳看看，我每天都給她送飯食，她的尿桶也是我在倒。家裡的人都不管她，是我一個人在管，我沒有對不起她。」

林伊懶得多說，只抓著她不放，洪氏掙脫幾次無果後大叫林奶奶。「奶奶，妳可要跟他們說清楚，我沒有薄待妳，我一直在侍候妳。」

那邊林氏把被子揭開，被子裡也有一股難聞的臭味，原來林奶奶身上長了不少褥瘡，有些竟有雞蛋大。

林氏拉住林奶奶的手泣不成聲。「奶奶，妳受苦了，奶奶！」

林奶奶眷戀地望著她，眼睛一眨不眨。

其實昨天林氏來的時候，林奶奶就聽到了，只是她的聲音太微弱，沒法傳到前院，告訴林氏自己在後院。

她本來已經沒有生存下去的慾望，想著就這麼死掉也好，能少受點罪。可她很想再看看自己的乖孫女和素未謀面的曾孫女，她們的聲音是那麼清亮有力，這是她繼續活下去的動力，她就靠著這動力支撐，盼望林氏再次到來。

林伊對林氏道：「娘，再忍耐一下，等村長爺爺來了我們就把祖祖帶回去，不能再讓她留在這裡了。」

林氏哭問林奶奶。「奶奶，妳願意跟我回去嗎？以後和我們一起生活，我來照顧妳。」

林奶奶嘴唇嚅動，掙扎著說好。

洪氏暗地裡撇撇嘴，巴不得林氏把林奶奶接走，過段時間她們就知道，照顧久病的老人是多麼煩人的事！

此時村口，李氏和林老頭正慌慌張張地從一輛驢車上下來。

他們和李浩被拉到衙門後，李浩明白咬出李氏對自己沒有好處，便改了說法。

他堅持是自己鬼迷心竅，聽到林氏揹回來很多好東西，遂起了貪念，瞞著李氏去林家偷東西。

為什麼大清早才去？

那是因為本來想晚上去，無奈不小心睡過頭，一覺醒來天竟快亮了。想著那院裡就兩個女人根本不是自己對手，不願意錯過機會，故冒險一試，沒想到卻被抓住。

事發後李氏不肯為自己開脫，自己一時不忿才誣陷她，根本不關李氏的事。審問的官吏思索半晌，認為這套說辭說得通，最終因證據不足，訓斥了李氏一頓把她放了回來。

而李浩則因人證物證俱全，不僅挨了二十板子，把他打得皮開肉綻、死去活來，還要送到縣衙再審。

李氏哪見過這等陣仗，腳軟得站都站不住，官吏訓斥時她更是怕得要死，話都說不出一句。

官吏一發令讓她離開，她便拉著林老頭，飛快地跑到鎮口坐車，生怕官吏反悔，把她再抓回去。

由於腳抖手抖，四肢無力，兩人路都走不動，不得已花了三十文銅錢包了輛小驢車，苦求車夫把他們送到村口。

到了村口，兩人的心神才略略穩住，都到這兒了，官吏不可能再抓他們回去了吧？

快到家時，他們看到村長著急慌忙地往自家趕，不由心驚，村長去他們家幹麼，是又出了什麼事？

村長也看到了他們，氣憤地對兩人大叫。「你們回來得正好，趕快跟我回去看看。」

兩人對視一眼，頓覺不妙，又不敢多問，只得惴惴不安地跟在村長後面。

這時村裡走動的村民挺多，見他們緊跑慢趕的模樣很是好奇，也追了過來。

林伊一直注意著外面的動靜，聽到腳步聲，看到村長、胡奶奶和何氏急匆匆地跑進後院，頓時鬆了口氣。

待看到後面的林老頭和李氏，她挑挑眉，這兩人怎麼回來了？李氏沒被衙門抓起來打板子？看來李浩沒供出她。

不過沒關係，正好找這兩人討要說法！

村長衝進柴屋，見到裡面的情景傻了眼，他遲疑地望著床上的老人。「嬸子？」

待明白過來，他勃然大怒，對林老頭吼道：「嬸子這是怎麼回事？」

胡奶奶也被嚇到了，幾步衝到床頭查看林奶奶的傷情。

林老頭沒想到會東窗事發，他張口結舌，說不出一句完整話。

李氏扶著腰直喘氣，心裡苦不堪言。

她原設想得好，李浩把林氏拿下了誰還有閒心追究這事，等這老太婆死了自己也就解脫了，瞧她那樣，也就這幾天的事。哪曉得天不遂人願，她今天就沒有順過！

她定了定神，結結巴巴地向村長解釋。「村長啊，我娘前一陣子身子不舒服，沒走穩摔了一跤，只能躺在床上休養……」

胡奶奶氣憤地打斷。「這叫休養，你們這是想要她的命，我當時怎麼跟你們說的，要你們好好照顧，你們就這麼照顧的？」她看向林老頭，神情憤怒。「這是你親娘，是生你養你的親娘，你怎麼忍得下心讓她受這樣的苦？」

林伊接過話頭。「胡奶奶說得對。村長爺爺，他們這是在虐待我祖祖，祖祖不能再待在這裡，我們把她接回我家照顧，他們不願意管，我們來管。」

林氏態度堅決。「劉叔，我要帶我奶奶離開，我奶奶也樂意。」

村長見了林奶奶的慘狀，心裡又震驚又難受，他點頭答應。「行，沒問題。」

他上前仔細查看林奶奶的傷情，為難地望向林伊。「可她病成這樣不宜挪動，要不等她傷好點再說。」

林伊哪能忍到那個時候，她看了看林奶奶躺著的小床，胸有成竹地說道：「沒事，不挪我祖祖，挪床就行。」

「挪床？」村長狐疑地望著林伊。

林伊先不給他解惑，而是請他見證。「村長爺爺，你親眼看到了我祖祖現在是個什麼情景，請你幫著做個見證，我要告官，告他們不孝，虐待老人。」

林家眾人聽了嚇壞了，李氏尖著嗓子叫。「告官?!告啥官，妳這丫頭怎麼又要告官？」她都要昏倒了，才剛從衙門回來，難不成又要被抓回去，她今天撞邪了？

林伊冷冷地看她一眼。「妳不知道我朝以孝為天，對老人不孝，官府就能抓妳去治罪。你們虐待的是生你們養你們的親娘，罪責更重，我去縣衙告你們，不砍頭也要判你們流放，你們等著吧。」

林老頭被唬得站不住，腳一軟蹲在地上，剛才衙門的氣勢嚇壞了他，他這輩子不想再去了。

他求救似地看向村長，嘴唇嚅動著。「村……長……」

村長嫌惡地瞪著他。「看我幹麼，你們做出這樣喪盡天良的事，不只你們要獲罪，我也跑不了，被你們害死了。」

林伊看了眼柴屋，對村長道：「村長爺爺，麻煩幫我找兩個力氣大的人和我一起抬床。」

村長應道：「這簡單。」

他對著外面看熱鬧的村民吼了一聲。「來兩個人幫著抬床。」

幾個年輕力壯的村民應聲跑了出來，紛紛請命。「我力氣大，我來！」

「不用那麼多，你們兩個來。」村長點了兩個人，把他們叫進屋裡。

那兩人見到林奶奶的模樣吃了一驚，鄙夷地瞪著林家人。

其中一個還忍不住罵了句。「娘的，怎狠得下心！」

林伊把自己的想法和他們說了一下，便商量怎麼抬床。「麻煩兩位大哥哥，我抬前面，你們抬後面，千萬不要有震動，免得我祖祖難受。」

兩人想到林伊的神力，也不多說，只點頭稱是。

其中一人過去用手扶了扶屋門，回頭對林伊道：「門窄了，床平著抬不出去。」

幾人目測了下，確實如此，當初這床應該是立著抬進來的，現在想要林奶奶在床上躺著，平著抬出去不太可能。
林伊對著門框仔細打量了下，抓住門板往上一抬，門板就從門框上脫落下來，她看到後院柴堆旁放著一把斧頭，走過去提了過來。
眾人好奇地看著她的舉動，不知道她要幹麼。
李氏最先明白過來，她尖聲叫著阻止。「妳拿斧頭幹麼，想拆屋？快住手！」見林伊不理她，她急得對著林老頭大喊：「快拉住她，她要拆房子！」
林老頭早見識過林伊的彪悍，哪敢上前，只驚恐地看著她不敢說話。
李氏見叫他無用，瘋了般衝上去就要拉林伊。「妳敢！妳敢拆我的屋試試看！」
林伊一把把她推到旁邊，她站立不住，摔倒在地。
林伊居高臨下地看著她。「妳吵什麼，等我告了官，妳就要去坐牢，這家裡的一切東西都要充公，跟妳毫無關係，妳現在攔我有意思嗎？」
李氏慌張地看向村長，見他並沒有反對的意思，臉色頓時煞白，喃喃哀求。「不要告官，不能告官！我不要去官府！」
她怕得要死，眼淚不爭氣地往下掉，對著林老頭哭個不停。「嗚嗚嗚，老頭子，怎麼辦啊？我們又要去衙門啊，我再也不要去衙門，我不要去坐牢！」
林老頭垂下頭不敢吭聲，他沒想到，不過是沒有照顧好自己的娘，竟要被抓起來坐牢殺頭！衙門連這種事都要管嗎？

第五十章

林伊不再理會林老頭，她走到門前打量了下門框，用力掄起斧頭從裡向外砍去。斧頭砍在木板上發出哐哐巨響，聽得林家諸人膽戰心驚，圍觀眾人暗自咂舌，這丫頭做事太猛了。很快，門框就被砍破，門邊的木牆也被砍掉一大塊，林伊離遠看了一下，問道：「怎樣，夠了嗎？」

那人張大著嘴巴不住答應。「夠了夠了。」

「那快把床抬出去，待會兒屋子垮了就麻煩了。」林伊掃了一眼李氏故意說道。

李氏心口痛得不行，卻只瑟縮了下不敢說話。

林伊對一直拉著林奶奶的手、哭成淚人兒的林氏道：「娘，妳先回去吧，把早上的稀粥熱上，再燒點熱水，一會兒給祖祖擦洗，我們馬上就回來。」

林氏忙擦了擦臉上的淚，輕聲對林奶奶道：「奶奶，我先回家裡等著妳，小伊跟著就送妳回來。」

林奶奶眨了眨眼睛，嘶聲道：「好！」

看到孫女和曾孫女活蹦亂跳地站在自己面前，想到以後能和她們住在一起，她覺得日子有了盼頭，身上也像是有了力氣。

何氏聽了，忙對林氏道：「我跟妳回去，看能不能幫著做點啥。」兩人一起匆匆離開。

林伊又對村長道：「劉爺爺，麻煩你幫我請個郎中。」

村長為難地道：「唉，我們村裡現在沒有郎中，最近的村子來回也要半個時辰，這還得是他在家，萬一不在家就不曉得要多長時間了。」

胡奶奶從床邊站起身對林伊道：「我懂點醫術，要是信得過就讓我來吧。我看了下，林嬸子的病症不重，主要是身子不便和沒怎麼吃東西，身上的褥瘡也很嚴重。一會兒到妳家了我先給她處理下，等情況穩下來了，妳再找郎中好好調養。」

林伊想想也行，自己身邊還有徐郎中送的外傷藥，可以拿出來給林奶奶用上。

商量妥當後，林伊便把小床攔腰抱起，挪到屋子中間，然後她抬床頭，另兩人抬床尾，穩穩當當地將小床抬出小屋。

說起來，小床加上林奶奶的重量，林伊一個人抬完全沒有問題，只是要走那麼遠，還要保證不搖晃，這就不太容易，有人和她一起抬最妥當。

胡奶奶心細，怕林奶奶在小黑屋待久了不適應外面的光線，拿出手帕遮住她的眼睛，她對林伊道：「你們先過去，我回家拿了藥箱就來。」說完快步跑走了。

林伊正準備往外走，突然想起一件事，她叮囑村長道：「村長爺爺，你把他們看好了，等我把祖祖安頓好了就要到衙門告狀，可不能讓他們跑了。」

村長瞥了眼呆若木雞的林家諸人。「放心吧，跑不了的，房子和地都在呢。」

他對這家人失望得很，老太婆夥同娘家人算計繼女，老頭子任由家人虐待親娘，簡直壞透了！絕不能輕饒！

可看到林老頭可憐巴巴的眼神他又有點心軟，兩人從小在一起長大，幾十年的情分了，真要把他送大牢又有點狠不下心。

而且林老頭人老實，沒犯啥大錯，就是耳根子軟，啥都聽媳婦的，最壞的就是那個老太婆！都是李氏的錯！

他怒氣沖沖地瞪向李氏，把李氏嚇得身子直往林老頭身後縮。

那邊林伊和兩個村民抬著小床健步如飛地往山腳奔去，儘管村民們已經見識過她的神力，現在見她一個人抬一頭，比他們那兩人看著還輕鬆，仍是不住讚嘆。

待村民們見到林奶奶的慘狀，都義憤填膺，老人們更是感同身受，破口大罵林家人惡毒。一些和林奶奶交好的大娘擦眼抹淚地陪著林伊他們一道走，聽說林伊要告官，都支持她的決定，並願意替她作證。

很快三人就把林奶奶抬上了山腳的小道，林氏和何氏早在院外等著了，見他們來了小跑著迎上前，護送林奶奶回屋。林家堂屋的門夠大，小床抬進去完全沒有問題。

林伊招呼那兩人將床放在堂屋的窗下，林奶奶暫時住在這裡。堂屋敞亮，光線充足，視野開闊，很適合林奶奶養病，也方便看診醫治。

林氏端來一碗溫糖水，把林奶奶的頭微微抱起，邊餵她喝水，邊輕聲告訴她。「奶奶，這裡是我的家，以後妳哪裡都不去，就住在我家裡，我們祖孫三人在一起。」

林奶奶是個愛乾淨的人，行動不便後，排泄就成了問題。林家人一天只進來看她一次，若沒有及時排便，就會拉在身上，林家人就越發嫌棄，經常惡言惡語地罵她。

她為了不小便，很少喝水，早就渴得不行，這碗溫水無異於靈芝甘露，不僅滋潤了她乾涸的喉嚨，更滋潤了她的心。

她喝過水後，林氏端了盆溫水來，和何氏擰了棉布輕輕地替她擦拭手臉。林伊找來林氏的衣服，打算等她整理乾淨後換上。

正忙碌著，胡奶奶揹著藥箱和娟秀一起走了進來，娟秀手上拿著一個籮筐，筐裡裝著一些雞蛋，是送給林奶奶的。

林伊和她們打了招呼就朝村裡走，她要去收拾狼心狗肺的林家人。

林奶奶聽說林伊要告官，著急地拉著林氏的手，口裡發出呵呵的聲響。

林氏忙將頭靠近她的嘴邊，問她想說啥，她努力半天，艱難地吐出幾個字。「不報官！」

林氏看了眼林伊，再次靠近林奶奶向她確認。「不報官？是嗎？」

林奶奶微微點頭，屋裡幾人對視一眼，瞬間明白林奶奶的心思，不管她遭了什麼樣的罪，還是不忍心看著自己的兒子惹上官司坐牢。

林伊不甘心，她可不想再和這家心如毒蠍的人打交道。

她走到林奶奶身旁，蹲下身輕聲問：「祖祖，把他們趕出村行嗎？」

林奶奶怔了怔，顯然沒想到林伊會這麼問，她疲倦地閉上雙眼，微微搖了搖頭，一滴淚水從眼角滑了下來。

林奶奶是怕林老頭一家離了村子在外面沒辦法立足，日子過不下去吧。

林伊看著這位善良老人乾枯焦黃的臉，皺緊眉頭。林伊能理解她，卻不贊同，而且這是擺脫這家極品的最好機會，她不想錯過。

林氏見林伊一臉不甘願，伸手握住她的手，溫聲道：「聽妳祖祖的，別讓她擔心。」

她也不忍心年邁的親爹遠離故土，在異鄉艱難生活，即便他們做出這種喪盡天良的事。

林伊看著林氏乞求的目光和林奶奶眼裡流出的淚，無奈地嘆口氣。

行吧，她可以不報官，可以不把他們趕出村，但絕不可能再和他們成為親人。

她再次輕聲問道：「他們這樣做不能輕饒，咱們和他們斷親好嗎？就咱們三個人在一塊兒過日子，和他們再也不來往。」

林奶奶沈默半晌，睜開眼看著林伊，用力地嗯了一聲。

這次林老頭一家的行為傷透了她的心，不想再和他們有關係。可要他們受苦受罪她又狠不下心，那畢竟是她辛苦養大的兒子和孫子，林伊的這個提議正好合了她的心意。

而且她明白，林氏是為了她回來，如果不斷絕這門親，以後會給她帶來很多麻煩，趁這件事和兒子一家一刀兩斷，也是替林氏減少負擔。

林氏也同意林伊的提議，做到這一步，她這個當女兒的也是仁至義盡了。

林伊見她們答應了，鬆了口氣，如果她們還是不答應，自己還真有點不知道該怎麼辦才好。

林伊飛奔出門，朝村裡走去，圍在院外的村民見她出來，又三三兩兩地跟在她身後，誓要將這件事跟進到底。

此時村長已經坐在堂屋的椅子上，林家人戰戰兢兢地呆立一旁。

見林伊進來，村長忙問她林奶奶情況如何，林伊告訴他情況已經穩定下來，暫時沒有大礙。

村長和林家人同時放下心來，重重地呼出口氣。

村長是怕林嬸子就這樣丟了性命，他心裡過意不去。林家人則是想到只要林奶奶命保住了，至少不會把他們拉去殺頭了吧？

剛才他們一直在求村長，想讓他幫著跟林伊說說，讓她別報官，他們以後一定改正，會好好孝敬林奶奶，絕不再讓她受一點點苦，他們已經知道自己做錯了。

站在村長的角度來說，他也不願意林伊報官，兒子虐待老娘，是一樁很惡劣的事情，他作為一村之長，任由這樁事在自己眼皮子底下發生竟然絲毫不知，是他的失職。另一方面，他也不忍看著林老頭遭受牢獄之災，只是一想到他們的所作所為，又覺得氣憤難平。

林伊不管他們想什麼，直接看向劉村長。「村長爺爺，我這就去縣衙報官，你能不能告訴我，我應該怎麼做。」

村長沈思著看她。「妳去衙門告長輩，是對長輩不敬，不管有理無理，都會先打二十板子，打完了才能說妳的事，妳不怕？」

林伊仰著臉神色凝重。「該我受的我全受著，該他們的處罰，他們也別想跑。」

「二十板子可不輕鬆，打下來不死也要脫層皮，妳要不要再想想？」村長還想勸勸林伊。

「不用，我已經想好了！」

李氏見林伊態度堅決，恍惚看到了自己在衙門被打板子，抓去坐牢的情景。

她撲通一聲跪坐在地，一把鼻涕一把淚地哭求。「小伊，求妳高抬貴手饒了我們吧！我們也沒有壞心思，就是妳祖祖病久了，到後面我們有點怠慢她。當初她病的時候我們也是請了郎中，給她熬了藥啊，我們是做得不對，可也沒到要殺頭坐牢的地步啊，我們這次有了教訓，以後一定不敢再這麼做，妳放過我們吧，我們都是這麼大年紀的人了，如果送到牢裡，肯定要死在牢裡，妳行行好吧！」

洪氏也嗚嗚直哭。「我才剛嫁過來不久，不會照顧人，是我沒把奶奶照顧好，是我的錯，妳原諒我吧，我是好人家的閨女，我不想坐牢啊。」

林老頭和林大山可憐巴巴地看林伊，滿眼的懇求，大氣都不敢出。

林伊怒視著他們。「祖祖是你們的長輩，辛辛苦苦把你們養大，她現在老了病了，你們就嫌棄她，巴不得她死掉，你們就輕鬆了。羊有跪乳之恩，鴉有反哺之義，連禽獸都懂的道理你們卻不懂，你們連禽獸都不如！」

「我也沒想到妳祖祖會變成這樣，是我家的女人在照顧她，我要知道，斷不允許她們這麼做。」林老頭哭喪著臉辯解道。

「你若是不知，為何昨天我們問祖祖在哪兒時你要撒謊，騙我們說被姑婆接走了，你根本就是知道實情，怕我們看到祖祖被你們虐待！」

「我不知道情況這麼嚴重，我是順著我媳婦的話頭說的啊，那是我的親娘，我再怎麼樣也做不出這種事情來的。」林老頭竟然嗚嗚地哭起來。

林伊根本不相信他的鬼話，這個沒擔當的老頭見勢不對就想甩鍋！

她看向劉村長。「必須給他們懲罰，要不然那些不想贍養長輩的人，會覺得虐待老人也沒關係，會向他們學，這樣可不行。」

村長嘆口氣，對林老頭講起他小時候生病，林奶奶怎麼揹著他走山路找郎中看病，有好吃的從來捨不得吃，都要留給林老頭。年輕時守寡，硬是把他撫養長大，給他娶媳婦、養孫子。現在她老了，應該林老頭孝敬她，他卻這樣對親娘。

「摸著你的良心想想看，你娘怎麼對你的，你虧心不虧心，屋簷水點點滴，你不怕以後你也是這個下場？」

林老頭被他說得羞愧不已，跪在地上朝著山腳的方向嚎啕大哭，嘴裡直嚷嚷。「娘，我對不起妳！是兒子不孝！」

看著還挺真的！

不過林老頭的這番作為並沒有打動林伊。就算他真心悔過，也只是個沒有主見的糊塗蛋，眼下村長的話讓他覺得自己錯了，等過一段時間，事情淡了，李氏再給他吹幾句林奶奶的壞話，他又會認為李氏說得有道理。這種人心思沒有多壞，可就是這樣才更噁心人。

何況他還很有可能是裝腔作勢，為了逃避懲罰故意做出這番舉動！

管他是真是假，反正林伊不吃他這一套！

村長見林伊神情一點都沒有鬆動，只得又勸她。「按理說是應該把他們抓到衙門，可他們畢竟是林嬸子的親人，如果真送到衙門，於林家的名聲不好，於我們村子也有不好的影響。要不我們換種懲罰方式吧，只要不送到衙門，咱們一切好說。」他問林家人。「我說的你們有沒有意見？」

林家人聽到不用報官，立刻點頭如搗蒜，異口同聲道：「只要不報官，一切好說，我們以後一定會好好孝敬娘（奶奶）。」

林伊皺著眉頭想了半晌，終於答應。「不報官也可以，可是我們不能再跟這種禽獸不如的人做親，他們不配做我們的長輩。我們要和他們斷親，以後我祖祖、我娘，還有我都和他們沒有關係，只要答應這條我就不告官。」

村長震驚地望著林伊，他活了這麼多年，還是第一次聽到有人要斷親。「斷、斷親？」

林伊堅決點頭。「是的，我奶奶也答應了。你不信可以讓人去我家問她。」

劉村長忙道：「不用不用，我信妳。」他看向林家人。「你們怎麼說，是斷親還是報官？」

李氏搶著答話。「斷親，我們同意斷親。」

她沒有想到林伊竟會提出這個意見，心裡樂開了花，簡直太合她的心意了，她巴不得斷親呢。這丫頭不過看著機靈，成不了事！

老太婆那麼大歲數，一身的病，光是診病就要花一大筆錢，她也實在是不想照顧她。至於林氏母女，一看就沒多少油水，又沒有掙錢的本事，以後活不下去了，來求自家，自家幫還是不幫。如果不幫，村裡人會指責自家，現在把親斷了，她們要飯要到門前她都可以不給。

村長看著林老頭。「你也是這個意思，你們家是你媳婦當家？」

林老頭抹把淚悶聲道：「聽你們的。」

村長站起身，掃視了一圈屋裡眾人，嚴肅地說道：「你們既然都沒有意見，那就這麼做吧。我寫一份斷親書，你們過來蓋上手印，拿到衙門去立個文書，就能生效。以後你們就是沒有關係的陌路人，你娘不用你們贍養，玉芝也不用孝敬你們，過年過節也不用走動，你們明白了嗎？」

林家人忙不迭地點頭，只要不用拉到衙門去，怎麼著都好啊。

林伊心裡高興，能和這群極品親戚劃清界線，無異於掙脫了捆在身上的無形枷鎖。不過，就這麼斷親可不行，她還得找他們討要賠償。

第五十一章

林家人如此虐待林奶奶，想毫髮無損地斷親，沒那麼好的事，得讓他們賠償。

不過林伊怕林奶奶和林氏又狠不下心，事先沒有跟她們商量，她打算來個先斬後奏。

「我還有要求。」林伊對著村長道。「我祖祖病得這麼重，得找郎中診治，還要吃藥調理，這都是他們作的孽，他們必須要賠償。還有我祖祖養育他們這麼多年，斷親之前得把這筆費用算算。」

村長完全同意，這家人不受點懲罰，就這麼把親斷了也說不過去。「妳說說看要怎麼賠償？」

「我也不多要了，就讓他們賠償十兩銀子吧。」

這是來的路上林伊盤算好的。

當初吳家許下六兩銀子的禮金，林家答應了這門親事，把林氏送到吳家受了這麼多年的折磨，他們卻拿著這筆錢享受，現在得讓他們吐出來。

另外四兩就當他們對林奶奶的補償。

村長沒有意見，看向林老頭。「我覺得很合理，你娘養你這麼多年，十兩銀子並不多，就是再翻一倍你們也得出。」

只要能把林伊這個苦主安撫住，再翻兩倍錢他也要押著林老頭拿出來。

李氏倒吸口涼氣。「怎麼還要給錢？還要十兩銀子？」她的好心情立刻消散無影，心變得涼涼的。

村長不理她，只看著林老頭。

林老頭苦著臉對村長道：「我願意出，可是我家哪有這麼多銀子啊？」

李氏在旁邊著急地插話。「你們看看吧，我家窮成這樣，老二媳婦都娶不上，我真有這麼多銀子早就給他說親了，能不能少給點？」

「那不管，你們自己想法子湊，拿不出銀子我就要去告官，你們當這是逛集市嗎？還要討價還價！」林伊態度很堅決，毫不讓步。

「小伊，妳怎麼這麼狠，一點也不給我們活路，妳這是要逼我們賣兒賣女嗎？」

事態一旦緩和，李氏又開始得意忘形了。所以這種人就不能對他們客氣，一定要趕盡殺絕。

林伊垮下臉，毫無表情地掃李氏一眼。「妳可以不給銀子，那就去牢裡過日子吧，那裡管你們吃管你們穿還管你們住，比這裡好過。」

李氏哽了下，敢怒不敢言。

村長不耐煩地向他們確認。「你們想好怎麼選沒有，都這個時候了，快點決定吧。」

林老頭瞪了李氏一眼，連聲應道：「我們給銀子，我們給銀子。」

他拉李氏到一旁商量。「把妳身上的銀子都拿出來吧，這個時候不用啥時用啊，妳真想我們全關到牢裡去啊。」

李氏權衡半天只能答應，她一想到要被抓去衙門，就兩腿發軟，全身直冒冷汗，那個地方，她這輩子都不要再去。

她進到屋裡把攢著給二兒子說媳婦的銀子取了出來，一共六兩多一點，林大山兩口子也把他們的私房錢拿了出來，湊在一起總共七兩五百多文，還差二兩多銀子。

林老頭把銀錢數給村長，沮喪地道：「村長，只有這麼多了。我們家的積蓄全掏出來了，一文錢都沒有留，能不能就這麼著了。」

村長看向林伊。「小伊，妳怎麼說？」

林伊掃了一眼屋裡。「他們家不是有糧食、雞和豬嗎？拿這些湊吧。」

李氏聽了氣得七竅生煙，這死丫頭是土匪嗎？要把她家全搶光！

林老頭立刻答應，他現在只想快點完結此事，村裡人一直在門外指點，說的話那叫一個難聽，他的臉已經不知道要往哪兒擱了。

「妳提兩隻雞去吧，我娘那身子骨也要補補。」他哭喪著臉道。

「不夠，再裝點糧食！」兩隻雞就想把帳了了，怎麼可能！

「行！」林老頭咬牙應了。

林伊和村長到林老頭家的米倉看了看，村長做了決定。「量一百斤米出來，再提四隻雞。」

方案已定，村長不再耽擱，喚人從家裡取來紙筆寫了三份斷親書，寫明了林奶奶、林氏、林伊三人，從此以後和林老頭一家人就形同陌路，再沒有一點瓜葛了。

「村長爺爺，得把斷親的原因寫清楚，是林家虐待長輩，還麻煩請鄉親們幫我按個手印做個見證。」林伊提醒村長。

以後這就是自家的護身符，林家的人敢來找麻煩，自己就把斷親書甩他們臉上！

待林家人按上手印，村長招手叫了候在屋外的一名村民進來，交代他把斷親書拿給林氏和林奶奶按手印。他自己帶了幾個人去米倉裝米，林伊則到雞圈抓雞。

「那是在下蛋的雞啊！」李氏難受得不行，她都捨不得吃，全攢著拿去鎮上賣了買胭脂水粉的。

洪氏撇撇嘴，銀子糧食都給人家了，倒捨不得四隻雞。

要是李氏當初能幫著一起照顧林奶奶，不讓她一個人做，她怎麼會越做越煩，最後根本不想管！

「都是這惡婆婆的錯，害得我們私房錢全拿了出來，以後的日子要怎麼過？」洪氏恨恨地瞪著李氏。

想想還得掙錢給老二娶媳婦，洪氏更受不了，等這件事解決了就分家，她絕不再跟這惡婆婆住在一起。

林伊聽到是下蛋的雞，心裡高興，林奶奶急需補充營養，最好每天都有蛋吃，這雞來得太及時了。

她看不懂啥樣的雞下蛋多，可圍觀的村民懂啊，連著跑進來好幾個大娘，自告奮勇幫她選。她們在雞圈裡轉了一圈，很快確定目標，抓了四隻蘆花雞綁上遞給林伊。

李氏看得心都碎了，這是她最好的四隻雞，才剛開始下蛋，每天都要下一顆，她寶貝得不得了，哪曉得這些人眼睛這麼毒，一下就把最好的抓走了。

林老頭蹲在地上不抬頭，在斷親書上按手印的時候，他意識到以後自己和親娘、親閨女便是陌路人，再也沒有關係了。他突然感到強烈不捨，可是勢在必行，已經容不得他多想，他現在心裡空落落的，眼睛也有點酸澀，忍不住想哭。

此時他已經忘了當初對親娘有多嫌棄，暗暗巴不得她早死；對歸家的女兒多無情，根本不容她在村裡安身。

正在糾結難受，按了林氏和林奶奶手印的斷親書已經拿了過來，村長招呼圍觀的村民一家來一個在斷親書上蓋手印，為這件事做個見證。

村長轉頭對他們道：「我明天拿到縣衙蓋章，到時候再一家給你們一份。」

林伊對他說：「我祖祖的東西我得拿走，她現在啥都沒有，衣服都沒有一件。」

「這是自然，你看誰帶小伊去拿東西。」村長問林老頭。

「我去吧。」林老頭答應一聲便帶著林伊走到柴屋，柴屋裡有個箱子，裡面都是林奶奶的衣物，林伊也不打開，直接夾著箱子就出了屋。

林伊謝了村長，揹上米筐，提上母雞，快步走出林家院門。

她現在心情暢快，覺得天都藍了幾分，能和這家人斷絕關係實在太好了，以後自己一家在村裡的日子真可以說得上無憂無慮、自由自在了。

而林家錢沒了，米倉空了，雞也只剩兩隻，地只有四畝，得過一段苦日子了，真是讓人解氣！

美中不足的是沒有把他們抓起來，特別是那個李氏，林伊對她恨之入骨，只有等著看了，多行不義必自斃，她肯定不會有好下場，這樣想想林伊才好受了點。

院外站著的那堆村民，見她出來，立刻圍住她，又要跟著她回山腳下去看望林奶奶。

林奶奶為人和氣，樂於幫忙，村裡人非常喜歡她，有兩個大娘還專門回家拿了雞蛋要林伊帶上，說是給林奶奶補身子。在這個山野小村，雞蛋對於普通人家來說，就是最好的營養品了。

林伊笑著把四隻雞提給她們看。「大娘，不用了，我這裡有下蛋的母雞呢。謝謝妳們了。」

兩個大娘見林伊態度堅決，只得作罷。

林伊見這堆人沒有散開的打算，還想跟著自己回家，忙跟他們解釋。「謝謝各位叔叔、嬸嬸、爺爺、奶奶關心我祖祖，我明白大家想知道她的情況。可是這會兒胡奶奶正在給她醫治，不太方便招待各位，請各位留步吧，我會把你們的好意告訴我祖祖，她聽了身體肯定好得更快。」

村民們一想也是這麼回事，讓林伊給林奶奶帶話，讓她好好休養，才慢慢散開。

此時山腳下的林家，胡奶奶已經替林奶奶診治完畢。

和她在林老頭家初步判斷一致，林奶奶大問題沒有，就是摔傷沒有料理好，仍然不能行動，這段時間沒有怎麼進食，營養不良。然後就是背上和臀上的褥瘡，好在還不算太嚴重，只要清理創口，敷上藥，以後好好照料，很快就能痊癒。

重要的是林奶奶心情很好，有求生的慾望，這對病人來說至關緊要。

林奶奶這會兒斜靠在一堆被子上，臉上掛著滿足的笑容，狀態比從林家出來好得太多，林氏端著一碗稀粥正在餵她。

她每舀一勺就輕輕呼氣吹涼，再小心餵給林奶奶，還時不時地用手帕替她擦擦嘴角。

林伊走後，林氏和何氏、娟秀合力把林奶奶身上的衣服全脫了下來，用熱水把她身子擦了一遍，林奶奶頓時覺得鬆快了不少。

胡奶奶把熬好的藥湯端過來，幾人把林奶奶身上褥瘡清理乾淨，塗上了徐郎中給的外傷藥，又給她換上了林氏的乾淨衣衫，整個人清爽了許多，尿騷味也聞不到了。

只是林奶奶太瘦了，她的身量比林氏高，可現在穿著林氏的衣服卻空蕩蕩的，彷彿是枯樹枝上披著件衣服，林氏看得不住抹淚。

胡奶奶一再交代，以後林奶奶得側著躺，有褥瘡的部位儘量不能再和床鋪接觸，以免按壓到傷口。

「得給她多翻身，別老是一個姿勢躺著。」胡奶奶道。「每天給她蒸顆蛋，要是能熬點雞湯魚湯就更好了，這些東西養人。她底子還行，只要照顧得好，恢復過來不成問題，只是得慢慢來。」

南山村沒有專業郎中，請郎中得到十里外的後山村去。好在胡奶奶的爺爺以前是郎中，她跟著學了點簡單的醫術，疑難雜症不能治療，普通的頭疼腦熱受點外傷還是能處理。

特別是成子因為郎中的耽誤腿變跛了，胡奶奶受了很大刺激，更是苦習醫術。而且年紀越大，積累的經驗越多，除了沒有掛牌行醫外，一般的病症完全不輸給正經的郎中。

「前段時間妳奶奶不小心摔了一跤，受了傷起不了床，妳爹把我請去診治，我還開了藥方，讓他們好好照顧，多歇息一段時間就沒啥問題。後來他們沒再上門，我還以為妳奶奶在家恢復了呢，哪曉得他們竟會嫌棄妳奶奶至此，讓她受這樣的罪，久病床前無孝子啊。」她嘆口氣，又慶幸道：「還好妳們回來了，要不然……」

正說著，林伊提著一串雞回來了，那四隻雞在她手裡咯咯亂叫，探頭探腦想掙脫。

何氏見狀不由上前好奇地問道：「怎麼還抓了雞，是妳外公家賠的？」

林伊對何氏道：「嬸子，以後林家和我們家沒關係了，林老頭不是我外公了。」又側身給她看。「這兒還有一百斤米。」

何氏笑道：「對對，我都忘了，妳們能擺脫那家人簡直是件大好事。這雞不錯，一看就是肯下蛋的，米是今年的新米？」

林伊把林奶奶的衣箱放下，笑道：「是的，村長爺爺說只要新米，把這一百斤一裝，他家的米倉都快空了。這雞是村裡幾個大娘幫著選的，她們的眼光毒，一抓一個準，那個老妖婆看我們把這四隻抓走了，哭得不行。」她把雞舉給林奶奶看。「祖祖，以後妳每天都有蛋吃了。」

林奶奶眉眼彎彎地看著她，不住點頭。

林伊又問林氏。「娘，雞放哪兒？」

林氏回頭看了一眼，想了想，道：「暫時先關到雜物房裡，那裡正好空著。」

胡奶奶見林奶奶精神大好了，便和娟秀姨告辭。臨走前大力誇獎徐郎中的外傷藥，說對林奶奶的傷口有奇效，可能這瓶藥還沒用完，傷口就能痊癒。

林伊想到遠方的梔子父女，內心充滿了感激。

何氏也告辭離開，到午飯時間了，她要回家去看看午飯準備得怎麼樣，等東子兄弟回來就能吃飯。他們在外面辛苦一天，可不能回來連飯都吃不上。

幾人走後，林氏也給林奶奶餵完了粥，一小碗粥林奶奶竟然全都吃了，臉上有了點血色。

林氏對林伊道：「妳陪陪妳祖祖，她剛才一直在問妳啥時回來。」轉頭輕聲對林奶奶說：「奶奶，我去洗碗，讓小伊來陪妳說話。」

林奶奶看向林伊，渾濁的眼裡竟有了亮光，嘴角也露出慈愛的笑容。

林伊走到林奶奶身邊坐下，林奶奶抬起枯乾的手伸向林伊，林伊忙握住。林奶奶喃喃地對她道：「乖，小伊乖。」

她的聲音和剛才比起來有力了不少，能清楚聽到她說的是什麼了。

林伊放柔聲音問她。「祖祖，妳現在好點了嗎？」

林奶奶頻頻點頭，林伊告訴她村民知道她病了，都很關心，本來想跟著一起過來看她，林伊想著她需要休息，所以拒絕了村民的好意。

「祖祖，大家託我帶話給妳，要妳一定好好休息調養。還有兩個大娘把自家的雞蛋拿給我，要我帶給妳，我想著大家的日子過得都不容易，所以好意心領了，雞蛋沒有拿。她們還說，等妳好點了，就來看妳。」

林奶奶眼裡閃著淚花，不住地說：「好，好，謝謝他們。」

至於林家人，林伊沒有提，林奶奶也很有默契地沒問，兩人都當這家人不存在。

第五十二章

林氏出來後，林伊把林家賠償的銀錢拿給她們看。「我找他們要了十兩銀子，錢不夠，才用雞和米抵帳。」

林氏怕林奶奶不高興，小心地看著她的神色，林奶奶卻一點也沒有責怪林伊，還不住誇獎她做得好。

林伊將錢袋遞給她，她不肯接，一個勁兒推給林伊。「妳拿著，買豬買雞。」

她剛才聽到林氏和何氏商量買豬養雞的事，心裡覺得很不錯，她是個養牲畜的能手，現在有了錢，就想著能多養點就多養點。

林伊猶疑地看向林氏，林氏明白林奶奶的心思，於是她對林伊道：「聽妳奶奶的。羅大石家的豬仔都大了，價錢有點貴，咱們的錢不太夠，這錢正好拿去買兩隻回來，別的錢就存著。」

林奶奶那麼大年紀，現在又病成這樣，得在手裡留點銀錢，萬一她要看診吃藥，花的錢不會是個小數目。

林伊脆聲答應。「那行。」

正說著話，外面的荒地有了動靜，是東子叔他們擔林肥回來了，林伊忙跑出去查看。

籮筐裡不只有深黑色的肥土，還有不少腐葉，這些混在荒地的土裡，發酵後都能肥田。他們把土堆到一邊，商量著回家吃了飯再來。

林伊回到屋裡和林氏吃午飯，一個早上竟發生了這麼多事，斷了親，有了地，還接回了林奶奶，真是多姿多彩，節奏有點快啊。看著躺在床上含笑看著她們的林奶奶，心裡覺得特別充實。

東子兄弟也沒有想到就他們上山挖土的功夫，竟鬧出了這麼大的事，吃完飯就跑到林家來看林奶奶。

林奶奶望著眼前這群對著自己問長問短、要她好好保重的年輕人，咧著嘴笑得開心。

何氏拿來了五顆雞蛋、一把小白菜和幾個馬鈴薯，她不好意思地跟林氏道：「家裡沒啥好東西，這些妳拿著給奶奶添個菜。」

見林氏要推辭，她板起臉道：「是嫌棄我東西不好嗎？那我就拿回去。」

林氏只得接下，她這才笑起來。「這才對嘛，快點讓奶奶把身子養好才是最重要的。」

良子叔兄弟果然比林伊會種田，他們準備再翻一次地，用農家肥和枯草爛藤做底肥。他們家雖然沒有田，但是有攢肥的習慣，還有腐菜爛葉，這些都是上好的肥料，浸泡出來的汁水也能用來澆地。兩人討論得起勁，林伊卻一點都不懂，聽得雲裡霧裡，看來把地交給他們種是個明智的決定。

不過林伊也提出了自己的建議，那就是萬能的蚯蚓大法。這個法子她一提出來，就被認可了，因為現在有很多人家都在養蚯蚓餵雞，不過蚯蚓糞也是肥料，兩兄弟倒沒有聽說過。

「等地種上後，咱們可以多抓點丟進去，讓牠們幫著翻土，然後自己再養點，兩不耽誤。」林伊道。

「這沒問題，我家後院就養著一桶，還是跟我娘家的一個能人學的，雞吃了就是肯下蛋，直接從桶裡抓到地裡就成。」何氏第一個答應。

林伊又拜託良子叔開完地後幫著家裡做個雞欄，好安置那四隻母雞。

「豬圈也要修，明天就去羅大石家抱。」何氏已經跟羅家定好了小豬仔。

村長下午沒事，踱到了荒地來，見兩兄弟正在翻地，他不住讚嘆。「不錯不錯，只要肯花力氣，老天爺就會給你飯吃，瞧瞧這地，打理出來還是很不錯的。這裡旁邊就是山溪，澆水又方便，到時候說不定比山下的地還要好。明天我就去把你們的地契文書辦下來，你們以後也是有地的人了。」

兩兄弟一臉滿足，全權將辦地契的事託付給村長，他們明天還要繼續耕田，一點也捨不得離開。

林伊決定和村長一起去鎮上，除了辦自家的地契，她還想買點日用品，現在家裡的東西缺得厲害，好多都要添置。

林伊在地裡幫著幹了會兒活，回家見林奶奶已經睡著了，自己暫時沒事，便跟林氏說要進山，她已經盼了好久。

林氏勸道：「明天早上去吧，妳又不認識路，讓小慧帶妳去。」

她實在不太放心林伊一個人上山。

林伊哭笑不得，上山還需要認路嗎？過了索橋不就是了，用得著誰來帶？

「娘，我在吳家村天天都往山上跑，妳有什麼不放心嘛。我想打點野物，明天拿到鎮上賣，買點生活用品回來，現在家裡啥都沒有，太不方便了。村長說明天逢集日，東西又多又便宜。」林伊努力說服。

林氏苦勸幾句，見說不動她，只得答應，還沈著臉威脅她。「妳千萬別走遠了，不然我就……我就……」

想了半天，也沒想到要怎麼懲罰她。

林伊忙安慰。「我不走遠，娘放心吧，我就在山腳邊，說到做到。」

見她態度誠懇，林氏才放下心來。

於是，林伊又揹起了大背筐，帶上小虎送給她的彈弓和一口袋小碎石，向大山前進。

現在正值秋天，是一年中最好的季節，不冷不熱，非常舒適。

林伊走向上山的小道，只見天空高遠碧藍，幾朵淡雲似幾縷輕煙飄蕩在空中。

涼爽的秋風將山林裡的草木花香吹送得滿山滿野，樹梢也被秋風吹拂得變了顏色，豔紅似火，淡黃如金，五彩斑斕，甚是好看。各色野果藏身於枝頭草間，閃動著誘人的光澤。

這時候的野物也很肥美，村民們不時能在山腳下打到，林伊對這次的狩獵很有信心。

過了搖搖晃晃的索橋，前面是一條狹窄的山道，山道的一旁是覆蓋著植被的山體，另一旁是茂密的竹林，偶爾能看到幾棵大樹夾雜其中。越往裡走，竹子越來越少，更多的是枝葉肥厚的粗壯高樹。

南山村的村民大都是早上採山貨，這個時間人不多，偶爾遇到了，都會很友善地和她打招呼，還會好心提醒她，就待在山腳行動，別走遠了。林伊笑著答應。

往前走了一段，漸漸地看不到村民了，可是也沒有野物，這讓林伊很氣餒，她今天可是打算好了，怎麼著也得抓一隻獵物回去，她已期待好久了。

她心想，可能這條小路人多，兔子野雞之類的不敢在附近出現。於是當她看到一條細線似的小徑出現時，便毫不猶豫地走了過去。

越往前走，草木越茂盛，腳下的路已被雜草覆蓋，看不到路了。

林伊怕草裡有蛇，折了根樹枝邊拍打邊豎起耳朵，傾聽草叢裡有沒有異動，可惜除了風吹草葉的沙沙聲，沒有旁的動靜。

不過還好，雖然沒有小動物，能吃的野菜倒不少，品種多樣，肥碩鮮嫩，樹下還有很多蘑菇，枝頭隱約可見纍纍的果實。

林伊心中大喜，忙取下背筐開始採摘，不過她只摘了大半筐便停住了手。

還是想打獵啊，總不能第一次狩獵，連獵物都沒有見到就無功而返吧？

她不甘地拿出彈弓，邊朝著樹上的綠葉練習射擊，邊繼續往前走。

得先練練準頭，她從來沒有射擊過，萬一真有野物出現，射不中也是白搭。

雖然林伊跑得快，但要追著獵物跑，還是有顧慮，這裡她不熟悉，遠距離攻擊顯然更安全。

練習的結果令人沮喪，半天了她都沒有射中過目標，最好的狀況是擦身而過。

她有點洩氣，情況不太妙啊，難道發現了獵物只能用開飛毛腿猛追？

她犯了倔，她就不信了，獵物打不到樹葉也打不到？不管怎麼樣也要打到一片！

她不停地找著樹上的葉子瞄準練習，好在山裡的碎石多，她暫時不會缺少彈藥。

不知不覺間，她又往前走了很長一段距離，驀地發現周圍的樹木比山道旁的巨大了許多，荊棘叢生，灌木雜草變得特別繁密，光線也陰暗下來。

「到山腰了？也沒有個指示牌，我怎麼知道是不是山腰啊？」林伊忍不住吐槽。「感覺像是進了深山，怎麼還是沒有野物，到底有沒有啊？」

不過只要不進那個迷魂坑就好，聽林氏說村民在那一帶掛了牌子，她一路走來並沒有看到，應該不在這裡。

再往前走走吧，不抓點什麼回去實在不甘心。

此時山裡很靜，除了她的呼吸聲、風聲和偶爾響起的幾聲鳥鳴，並沒有別的聲音。

她繼續往前走，豎起耳朵仔細聆聽，只要有野物活動，定瞞不過她的耳朵。

翻過一個斜坡，又是一大片樹林，不知怎的，她心一跳，敏感地覺得這裡有問題。

雖然眼前沒有野物，但是隱約能聽到草叢中沙沙的聲響。深吸一口氣，恍惚能聞到股野物的氣息。

憑她獵人的直覺，這裡肯定有東西！

林伊當即放輕腳步，一邊緩緩前行，一邊瞪著雙眼四處搜尋，可惜還是啥都沒發現。

她乾脆閉上眼，靜下心來仔細分辨，很快就皺起了眉頭。沙沙聲不止一處，自己應該朝哪邊下手？

正在糾結，她突然感覺前方幾處沙沙聲驀地變大，似乎不止一個東西從草叢中竄了出來！

林伊忙睜開眼，情急之下想都沒想，舉起彈弓朝著正前方一團灰黑色影子用力射去。

啪噠！石子正中目標。

打中了！

林伊還沒來得及高興，就聽黑影處傳來一聲痛呼。「哎喲！」

怎麼聽著是個人的聲音？林伊驚得差點把手中的彈弓扔掉。

她都要哭了，還以為自己運氣好，一到實戰就射中目標，沒想到卻可能打到了人！

林伊撒開腿朝影子處狂奔。

剛一跑近，就見一個十四、五歲的少年跌坐在草叢中，這人有一張十分乾淨的面龐，此刻板著臉，如墨畫的眉頭皺得緊緊的，看向林伊的眸子裡帶著冷意。

林伊長這麼大從沒見過如此清俊的少年，若不是他的臉被曬得發紅，穿著一身破破爛爛粗布衣，林伊都差點以為這是哪個誤入山林的富家公子。

「你怎麼樣？傷到哪兒沒有？痛不痛？」一想到自己誤傷了他，林伊惶恐不安，急得話都快說不清了。

少年扯扯嘴角，沒理她。

「對不起！對不起！」林伊忙不迭地道歉，伸手想要拉少年起來。

「不用！」少年聲音清冷而純淨，如同山間的小溪，卻帶著疏離。

他錯開林伊伸過來的手，扶著一旁的樹幹緩慢站起身。

林伊這時看清了他的全貌，只見他身材瘦削修長，手上挽著一張弓，腰間掛著箭袋，氣質英挺，卻面色不善，渾身都散發出「離我遠點」的冰冷氣息。

完了，他顯然很生氣！

林伊更慌了，語無倫次地向他解釋。「對不起對不起，我第一次上山打獵，沒有經驗，聽到響聲就慌了，行動有點倉促，不小心打到了你，我不是故意的！」

少年看著眼前的瘦弱女孩，她巴掌大的小臉沒有一絲血色，一雙大眼睛黑白分明，關切地望著自己，眼眸中是滿滿的擔憂與不安，身上的淡綠衫褲有幾處補丁，不比自己的破衣爛衫好上幾分。

看來是家裡日子艱難，迫於無奈，如此單薄弱小也不得不上山搏命。他心一軟，說出的話卻仍淡漠冷硬。「沒事。」

「我撿的石頭有點大，打著很疼吧？傷到哪兒了？我帶了傷藥！我幫你看看吧！」林伊猶自惶恐，從包裡拿出藥瓶。

「不必。」少年聽她這樣說，想到自己的傷處，驚得後退兩步，卻不小心牽扯到傷處，下意識地捂住了右臂，痛哼一聲，俊臉也染上一層緋紅。

他的動作太大，林伊一下子就反應過來傷到哪裡，連忙尷尬地偏開臉，將藥往前一遞。「這個給你！是專治跌打損傷的，很好用！」

少年正要答話，就聽到一陣草葉翻騰聲由遠而近傳來。

林伊警惕地轉過頭去，一條健碩的黑色大狗嘴裡叼著隻野雞正朝這邊飛奔，見到林伊，全身的毛都炸開了，扔掉野雞對著她大聲狂吠，像要撲上來把她撕碎。

林伊害怕地後退幾步，這狗顯然是少年養的，牠撲上來自己打還是不打？要是一時不察被它咬一口可不是玩的。

旁邊的少年開口了，他對著黑狗輕斥。「虎子！」

虎子立刻止住咆哮，只是仍狠狠地瞪著林伊，身體向下壓，保持著隨時撲上來的姿勢，嘴裡還嗚嗚直叫。

少年的聲音輕柔了許多。「快過來！」

虎子聽了他的指令，馬上收起凶狠的模樣，叼起野雞跑到他身邊，獻寶似地放在他腳下，在他身旁走來繞去，尾巴搖得都快上天了。

林伊忍不住誇道：「好漂亮的狗狗，好聰明！」

少年「嗯」了一聲，似在贊同她的看法。

他略彎腰順了順虎子背上的毛，抬頭對林伊道：「妳一個人太危險，別久留。」

「嗯？」

少年沒有解釋，對著虎子吹了一聲口哨，轉過身，艱難地往叢林深處走去。

林伊有點傻眼，這就走了？是原諒她了？

她呼口氣，一眼看到黑狗叼來的野雞躺在地上。

她忙朝著少年的背影大叫。「喂，你的野雞！」

少年沒有回頭，只揮了揮手。「妳拿去吧。」

林伊看了眼野雞脖子上插著的竹箭繼續大叫。「你的箭！把你的箭拿回去啊！」

少年沒有停留，一瘸一拐越走越快，眼看就要隱沒在叢林之中。

林伊急了，用丹田之氣吼道：「林伊！我叫林伊，住在山腳，你有問題就來找我啊！」

少年微微一頓，似乎想轉頭，最終還是忍住了，很快消失在林伊的眼前。

第五十三章

林伊愣愣地看著少年的背影，又看看地上的野雞，心裡萬分感動，把人家打傷了，不只不怪罪，還送野雞，這是怎樣的天使大哥啊！

只是人生的第一隻獵物竟然這樣獵到，她的心裡很不是滋味。

不過轉瞬就想開了，就當是貴人相助吧，也算是個好的開始，接下來肯定會有好的成績。

從剛才那個少年身上的裝備來看，定然是經驗豐富的獵手。既然他在這裡出現，說明這裡有獵物，那就多找找吧。

她把野雞扔到背簍裡，打起精神提高警惕，只是周圍卻沈寂下來，沒有一點動靜。她決定朝少年離開的方向走一段，不管怎麼著，今天都要打一隻真正屬於自己的獵物。

越往深處走，空氣越清新，溫度也越低，林伊覺得有點冷，她搓了搓手臂，決定就在這裡轉轉。

轉了沒多久，她突然感覺到左側的草叢有動靜，她唰地轉過頭去，一個灰色的影子從草叢中竄了出來。她來不及細想，舉起彈弓朝著那影子略前方的地方射去，影子往前衝了幾步，「啪」一地摔倒在草叢中。

林伊喜出望外，幾步衝了過去，是隻肥碩的灰色大野兔！

她提起來一看，這兔子的肚皮竟微微起伏，居然還有氣，原來她的石子正打在兔子的頭上，把兔子打得昏了過去，並沒有把牠打死。

她高興極了，這活兔子可比死兔子值錢多了。她找了堅韌的藤蔓將兔子捆住，也扔進了背筐裡。

有了這隻獵物鼓舞，她的心裡像有一團火在燒，感覺不到冷了。

這裡的山林很茂密，因為少有人來，野雞、野兔比剛才那裡要多。

可惜她技藝不佳，反應又慢，折騰半天，除了打到一隻野雞外，再無收穫。好在這隻野雞也還活著，只是翅膀受了傷，飛不起來。

看看天色不早，林伊決定今天就這樣了，她把這隻也綁起來，同樣扔進了背筐，轉過身打道回府。

走上通往村裡的小路，天色漸漸變暗，家家戶戶的屋頂上冒出了灰白色的炊煙，已經到吃晚飯的時間了？

不知不覺間，竟耽擱這麼久，林氏肯定擔心壞了，她越發加快腳步往家趕。

剛拐上門前的那條小路，就看見林氏站在院門口向外張望，見到她的身影，整個人明顯放鬆下來。

林伊心裡一暖，有人盼著你回家的感覺真好！

她邁開雙腿朝著林氏飛奔而去。

還沒走近，就聽見林氏壓低聲音急地制止。「慢點慢點，別跑那麼快。」

林伊笑著跑到她面前問道：「娘，妳怎麼出來了，是不放心我嗎？」

林氏上下打量她。「沒有，就看看妳何時回來，怎樣，沒遇到什麼事吧？」

林伊輕鬆地笑了笑。「我能遇到什麼事，娘，妳要對我有信心嘛，我今天可是收穫滿滿。祖祖呢，精神好點沒有？」

林氏臉上的笑意更深。「正在睡呢，妳走了後，她醒過來喝了點水，坐了一會兒就又睡了。這會兒還沒醒，等飯好了再叫她，妳說話輕點聲。」

進到院子，林伊發現院中牽了幾條長繩，繩上曬著換下來的衣物和床單，還有一床棉絮，院子裡曬得滿滿的，一下就有了生活的氣息。

「娘，妳洗衣服了？曬這麼多。」林伊問道。

「妳祖祖睡了我也沒事做，就先把衣服洗了。妳娟秀姨又挑了些稻草過來，我們把妳祖祖床下的草換了，床單洗了，棉絮也拆下來了，借日頭曬曬去味，在那小屋裡悶了那麼久，那味兒聞著難受。妳祖祖說頭癢，她們又幫著我把妳祖祖的頭洗了。」

「啊？家裡那麼多事，早知道我就在家待著了。」

「就這些事，也沒別的。」

林伊和林氏一起進了屋。

林奶奶閉目側躺在小床上，睡得正香，她的呼吸綿長輕柔，嘴角噙著笑意，不曉得是不是夢見了高興的事情。

林伊把林氏拉到廚房裡，進去就看到地上的竹筐裡擺著一些菜蔬，竹架上的小籠裡還裝著不少雞蛋，自己走的時候可沒有這些東西。

她翻看著，好奇地問林氏。「娘，妳去買菜了？」

林氏看了眼菜蔬道：「那些是和妳祖祖處得好的大娘帶過來的，妳走沒一會兒，她們都過來看她，讓她好好保養身子。這些東西我不肯要，她們說是給妳祖祖的，又不是給我的，非要我收著，我推都推不掉。」

她把東西指給林伊看，這是誰送的，這又是誰給的。自家現在這情況，這情分只有先記著了，等有機會一定要還給她們。「以後咱們能幫上忙的一定得幫，都是些心善的人。」

林伊答應了，把背筐取下來給她看自己的成果。「娘，妳看，我打的！」

她把野菜用竹籬分門別類的裝好，就把野雞、野兔提出來給林氏看。

林氏不敢相信地接過來，驚呼道：「兩隻野雞一隻兔子！妳竟然打了這麼多，這兩隻還是活的，我閨女真厲害！」

林伊謙虛地說道：「我不行，全靠小虎的彈弓好，可惜我射不準，要不然能打得更多。」

林氏不住口地誇獎。「已經很厲害了，這可是第一次上山呢，有好些人上山好多次啥都打不到呢。」又突然警覺道：「妳不會走進深山了吧，山腳哪有這麼多的野物？」

林伊忙寬她的心。「沒有，就只往前走了一段，我知道分寸，妳放心吧。而且我力氣大跑得快，情況不對我就跑，肯定不會有事。」說著把死掉的野雞遞給她。「這隻給祖祖燉湯喝，那兩隻活著的明天拿到集上賣。」

「行，吃了飯我就燉上。」林氏伸手接過來，又叮囑道：「妳可記住了，別往林子深處走，那可危險得很。」

她一眼看到野雞身上插著的竹箭，奇怪地問林伊。「怎麼還有箭在上面，這不是妳的吧？」

林伊恍然道：「啊，我差點忘了，娘，我今天出門就遇到高人了。」

她把遇到那少年的事說了一遍，最後總結道：「我全靠這個開門紅，後來運氣才這麼好。」

林氏擔心地問：「妳打到人家哪裡了？嚴重不嚴重，不用請郎中看看嗎？」

林伊躊躇了下，含含糊糊地道：「身上肉最多的地方，應該不嚴重，還能自己走呢，就是一瘸一拐的。」

林氏想了想，驀地明白過來，張大嘴道：「妳、妳倒真會挑地方。」

林伊欲哭無淚，哪是她挑的，完全是不小心的好嗎？她要是真有指哪兒打哪兒的本事就好了！

「不曉得這人是誰，我在村裡都沒見到過。」

林伊把這兩天遇上的村人回想了一遍，確實沒有此人的身影。

「那人多大年紀？」

「十四、五歲，看著瘦瘦高高的，長得還挺俊，雖然穿得破破爛爛的，可就覺得乾淨清爽，很有點富貴人家的派頭，和村裡人不太一樣。」

「這會是誰？村裡沒有妳說的這個人，可能是新來的人家，妳祖祖和妳何嬸說不定曉得，等會兒可以問問。」林氏想了下，也沒有答案。

「行，待會兒我問問看，不過我覺得可能是個沒娘的孩子。」林伊說出了自己的猜測。

「怎麼這麼說？」林氏吃驚地問。

「他的衣服好多地方被樹枝劃破了，都沒有補，有幾處破得太厲害，直接拿細藤串起來，如果有娘肯定不能這樣啊。」

林伊回想著那少年衣服上的補丁，忍不住笑起來，這人挺有創意的，她還是第一次見到有人這麼補衣服呢。

「唉，可憐的孩子。我們有針線包，妳帶上，下次遇到了幫他補補，要不然讓他把破衣服拿給我，我來幫著補。」

林氏同情心立刻氾濫起來，恨不得林伊現在就把那孩子找來，幫他把衣服都補好。

「可能不太行，感覺他不愛說話，我和他說了好多話，他只回我幾個字。」林伊想想少年冷冰冰的樣子，不太看好。

林氏嘆口氣。「沒娘的孩子可憐啊，小小年紀在山裡討生活。」她想到了自己的經歷，對那個少年更加憐惜。

林伊見她傷感，忙扯開話題，和她討論晚上吃什麼。

林氏煮了糙米和玉米渣混合的米飯，用米湯給祖祖蒸了雞蛋羹，何氏送來的白菜摘了幾片葉子切成絲，打算清炒白菜。

林伊口味重，對清炒的菜不感興趣，便向她提議做成醋溜白菜。酸酸甜甜的，又開胃又下飯，比清炒的好吃多了。

林氏沒有聽過這種料理法，林伊就稍加說明，林氏一聽就明白了。「就是加點醋加點糖嘛，我馬上就做。」

因為今天和祖祖團聚了，林氏準備炒兩個蔥花蛋慶祝，山上採的蕨菜擇了最嫩的菜心拌著吃。這樣就有三道菜了。

「再燒個湯吧。」

三菜一湯，這可是國宴了。

林伊把採的蘑菇抓了一把對林氏道：「拿這個燒湯，可惜沒有肉，要不然煮起來更香，明天我去集市買點肉回來。」

林氏笑道：「行，明天咱們做肉吃。」

能自己當家作主，想吃啥就吃啥的感覺真是太好了，為自己愛的人做菜，她打心眼裡感到滿足。

林伊邊幫林氏做菜，邊向她打聽。「良子叔他們回家了？我看地裡都沒人了。」

「嗯，這會兒回去吃飯，明天再接著處理，他們一會兒還要過來把豬圈、雞圈壘好。我說不用，他們忙了一天，怎麼好意思還要他們受累，他們不肯聽，我攔都攔不住。」

林伊突然想到一件事，她向林氏打聽。「丫丫的娘去世了嗎？」

「是啊，丫丫還不到三歲，她娘就得病去了，妳良子叔又當爹又當娘的把丫丫扶養長大，好在妳何嬸幫了不少忙，不然更辛苦。」

林氏嘆口氣。「妳良子叔、東子叔也不容易，以前家裡有幾畝地，為了給親娘治病全賣了，結果病也沒治好。後來眼看著日子好點了，媳婦又病了，兩家人把錢全湊出來給她治病，到頭來還是沒救過來。」

林伊不由感嘆，這真是有啥都不能有病，沒啥都不能沒錢。

「妳東子叔的兒子小柱都快十八歲了，多好的孩子啊，又實誠又能幹，就因為家裡太窮，連媒婆都不肯上門。還有妳小慧姊，這也到了說親的年紀，嫁妝都不曉得在哪裡，妳何嬸子真是愁得很。」林氏接著道。

「開荒地是一個辦法，東子叔做竹器賣也是一個辦法。」林伊沈吟道。

「昨天妳東子叔不是說不行嗎？根本賣不出去。」

「賣不出去就不賣了嗎？多想點法子嘛。」

「妳有什麼法子？」林氏激動看著林伊，她的閨女聰明得很，只要她說有法子，肯定就能行。

「我想想看，總能想到。」

林伊不經意地問林氏。「這麼多年了，良子叔怎麼沒想著給丫丫再找個娘。」

「我怎麼曉得他如何想的，可能怕對丫丫不好，也可能沒錢？唉呀，妳個小丫頭怎麼操心起這些事來。快去叫祖祖起來，飯菜已經好了，擺上桌子就能吃了。」林氏趕她出去。

林伊嘿嘿笑著到了堂屋。林奶奶已經醒了，正躺在床上聽她們聊天，見林伊出來，輕聲喚道：「小伊！」

林伊忙走過去。「祖祖，妳好點了嗎？」

林奶奶滿臉帶笑。「好多了！」

這一覺林奶奶放下心事睡得特別酣暢，看著又精神了許多。

林伊握住她的手。「祖祖，吃飯了，我娘給妳蒸了雞蛋，用米湯蒸的，可香了。明天我去鎮上買條鯽魚，蒸魚湯給妳吃，更香！」

「妳們吃，妳們吃。」奶奶笑得眼睛都瞇起了。

「我娘炒了雞蛋，我們吃炒雞蛋，一會兒妳也嚐嚐。」

正說著，林氏端著蒸蛋碗走了出來，讓林伊把菜擺出來，她先餵林奶奶吃蒸蛋羹。

林奶奶胃口不錯，一碗蒸蛋吃了大半。林氏挾了點醋溜白菜給她嚐，她也很愛吃，還吃了一口炒蛋，喝了一小碗蘑菇湯。

最後她滿足地呼口氣，眼裡有淚花閃爍。「真好吃！」

在林老頭家時，兒媳李氏吃點啥好東西都藏著掖著，偷偷摸摸地避著她。就是平時的飯菜她多吃點就變臉色，一個勁兒唸叨收成不好，家裡沒錢，讓她寒心不已，不好意思多吃。

現在看到孫女和曾孫女一臉關心，深恐她吃不到，她心裡暖暖的，被人關懷的感覺太好了，哪怕是只過上幾天這樣的日子她都覺得滿足。

第五十四章

吃完飯，林氏忙著把死掉的野雞收拾出來燉上。「妳何嬸子他們日子過得苦，吃不到油水，昨天小慧、丫丫在這兒吃飯那高興勁，看著讓人心酸。我這會兒燉上，他們忙完了也能喝上一口湯。」

林伊心念一動，她跟林氏商量。「娘，乾脆雞和兔咱們不賣了，東子叔和良子叔幫了我們這麼多，給他們錢肯定不會要，咱們把兔子送給他們。雞就送給村長，娟秀姨和成子叔昨天也忙上忙下，胡奶奶又幫祖祖診病，這雞就作為謝禮表達我們的心意如何？明天我搭村長家的牛車去鎮上，正好就把雞帶上。家裡反正有林家賠的錢，就用那錢先添置點東西，等我以後打到獵物再賣錢。」

林氏還沒說話，林奶奶就連聲答應。「行，行！」

林氏滿臉含笑地看著林奶奶。「奶奶都答應了，我能說不行嗎？那待會兒讓他們把兔子提回去，兩兄弟自己去分。」

林伊答應著把碗筷拿去廚房洗。

林氏做事很索利，沒一會兒就把野雞燉上了，林伊洗了一筐蘑菇，待雞燉得差不多了丟進去一塊兒燉。

剛收拾完，良子叔一家和東子叔一家就過來了，何氏還拿了一包菜種子和幾副鞋底。

菜種子是給林氏的，正是林氏想種在院子裡的蔬菜種子。

鞋底是她和小慧做的，讓林伊明天幫著帶到鎮上去賣掉。

林伊聽說鞋底只能賣三文一副，大大地吃了一驚，這鞋底做起來太麻煩，竟然賣得這麼便宜。

何氏道：「誰家的女人不會納鞋底，很少有人會買，賣不上價。」

這倒是，林伊就看到好多大娘、小媳婦走哪兒都拿著鞋底在納，嘴上和你說著話，手上活兒卻不停，扎孔走線，針腳細密平整，用不了多久就能扎出一副來。這是她們的一個進項收入，看著沒有多少錢，積攢下來也能買不少東西。

幾人陪著林奶奶聊了幾句，丫丫被安排繼續陪林奶奶，其他人全部到後院幹活。

男人們悶頭做活，女人們倒是聊得痛快。

何氏跟林氏道：「妳不知道，我一想到以後能像小伊說的那樣，又種稻子又養魚鴨，心裡就高興得很，巴不得天天都能在地裡待著，早點把地養肥。」

他們打算明天就把山溪引過來，到時候澆水就方便了，不用一擔擔地去挑。

「那個簡單，挖條溝渠就行。村裡的幾個小子知道了，都說明天要過來幫忙，這麼一堆人，半天的功夫就能弄好。」何氏樂道。

「那也要注意身體，別太拚命，要是累病了可是件麻煩事。」

「放心吧，我們家裡的人身體都壯實，這點活可累不到我們。」東子叔插話道：「要是有錢，我把那一片荒地全買下來，那才叫美呢。」

「真有錢還用買荒地，直接買良田，買個上百畝，變成大財主。」小柱插話。

「回家睡覺把枕頭墊高點，說不定你今天晚上就能成大財主，我就變成財主他爹了。」東子叔調侃道。

大家說說笑笑，沒多久就把雞欄豬圈建好了。

「先這麼著吧，將就著用，等空下來了再好好調整。」良子叔退後幾步打量了下，彷彿不太滿意。

林伊發現現在做的活計都不太符合良子叔的心意，他總覺得很勉強，還能做得更好。

「已經很好了。」林伊誇獎道，又讓他們回屋裡洗手。

林氏給他們一人舀了一碗雞湯，他們堅決不肯喝。「這是給奶奶補身子的，我們哪能喝。」

丫丫不住地吞著口水，把頭搖得像撥浪鼓。「我不愛喝，給祖祖留著。」

林伊苦勸。「沒事，我明天去鎮上給祖祖買鯽魚熬湯喝，那個更養人。」

林奶奶也嘶啞著嗓子道：「聽話，啊，聽話！」

林氏推著何氏。「別讓奶奶著急，妳帶頭喝。」又瞟了眼丫丫，遞了個眼色給何氏。

何氏看著丫丫瘦骨嶙峋的小模樣，嘆口氣，接過湯碗。「那就謝謝了。」招呼幾人端上碗。

林氏在每個碗裡都挾了一小塊雞肉，雖然燉的時間不長，可肉質很嫩，吃起來又香又脆。蘑菇吸飽了湯汁，鮮香無比，一口湯下去，就感覺到一股細流從口腔直暖到胃裡，四肢百骸都舒坦了。

林奶奶看著他們吃得高興，笑眯了眼，比她自己吃還開心。

林伊突然想起那個少年的事，便向何氏打聽。

林伊剛描述了幾句，何氏就知道是誰了。

「那孩子叫陸然，就是陸老頭收養的那個小子，現在一個人在山裡住著，除了去鎮上賣獵物很少下山，倒是個好孩子，可惜命太苦。」

林奶奶在旁啞著聲音附和。「是好孩子。」

「為何命苦？」林伊好奇極了，那少年雖然冷冷的，臉上卻沒一點悲苦的神情。

「這得從他小時候說起，大約七、八年前吧，高老大的媳婦把他領回來，說是大戶人家的小少爺，家裡出了點事，她家一個親戚拜託她帶回來暫時住一段時間，事情過了就領回去。那時他就六、七歲吧，長得可真好看，身上的衣服看著就很名貴。」何氏微仰著臉回憶道。

「我從沒見過那麼好看乾淨的小孩子，比年畫上的娃娃還漂亮，我們那麼多人對著他看，他也不害怕，特別大方，一點也不怕生，我們都稀罕得不得了。就這麼著，他就在我們村子裡住下了。

「高家一開始待他好得不得了，就差供著了，啥都不讓他做，就等他家裡來接。高老大媳婦還跟我們誇口，到時那家人會給他們一大筆銀子。」

何氏嘆口氣。「哪想到，這一住就是大半年，根本沒人來領。高家著急了，找那親戚也找不到，問陸然他家在哪兒也不吭聲，大家就猜他會不會是被家裡扔出來的。」

何氏一臉神秘，繼續道：「你們知道的，大戶人家名堂深得很，又是妻又是妾，小老婆不曉得有多少個，說不定這孩子親娘出了事，家裡不要他。高家人一想是這麼個理，明白自己被騙了，把氣出他身上，好衣服全給剝下來，每天趕到山上做活，不過還是想著那家人萬一來接他了呢，做得不算太過分。

「過了一年還沒動靜，高家人心死了，不肯留著他，要趕他走。村裡的人去勸，村長還上門說了半天，才又勉強同意留下。打那以後陸然的日子就更不好過了，被攆到豬棚去住，飯也不肯給他吃，讓他自己去山上找吃的，還動不動就打罵他，說是遇到了他這個倒楣鬼，一家人都被連累了。那會兒他的身上經常青一塊紫一塊，都是那家人打的，不過他也硬氣，高家人打他，他從不求饒。村裡人看不過去，會找高家人勸說幾句，我都上門找他們說過，讓他們不要太黑心，自己家也有孩子，怎麼能下這麼重的手。就這麼過了一段時間，出了件事，陸然就從高家跑出來，往山裡去了。」

「是啥事？」林伊追問道，小慧和丫丫也睜大眼睛看著何氏。

何氏答道：「陸然脖子上戴著個玉墜子，看著挺值錢，高家人讓他拿出來賣掉，陸然不肯，他們就要去搶。陸然瘋了似地護著，咬了高老大媳婦一口，被高老大一腳踹到地上去，爬起來就跑上山了。」

「幸好在山上遇到了陸老頭，要不然真不知道會怎樣，那麼小個孩子。」東子叔搖著頭。「陸老頭把他領回村長家，他看然小子可憐，想養他，又怕自己命硬，把他剋著了。然小子不怕，願意跟著他，他就跟著陸老頭一起過了。他以前不姓陸，聽高家人說姓丁，跟著陸老頭才改姓的。」

「高家人這麼壞，不過多養個孩子，竟然這麼對他。」

林伊很生氣，她一點也聽不得小孩子受苦，而且瞧瞧陸然現在的模樣，眉目如畫的，小時候不知道多好看，要是自己，肯定愛都愛不過來，這些人竟然狠得下心。

「那家人就那樣，計較得很，從來不肯吃一點虧，知道要白養一個孩子，哪裡肯啊。」何氏撇撇嘴，一臉不屑。

「最主要是然小子沒有戶籍，分不了地買不了田，以後娶媳婦都艱難，婚書都沒法去衙門簽，做上門女婿都會被嫌棄。村裡就算有人稀罕他，一想到這個，哪個敢養。」東子叔給林伊解惑。

「沒錯，有時候見他餓得不行，我們也會給他點吃的。那會兒瘦得跟乾柴棒差不多，小臉上只剩一雙眼睛，衣服也破破爛爛的，和剛來那會兒就像兩個人，看著就讓人心疼。不過人家有骨氣，從來不會主動找人要吃食，誰要是幫了他，他就去給人家打豬草打柴火，不肯吃白食，是個懂事的好孩子。」何氏讚道。

長得好看又懂事，這孩子也太完美了吧，林伊眼前浮現出山林裡那個氣質乾淨清冷的少年，再想想他小時候受的苦，心裡頓生起憐惜之情。

「怎麼沒想著給他上個戶籍？」林伊有了新的疑問，這個年代沒有網路，換個新身分應該很簡單吧。

「誰敢？衙門管理嚴得很，村長又最是守法，哪個願意冒這個險，查出來要坐牢的！」

「不過跟著陸老頭以後算是苦日子到頭了，爺孫倆天天上山打獵，也不跟村裡人來往，過得逍遙自在。」

小柱在一旁道：「是啊，陸然從來不跟我們一塊兒玩耍，村裡的壞小子不待見他，看到他就追著打，罵他是沒人要的小雜種。」

見大家望向他，他忙澄清。「我沒有罵過，我很少看到他，都沒和他說過話。」

何氏瞟了他一眼，繼續道：「三年前陸老頭去了，村裡一些人就說他沒有戶籍，不能占村裡的地，還跑到村長那兒去鬧，高家人鬧得最厲害。我們跟陸然說別理他們，就住這裡看他們能怎麼著，不過那孩子怕村長為難，自己收拾東西搬到山上去住了。」

唉，苦日子並沒有到頭嘛！是好人多磨難嗎？林伊為他嘆口氣。

「不曉得他平時在哪裡轉悠，應該是山腰那一帶，我和良子上山很少遇到他。」東子叔道。

東子叔說這話的時候，良子叔抬頭瞟了林伊一眼，把林伊看得有點心虛，隨即又理直氣壯，她又不知道山腰在哪裡，可沒有故意往山腰去！

「高家人太可惡了，他們都不管陸然了，怎麼還見不得人家好。」小慧也氣呼呼的。

「那家人還在村裡嗎？怎麼沒見過？」林伊問道。

「去年高老大在府城找到差事了，一家人都搬走了。據說給的工錢不低，還給他安排了院子，讓他把家裡人都搬過去。我們都在說，這高老大又懶又惡，哪個東家不長眼能看上他，買賣做得肯定也不怎樣。不過前陣子聽說高老大犯了事，一家人都被抓起來了，也不知道是真是假，若真是這樣，那才是報應。」

何氏繼續吐槽。「這家人真是讓人沒話說，這屋子、這地他們看不上，就是不肯讓陸然住，太可惡了。不過妳那個後娘李氏和高老大的媳婦關係好得很，當初她也跟著高家人一起鬧，見人就說不能讓個不明不白的人住我們村裡的屋。」何氏對林氏道。

和楊氏簡直一樣，幸好斷了親，以後不用顧忌她了。林伊心中暗自慶幸。

只是可惜了陸然，因為這些惡人受苦，真不值啊。林伊捏緊了拳頭。

「聽小伊說，他身上的衣服都沒有縫，劃破了就用細藤拴在一起，聽著就可憐。」林氏也在嘆息。

「在山上誰給他補啊？陸老頭以前也不會，他們在山裡跑，衣服容易壞，都是壞得不能穿了就去成衣店買舊的，從來沒有補過。他還會用細藤拴，算不錯了。」

「他有條大黑狗，看著可威風了。」林伊道。

「那是陸老頭還在的時候專門尋的，說是這狗的娘凶得很，是和狼配的種，花了不少錢才買到的。對了，妳們得養條狗，防著有野物下山。」東子叔向林氏建議。

「我們也是這麼說，就是村裡現在沒小狗崽，得慢慢尋。」良子很自然地接過話來。

「不怕，來了正好打來吃，我聽力好得很，不比狗的聽力差。」林伊來勁了，自己上山不就是尋野物嗎？送上門更好。

林氏嗔她一眼。「妳這孩子說什麼話，哪有人拿自己跟牲畜比。」

林伊不以為意。「狗狗多可愛啊，又聰明又忠誠，我要是有牠們的本事，打獵不是輕而易舉嗎？」

林氏拍她一下。「妳還說！」

行吧行吧，不說就不說。

不過要是有條虎子那樣的狗該有多好。

「咱們村子那麼多男丁，怎麼不一起上山打獵，到時候打到了大獵物，大家平分也不錯嘛。」

林伊覺得奇怪，如果說單人上山有危險，人多點互相照應總會好點。而且就算一開始沒有經驗，多打獵幾次就可以了吧，寧願這麼窮著也不願意冒險，真不知道是怎麼想的。

「村人以前曾經組隊上山過，沒遇到猛物還好，遇到了難免有傷亡，只要十次裡面有一次出了事，十個人裡面有一個人傷著了，對家裡人來說都是不得了的災難。就像良子，妳看他敢不敢去，要是他有事丫丫怎麼辦？像我，我倒是樂意去，妳看妳嬸子答應嗎？現在大家雖然日子過得不算好，可能吃飽飯，誰還願意去冒那個險，最多就在山腰下看能不能撿點野物。」東子叔說明。

想想也是，能上山打獵的都是壯勞力，是家裡的頂梁柱，如果出了意外整個家就垮了。對於普通人家來說，一家人在一起，安安穩穩地過日子才是最重要。

第五十五章

告辭的時候，林氏把兔子提給何氏讓他們帶回去，幾人堅決不肯。

林伊見他們推辭，便跳出來說這是她的第一個獵物，一定要給她面子，林氏也說給孩子們加菜，何氏才勉強收下。

送他們出去的時候，良子叔把林伊叫到一邊說有話問她，林伊好奇地跟了過去。

「妳去了山腰吧？」

果然……

「我不知道山腰在哪裡，就往前走了幾步。」別看良子叔不怎麼說話，板著臉還挺威嚴，林伊心裡有點發慌，老老實實地回答。

「然小子都在山腰那一帶轉悠，妳能遇到他應該離山腰不遠。小伊，叔叔知道妳有力氣，可妳到底是個小閨女，以前沒進過深山，真遇到野物不一定能鬥得過，妳要真有事，讓妳娘怎麼活？聽叔叔的話，以後進山別往深裡走，跟著小慧她們在山腳就行了。啊？」良子叔苦口婆心地勸。

「行，我知道了。」林伊答得很痛快。

不過她心裡頗有點不以為然。真遇到厲害的，打不過能跑啊，跑不了能上樹，這世上又厲害又能跑還能上樹的，除了她還能有誰？根本不可能有意外好不好？

林伊現在有點飄飄然，覺得自己無所不能。

良子不知道她心中所想，見她答應，便放下心來，牽著丫丫和東子叔一家人離開了。

回到屋裡，林氏坐在床邊給林奶奶按摩身子，林伊去廚房裡盤點現有的材料，看看哪些需要添置。

她出來跟林氏報備。「娘，黑麥麵粉沒多少了，得買點，還得再買點米和玉米渣，還有肉……」

林氏還沒說話，林奶奶先應了。「買，買。」

她現在聽到林氏母女說話就歡喜，看見她們在眼前就高興，心情隨時都很好，聽到要添置家當更是滿足得很。

「還有祖祖最愛吃的棗泥糕也得買，還要買鯽魚熬湯。」林伊笑著趴在她床邊。

「妳良子叔說不用特別買魚，山溪裡就有，得空了他幫我們抓魚。」林氏想起今天良子跟她說的話。

「不用麻煩了，他們每天都那麼忙，咱們就先自己買來吃。等把地弄完了，事情不那麼多了再去抓。」

林氏點頭。「行，妳說得有道理，聽妳的。」

林伊又把小慧託她拿到鎮上賣的鞋底取出來，對林氏道：「娘，這個鞋底咱們買幾副吧，天氣冷了得做鞋，妳要照顧祖祖，買了牲畜回來還得侍弄，菜園子也要打理，一天天忙得很，肯定沒時間納鞋底，我又不會做，買小慧的多好。她賣三文，咱們到鎮上買至少要六文，乾脆花五文買她一副，咱們還賺了呢。」

林氏想想，確實如此，她們這次沒有從吳家帶鞋回來，接下來的事情一樁接一樁，忙都忙不過來。眼看天冷了，家裡的鞋底還一副都沒有納，直接買鞋底做鞋就要快得多。

於是兩人把小慧的鞋底拿出來，祖孫三人一人兩副共選了六副，其他的照舊包好。

待給林奶奶按摩完，林氏催著林伊趕快睡覺，今天發生了這麼多事，人已經很疲累，明天還要起大早呢。

臨睡前，林伊不由自主地想起了山上的陸然，今天他離開時一瘸一拐的，會不會傷到了筋骨呢？他在山上討生活，腿腳必須非常靈活，要是有啥後遺症怎麼辦？

她立刻下了決定，明天從鎮上回來得上山找他問問，確認他沒有問題才能安心。她又擔心能不能找到他，而且這人一看就不愛說話，到時候他死活不理人怎麼辦？

林伊有點發愁，算了，明天再說吧。

這晚林家非常平靜，沒有不速之客來臨，林伊睡得特別踏實，直睡到林氏叫她起床，才戀戀不捨地離開了溢著翠竹清香的床榻。

林氏已做好了早飯，正在餵林奶奶吃雞蛋羹。

林伊兩三下吃完飯，換上翠嬸子給她的一件淡粉色衫褲。

昨晚林氏趕著改了出來，今天去鎮上，還是要拾掇得整齊一點。她這兩天穿的都是自己的舊衣服，昨天上山又劃破了幾處，已經不能看了。

林氏過來要幫著她梳頭，林伊忙道：「不用了，我自己梳條辮子就成，都沒幾根頭髮，就不折騰了。」

林伊長期營養不良，頭髮又少又黃，編成辮子像條老鼠尾巴。

林氏嗔她一眼。「就是沒幾根頭髮才要折騰，頭髮好怎麼梳都好看。」

她拉過林伊，把她編的辮子拆散，手腳麻利地給她梳了雙丫髻，又將從衣服上裁剪下來的兩條同色布條綁上，退後一步左右打量，滿意地笑道：「行了，這樣就不覺得頭髮少了。」

林伊本就長得清秀俏麗，一身淡粉衣衫更襯得膚色如雪，烏黑清亮的大眼睛顧盼有神，說不出的靈動慧黠，讓人捨不得挪眼。

林氏兩眼含淚。「瞧我閨女，多俊啊！」

林伊也不害羞，咧嘴笑道：「那是，跟娘一個樣兒。」

林氏被她說得噗哧笑了。「這丫頭，一點也不害臊。」

林奶奶躺在床上提議道：「花，摘朵花戴。」

林伊嚇一跳。「不用了不用了，娘、祖祖，時候不早了，我走了。」

她揹上背筐，揣好戶籍銀錢，三步併作兩步往村長家趕。

村長已經在院裡等著了，見林伊趕來，就要叫大強出來，今天仍是他駕駛牛車。

林伊忙把背筐裡的野雞拿出來遞給他。「劉爺爺，這兩天麻煩你和胡奶奶了。這是我昨天下午在山上撿的野雞，我祖祖讓我提過來，謝謝你們了。」

山裡打到的野物，南山村的人都叫撿到的，是大山饋贈給他們禮物的意思。

村長揮手拒絕。「那怎麼行？給妳祖祖吃，她正需要補身子。我們家裡不缺雞，妳胡奶奶還說給妳家提一隻過去！」

林伊把雞送到他手上，態度堅決。「劉爺爺，這是我第一次得的，你們嚐嚐味道。我家裡還有一隻，已經燉上了，待會兒再在鎮上給我祖祖買點鯽魚，那個熬湯也好著呢。」

村長不再推辭，把雞提起來查看，不住誇道：「小伊厲害啊，第一次上山就能有這收穫。」

他倒不擔心林伊是不是去山腰打的，就她那神力，別說山腰了，山頂都去得！

他讚賞地看了林伊一眼，這丫頭不錯，小模樣長得標緻不說，做事還乾脆俐落，說話也有條有理，不愧是從外地回來的，可惜太凶悍，不然和自家的小孫子倒是相配。

他遺憾地微嘆口氣，收下了野雞。「行，爺爺收下，謝謝小伊。」

他叫來胡奶奶把野雞提進屋，大強也跑出屋來招呼林伊上車。

劉村長家的牛車成色很新，像是才添置的，他們家不靠牛車載人掙錢，想從鎮上搭牛車直達南山村確實不方便。

「要是有錢了，我就買頭驢，平時幹活，趕集時載人。一輛車六個人，來回十二文錢，一天載兩個來回，就是二十四文，三天一集，一個月能掙兩百多文，一年二兩多銀子。驢和車都是固定資產，錢賺了，又沒有損耗，是很不錯的投資，為何村裡的人沒有想到這個法子呢？」林伊坐在牛車上扳著手指盤算開了。

其實她不想想，村裡又有幾戶人家能拿出資金去買驢車呢？

快到皂角樹下時，林伊發現那裡已經等了幾個人，都是等著搭村長便車的村民，見牛車過來，忙招手讓停下。

村長笑呵呵地讓他們上車，只是人有點多，牛車坐不下，年輕力壯的只有自己甩著飛毛腿走去鎮上。

上來的都是大娘，她們一上車，林伊便成了關注的焦點，實在是她身上的故事太多，大家都想打探清楚。

她們從林伊今天為何去鎮上開始問起，又打聽林氏為何回南山村，她們以後是何打算，甚至想套林伊的話，林氏有沒有想法再往前走一步。

林伊聽得煩不勝煩，非常後悔搭了這趟車，可是想到這兩天村裡人對自己娘兒倆關照頗多，只得忍耐下來。最後不得已祭出裝睡大法，身子前仰後合，腦袋點得像是雞啄米，不一會兒就趴在腿上呼呼大睡。

大娘們見她這樣，雖然不甘，卻也沒有辦法，總不能把她搖醒，硬逼著她回答吧。幾人嘟囔幾句，話題轉到了其他地方，裝睡的林伊大鬆口氣，這些人太八卦了，實在讓人招架不住。

不過聽她們東家長西家短的還挺有趣，林伊尖著耳朵偷聽，不知不覺間竟真的睡著了。

快到鎮上時，劉村長才把林伊喚醒，見她睡眼朦朧的樣子，忍不住笑道：「這兩天累著了吧，睡得可真香！」

「你怎麼知道的？」林伊疑惑地看著他，她趴著睡都知道她睡得香？

「都打呼了。」一旁邊的大娘哈哈地笑。

「啊？」林伊的臉頓時變成了一張紅布，嘛著嘴頭都抬不起來，太丟人了！

「這有啥！妳問問看，我們這車上的哪個睡覺不打呼！」大娘見她不自在，忙安慰她。

「妳這兩天是累著了。」另一個大娘也忙勸她。

林伊仍舊尷尬得不行，好在前面就是安平鎮的集市，大家都急著下車，才算把這事給矇混過去。

林伊沒有下車，她要跟著村長去鎮衙門辦手續。

村長經常來鎮上，和衙門的人挺熟，手續辦得也很順利。交了契稅四十二文後，那三畝荒地就成了林家的地產，斷親文書也蓋上章交到她的手上。

至於良子叔和東子叔的地契則全權由村長代辦。

辦完事，村長問林伊要不要跟著牛車回去，他想直接回家，家裡還有一堆事呢。

林伊忙拒絕。「不用了，我今天要買很多東西，得逛一段時間。你們先走吧，我待會兒自己搭牛車回去。」

開玩笑，又坐你家牛車，萬一睡著了又打呼嚕怎麼辦？林伊心裡都有陰影了。

村長爽快地答應了。

林伊想了想自己要買的東西，決定先去種子店把東子叔、良子叔託她買的種子買了，還要替小慧賣鞋底，這些是大事，可不能忘了。

林伊在集市上逛了一圈，兩三下便把購物清單上的貨物買齊了。

準備回去的時候，林伊看到有人在賣小雞仔，顯然剛孵出來不久，毛茸茸、黃澄澄的，在竹籃裡唧唧啾啾叫個不停，可愛極了。林伊頓時停下來，蹲在竹籃前逗弄小雞仔。

賣雞的大娘見狀，忙向她兜售。「閨女，買幾隻吧，瞧瞧多精神，保管全能養活，一隻都不會死。」

林伊心動了，自家本來就想養雞，雖然何氏答應幫著孵，可得等好長一段時間，哪裡有現成的快。現在買下來養，到天冷的時候都半大了，也好過冬。

「多少錢一隻？」她問。

「不貴，三文一隻。閨女，我跟妳講，我這雞下蛋多，長得快，吃得還少，妳買了保證不會吃虧。大娘這麼大年紀了，保管不會騙妳。」大娘還挺能說，把她的雞誇得天上有地上無的。

這時有隻小雞用尖嘴猛啄林伊的手指，癢酥酥的，林伊心頓時軟成一片。她數了數，共有十二隻，當即決定全都買回家。

「大娘，我全都要了，妳給我算便宜點吧。」

大娘沒想到這個小丫頭竟然這麼大手筆，立刻樂開了花，連連點頭。「行行，給妳算便宜，我算算要多少錢啊。」

她手都在抖，要知道小雞仔並不好賣，大多數人家都是自己孵，就算有人買，也只買兩三隻，經常散集了還沒賣完，還沒遇到過直接全包的。

大娘算術不太好，這會兒一激動，算了半天，竟然越算錢越少。

林伊看不過去了，直接報了數。「大娘，十二隻，一共三十六文。」

大娘一看，比自己算出來的錢數多，立刻信了，她笑咪咪地誇道：「還是小閨女腦筋活，一下就算出來了，大娘老糊塗了，和你們比不得。」

她和林伊商量。「三十五文如何？籃子也給妳，妳一塊兒提回去。」

林伊看了一眼那堆小雞，籃子確實得要，便答應了。

大娘用蓋子將竹籃蓋上，又留了條小縫，笑嘻嘻地提給林伊。

現在要買的東西全都買齊，事情也辦完了，林伊準備打道回府。

這會兒時間挺早，大部分的人還在往集市裡走，她逆著人流走得磕磕絆絆。

突然間，林伊覺得自己的背筐動了幾下，她忙回過身，見一個十四、五歲的瘦削少年站在自己身後。

那少年看著流裡流氣，身上的衣服又髒又破，手上正拿著個紙包。見林伊望過來，他對林伊咧嘴一笑，施施然越過林伊，朝集市外走去。

他手上的紙包有點眼熟，怎麼和自己裝肉的紙包有點像？

林伊頓時急了，她一把將背筐拉到胸前，埋頭在裡面一通翻找，哪裡還有紙包的影子？

那人是個賊，拿的是自己的東西！

她大怒，光天化日之下，這個小賊偷東西竟偷得理直氣壯，一點都不慌張！

第五十六章

林伊朝著那個少年大叫。「小賊，東西還來！」

那人回頭鄙視地看她一眼，撒開腿往集市外跑。

「抓賊，抓賊啊！」

林伊揹上背筐大叫著朝他追去，周圍的人卻彷彿沒有聽到，沒有一人攔住那賊。

林伊氣壞了，這些人怎麼這麼冷血，就不怕有一天自己也遇到這樣的事嗎？

這時旁邊一個大娘拉住她，好心勸道：「別追了，他是這一帶的混混，妳惹不起，自認倒楣吧。」

林伊怎麼肯，那一大包東西是給祖祖補身子的！

她掙脫大娘朝小賊追去，小賊見狀，拚命往前跑。

兩人在人群裡穿梭，林伊雖然跑得快，但老是有人擋路，手上又提著裝了小雞的提籃，動作不敢太大，速度提不起來。

反而是那人，在人群裡靈活得像條泥鰍，跑得飛快，兩人距離眼看越拉越大。

林伊急死了，生恐這人跑掉，立刻大力推開身邊人群，橫衝直撞地朝那人追去，引來周圍一片罵聲。

她根本不在意，這些人聽見自己大叫抓賊，卻沒有一人願意伸手援助，那就只有打擾各位了，她自己來！

那賊見林伊緊追不捨，狠狠啐了一口，加快腳步，幾下跑出了集市。

林伊兩眼死死盯牢他的身影，尾隨其後不肯甘休。

那賊顯然經常奔跑逃命，腳下像安了風火輪，再加上他對鎮上環境熟悉，左拐右拐，穿街過巷，林伊雖然速度提起來了，卻沒法追上他。

林伊犯了倔，有本事一直跑，別停下！

這會兒鎮上大部分的人都在集市，街巷裡空蕩蕩的，兩人都玩命地跑，那人甩不掉林伊，林伊也追不上他，就這麼你追我逃跑了差不多一刻鐘。

那賊似乎體力不支，速度開始慢下來，還不停地吹著口哨。

林伊一喜。看你還能跑多久！

林伊現在這個身體看著瘦弱，卻很強悍，跑了這麼久一點也不累。

此時前方小巷傳來一聲口哨，那賊立刻回了一聲，朝著口哨響起的小巷跑去。

林伊跟著追了進去。

巷子裡站著個比小賊年紀大點、比他壯實的少年。小賊見到他立刻放鬆下來，他停住腳，彎下身，扶著膝蓋直喘氣，臉上滿是汗水，眼前一陣陣發黑。

林伊見那人立在前方也停住腳，原來小賊的同夥藏在裡面，剛才這兩人是在互通消息。

那人嫌棄地看著小賊。「小六你個笨蛋，被小丫頭追得雞飛狗跳，滿街亂跑，丟死人了！」

小六總算緩過氣了，他吞了口口水，對那人訴苦。「小五，她太能跑了！我命都快跑沒了！」

他竟開始抱怨起林伊。「不過是點肉，又不是值錢的，至於這麼追嗎？我的腸子都快跑斷了。」

林伊鼻子都要氣歪了，偷東西還有理了。

「還給我！」她冷冷地瞪著那賊。

「死丫頭厲害啊，臉不紅氣不喘的。行，還給妳，有本事來拿啊。」小賊說完把紙包在空中一拋一扔，擠眉弄眼地逗林伊。

林伊見到他這副猥瑣的模樣，氣不打一處來，這人和他的同夥顯然是這裡的一害，光明正大偷東西，路人還不敢聲張，得治治他。

林伊兩步上前一記飛腿踢在他的胸口，小六完全沒有防備，被踢個正著，「砰」地向後飛起，後背重重地撞在圍牆上。小六一聲痛呼，捂著胸口跪在地上。

小五驚聲大叫，朝著小六跑過去，將他扶起來，著急地問：「怎麼樣，傷到哪裡了？」

「這死丫頭，咳，咳，是個狠人！」小六邊咳嗽邊說。「力氣太大了，心快被踢掉了。」

小五怨毒地瞪向林伊，他沒想到林伊這麼凶悍，說動手就動手，招呼都不打一個。

林伊見他這副神情，心裡想著今天這場打鬥肯定避免不了，可不能再晃著小雞了。

她轉過身正準備把提籃放到圍牆下，就聽到身後響起一陣急促的腳步聲，她忙回過頭一看，小五、小六竟然朝著小巷深處狂奔，顯然是準備閃人。

小六邊跑邊朝她做鬼臉，嘴裡還在挑釁。「有本事再來追啊！」

林伊望著前方有點猶豫，這裡的地形她不熟悉，萬一對方還有同夥在前面埋伏怎麼辦？她力氣雖大，可好漢難敵四手，這兩人叫小五、小六，前面還有一二三四，要是一起現身圍攻她，她肯定顧不過來，弄不好就要吃虧。

正想著，小六回頭朝她啐了一口。「死丫頭，妳個賤命還想吃肉，吃屎吧。」

林伊頓時大怒，這小賊太猖狂，今天拚了命也要把他收拾了，為安平鎮除害。

她不再遲疑，邁開步伐朝著他們追了過去。

「真追來了，快跑啊！」小六怪叫一聲，跟著小五越跑越快。

兩人穿過一條小街，又拐進了一條小巷。

林伊不管不顧，追進了小巷。

這裡的位置甚是偏僻，小巷又破又爛，地上坑坑窪窪，到處都堆著垃圾，散發著一股難聞的臭味。

兩人往前跑了幾步，便停住腳步，轉身面對林伊，一臉得意。

紙牌。

林伊抬頭一看，這兒竟是個死巷子，盡頭處的地上圍坐著四個衣衫襤褸的少年，正在打紙牌。

見到他們三人，那四個少年立刻收起紙牌站起身，其中一個面帶菜色的少年問小六。

「怎麼回事，怎麼帶人到這兒來了？」

小六邊喘邊向他彙報。「老大，這死丫頭太難纏，我和小五搞不定，甩又甩不掉，只有請你出馬。」

那四個少年皺著眉打量林伊，其中一個嘖嘖出聲，表情猥瑣。「模樣不錯嘛，給我做媳婦吧。」

老大一腳踢向他。「作啥夢呢，這小身板，你也吃得下去。」

林伊肺都要氣炸了，她輪得到一群小混混說三道四？

不過現在情況不容樂觀，自己對付六個人勝算不大，而且這些人是無賴，說不定會有下三濫的手法，萬一被他們乘機揩點油可就糟了。

她偏過頭側著身子打算撤退，那幾個少年顯然猜到她的意圖，動作比她更快，一下就把她圍了起來。

小六抖著腿嘲笑她。「跑啊，怎麼不跑了，妳不是很能跑嗎？小爺告訴妳，妳今天跑不掉了！」

那幾個少年怪聲怪氣地笑著，嘴裡亂七八糟地說著混話，搖搖晃晃朝她走來，顯然已經把她當成了籠中之物。

林伊有點頭疼地看著手上的小雞仔，看樣子是顧不了牠們了。可一想到真打起來，小雞仔甩出竹籃，被踩踏在地上的情形，心裡頓時難受不已。

她覷著眼觀察了一下，巷口並排站著老大和兩個少年，根本不可能衝出去。小五、小六之間的空當兒比較大，她毫不猶豫，腳尖一蹬，飛一般竄了過去，衝到了圍牆下。

那幾個人放聲大笑，小六更得意了。「死丫頭，妳插翅難逃了。」

林伊一看，可不是嘛，現在背後是高高的圍牆，面前是呈扇形把自己堵得嚴嚴實實的六人。

這圍牆的高度肯定躍不上去，那就只有背水一戰了。

老大最沒耐心，他衝上來就要抓林伊，嘴裡還在罵人。「死小六，一天到晚給老子惹事。」

林伊立刻擺好姿勢準備迎敵，誓要與他決一死戰。

突然，隨著一聲破空的尖嘯，一枝竹箭從後方襲來，箭尾將將擦過老大的臉頰，在他臉上留下血痕，直直插入林伊身後的圍牆。

老大被這突如其來的飛箭嚇得魂飛魄散，驚呼一聲，捂著臉向箭飛來的方向看去。

林伊也嚇了一跳，跟著看過去，只見巷子口站著個修長挺拔的男子。因為逆著陽光，林伊看不清楚他的臉，只能看見他挽著弓立在那裡，正從容地由腰間的箭袋抽出下一枝箭。

那群小混混似是認識來人，一見到這身影立刻慌了，呼啦啦從林伊面前散開，包括老大在內，全都哆哆嗦嗦地貼在牆上，恨不能與圍牆融為一體。

林伊驚訝之餘又有些疑惑，到底是什麼人能把這群小混混嚇成這樣？

她用餘光瞟了眼身後牆上的竹箭，此時箭頭幾乎完全插入牆裡，箭尾還在微微晃動，可見射箭之人手勁極大，實力不可小覷。

嗯？竹箭？怎麼看著有些眼熟？

林伊再次望向巷口的人影。

只見那人持著弓一步步朝巷子走來，臉也漸漸被陽光照亮。

林伊看著陽光下的那張臉，心裡激動萬分。

是陸然，果然是他！沒想到竟在這兒遇見他，自己有救了！

今天陸然穿了套八成新的天青色短衫，頭髮綁得整整齊齊，更顯得面目俊朗，氣質英挺，比山上的那身乞丐裝好多了，只是衣角有處地方劃破了，仍然被他用根細藤綁著。

「陸然！」林伊大叫。

陸然沒有回她，只肅著一張臉，幾步走到眾人面前。

隨著他的靠近，小混混們抖得更厲害，快要跪倒在地。

「一群人欺負個小姑娘。」陸然冷冷掃視眾人，語帶鄙夷地開口。「也不嫌丟人！」

「沒……沒……我們和她鬧著玩，只是鬧著玩……」其中一個少年顫抖著開口。

「鬧著玩？」陸然猛地拉滿弓，將箭指向少年。「你把人引來的？」

少年嚇傻了，撲通一聲跪在地上，不住哭著求饒。「陸大爺，不是我！不關我事，我什麼都沒做啊，饒了我吧！」

「是你？」陸然的箭尖轉向他身旁的少年。

那少年也立刻跪在地上。「陸大爺，不關我事啊，我什麼都不知道啊！我敢對天發誓，絕對沒有一句假話，是小六！小六搶了她的東西！」

這下箭尖對準了小六，聲音冷冽如冰。「是你！」

小六驚恐抬頭，只見一雙烏黑的眼眸銳利深邃，正森然地盯著自己。一股涼意霎時從心底湧起，他頓覺不妙，想都沒想拚命朝巷口衝，打算逃離這裡。

只是快到陸然身側時，陸然只是微微一動作，小六砰的一聲飛了回來，重重落在地上。

他立刻匍匐在地，捂著胸口哀叫。「我錯了，陸爺，我不是故意的！饒了我吧！我再也不敢了！」

陸然這一腳正踢在剛才林伊踢的位置，小六只覺得胸口劇痛無比，胸骨似乎斷了，已經護不住他那顆怦怦亂跳的小心臟了。他驚駭莫名，只求陸然能快點放過他。

「東西呢？」陸然的箭尖仍然指向小六。

小六立刻把紙包拿出來舉在手上，給陸然看。「在這裡，完好無損，一點都沒破！」

「給我幹麼？」陸然冷著臉。

小六立時明白過來，軟手軟腳地走到林伊面前，將紙包遞向林伊。

林伊沒想到小混混們這麼怕陸然，目瞪口呆地看著這一幕，小六遞給她紙包竟然沒有反應過來。

陸然見林伊沒有接，聲音更冷。「道歉。」

小六立馬兩膝一屈，跪下來痛哭流涕。「姑娘饒了我吧，我沒有對妳怎樣啊，我們圍著妳也只是嚇嚇妳，不會真幹麼的。求妳跟陸爺說說，放過我，不要和我計較吧。」

旁邊的小混混也亂七八糟地附和他的話，誠懇表示自己只是鬧得凶。

老大捂著臉哀求道：「姑娘，一會兒我就收拾小六，以後絕不會再讓他惹是生非，妳就高抬貴手放我們一馬吧！」

林伊嚇了一跳，遲疑地接過了紙包。

「陸爺！她原諒我了！你看她原諒我了！」還沒等林伊說話，小六立馬大喊起來，朝著陸然跪行幾步。

「陸爺，饒了我們吧，你知道的，我們都沒爹沒娘，也沒膽子幹壞事，就是鬧著玩，我們以後再也不敢了，下次要再抓住我們，我們自己斷手斷腳！」老大急得對著陸然賭咒發誓。

「滾。」陸然一臉嫌棄。

「得令！」幾個小混混如蒙大赦，一溜煙地飛奔而去，瞬間沒了蹤影。

陸然抬眼望向林伊，沈聲問道：「妳沒事吧？」

「沒事！」林伊拍拍衣服。「好著呢！你來得太及時了，謝謝你！」

陸然點點頭將弓揹好，轉身離開。

林伊連忙三步併作兩步地追了上去，仰望著他滿臉崇拜。「哇！你剛才也太帥了！還有那個箭，太準了！我還沒見過這麼帥的射箭姿勢！」

陸然抿抿唇，沒有答話。

「太厲害了！一個人居然嚇跑了六個人！」林伊眼中崇拜更甚。「他們為什麼這麼怕你呀？」

「以前交手過。」陸然微揚起下巴。

陸然雖然說得風輕雲淡，林伊卻覺得他的神情有點小得意。

不過能不戰而屈人之兵，是有得意的本錢。就是不知道當時他是怎麼收拾那群小混混的。

「當時場面肯定很精彩，可惜沒有親眼一見。謝謝你今天救了我！」林伊笑盈盈地感謝他。

「你接下來要去哪裡？回村嗎？」

「嗯。」陸然點頭。

「這麼巧，我也回村！」

「走吧，我送妳去坐牛車。」陸然往牛車停靠的方向走。

「你要坐牛車？」林伊問道。

林伊不想坐牛車，她自己走比牛車快多了，幹麼要待在牛車上一動不動受那個罪？更重要的是她怕自己不小心睡著了又打呼。

「不，走回去。」陸然毫不猶豫地答道。

一想到牛車上那些大姑娘、小媳婦火辣辣的眼神，陸然就覺得彆扭，還是走回去好，自由自在。

「太好了，我也想走回去，我也不想坐牛車。」林伊歡呼一聲，邀請陸然。「我們一起走回去吧？」

那麼長的路有人一起不會那麼無聊。

「路途遙遠……」陸然打量她一眼，顯然對她不太放心。

「我知道，我能行。」林伊不以為意地擺擺手，這點路途對她來說壓根兒不算什麼。

「走吧。」陸然不再拒絕，兩人朝著鎮口走去。

第五十七章

陸然人高腿長，腳步又大，速度比林伊快了不少，林伊需要小跑步才能跟上他的步伐。

陸然察覺到了，便放慢了腳步，側臉看著林伊，等她走上來。

柔柔的陽光下，少女一身粉色布衣，看著嬌俏可愛。她連跑帶跳，丫髻上的粉色布條隨著動作飄來蕩去，小臉因奔跑而紅撲撲的，更顯得烏黑的雙眸生動靈秀，顧盼生輝。

手上的竹籃裡，正傳出小雞仔唧唧啾啾的叫聲。

「買了小雞仔？」陸然指指她的竹籃。

「買了十二隻，拿回家養著，以後養大了可以賣雞蛋！」林伊掀開蓋子給他看。

「不錯。」陸然探頭看了眼，點頭讚道。

「你也去集市了？」林伊看著他背上沈甸甸的大包裹，似乎裝了不少東西。

「賣了獵物，買了些東西。」

聽他這樣說，林伊想起那日何嬸的介紹，忽然有些心疼他。

不過十四、五歲的年紀，卻有著坎坷辛酸的童年，經歷了那麼多磨難，獨自在深山艱難討生活，所有的一切要靠自己打理，衣服破了都沒人補。

林伊鼻頭發酸，她從包中掏出一小瓶藥，遞給陸然。「這是上次想給你的藥，專治跌打損傷，特別有效，你常年在山林裡行走，備一瓶最合適。」

陸然見她情緒突然低落下來，有點莫名，便小心接過她手上的瓷瓶，誠懇道：「謝謝。」

「你上次的傷怎麼樣了？」林伊追問。

「沒事了。」

陸然想起上次受的傷，面上頓時有幾分不自然。他低垂下頭，強作鎮定，耳根卻不受控地微微發紅。

「沒事就好，沒事就好。」林伊鬆口氣。

接下來，林伊的話匣子自動打開了，關也關不上，嘴沒停過。

還不是因為她不說話兩人之間就得冷場，陸然看起來根本不在意，林伊卻受不了。

「你真厲害，竟然能打中獵物，我上次試了好多次，才打中一隻。」

「熟能生巧。」

「我和我娘住在山腳，聽村裡人說，那以前是你家的屋子，你不會怪我們吧？」

「不會。」

「我們去你家的時候，院子裡的草都快過膝蓋了，門窗全沒了，屋頂也漏了。良子叔、東子叔還有何嬸幫我們做的，要不然沒法住人。」林伊認命地繼續找話題。

「妳們最近剛搬來？」陸然終於有了回應。

「是啊，前天下午才到的。我娘自立了女戶，村長就把山腳下的地劃給我們，連你們家的屋子一起。我祖祖是村裡的，你認識嗎？姓林，林老頭的親娘。」林伊說明。

林奶奶、林老頭……陸然默了默，心裡有了數。他迷茫地看向林伊，有點不清楚他們之間的關係。「那不是妳爺爺嗎？」

怎麼叫他林老頭？

「本來是我外公的，我們斷親了。」

林伊把斷親的事說了一遍，這段故事夠長，一時半刻不會冷場。

陸然聽了，不置可否，只關心地詢問林奶奶的病情。

「好多了，胡奶奶說多調養一下就沒問題。」

「我們家打算和村裡的良子叔、東子叔一起開荒種田。今年就能有收成了。」林伊繼續道。

「嗯，有田就有了保障。」

林伊絮絮叨叨地說，陸然言簡意賅地答。

雖然他話少，語氣卻很誠懇，讓林伊有了往下聊的慾望。

陸然聽她嘰嘰喳喳地說著村裡的各種瑣事，意外地不覺得煩躁，竟有點溫暖。

不知不覺間，兩人已走到了村口。

他咳嗽一聲，打斷林伊。「我要走了。」

「啊？這就走？你不進村？」林伊愕然地看著他。

「嗯，我從這裡上山，不用進村。」陸然指著一條小道。

那條小道和周圍的荒地一樣長滿了雜草和野藤，只是略微稀疏，也更枯黃，像一條細繩彎曲著伸向遠處的山林。小道旁凌亂地長了幾棵高大筆直的樹木，樹幹上爬滿了不知名的藤蔓。

「好吧，再見。」林伊向他揮手。

看著陸然的身影在小道上越走越遠，林伊突然想起他衣服上的補丁，她大叫著追了上去。「陸然，等等我。」

陸然聽見，忙回頭看向她。「怎麼了？」

「你那補丁，我幫你縫縫吧。我帶著針線包，你這衣服還好好的，壞了很可惜。」

陸然忙搖頭。「不用。」

「你那衣服只有一點點破洞，很快就能補好，再拉大點就麻煩了。」林伊看了眼身後，彷彿明白了。「你是怕人看見不好吧，沒事，咱們躲在樹後沒人看到。」

她率先走到一棵被藤蔓纏繞得密密實實的樹後，叫他過來。「這裡就行，一下就能縫好。」

她把竹籃放到地上，拿出針線包，選了白色的棉線舉在手上等著陸然。

陸然想拒絕，可見到她期待的眼神，拒絕的話又說不出來，只得嘆口氣，走到她身邊。

林伊把他衣角上綁著的青藤扯掉，指著藤汁給陸然看。「你看吧，這樣不行，把衣服都染髒了，也不曉得能不能洗掉。」

陸然看了看，沒說話。

那處口子不大，林伊前世繡過十字繡，手工還行，她低著頭穿針走線，豁口漸漸合攏。

陸然僵硬地站在林伊面前，看著她烏黑的頭頂，聞著她髮間散發出的皂角香氣，有些怔忡，上次有人給他補衣服是什麼時候？他竟已記不得。他也從沒想到，有一天還能有人願意給他補衣服。

林伊不知道他的心思，兩三下補好了，咬斷線頭，用手理了理，滿意地點點頭。

嗯，大致上看不出來。

「行了。」她叮囑陸然。「以後別用藤枝補衣服，下次你拿來，我幫你補。」

不等陸然回答，林伊麻利地收好針線，提起竹籃，朝他揮揮手。「我走了，再見。」

說完轉身快步走了。

陸然呆愣愣地看著她的背影，撫摸著自己的衣角，嘴角漸漸彎起，眼裡有了笑意。

回到山腳下時，林伊發現荒地上很熱鬧，良子叔、東子叔一家和幾個年輕小子正在忙碌。

在旁邊圍觀的丫丫看到林伊回來，歡呼著向她跑來。「姊姊，妳今天的衣服好漂亮啊，頭髮也好看。」

小丫頭小臉紅通通的，一雙烏黑的大眼睛滴溜溜直轉，就像個小洋娃娃，可愛得不得了。

林伊忍不住捏了捏她的臉，嗔道：「小甜嘴！」

她拿出一包棗泥糕給丫丫，上次她發現丫丫特別喜歡吃，今天去鎮上給她也稱了一斤。

丫丫不好意思地背著手。「我不要，給祖祖吃。」

「祖祖有呢，妳拿去跟小慧姊分著吃吧。」

丫丫這才興高采烈地接過。「謝謝姊姊！」

「妳爹爹他們在開渠？」林伊看著荒地問。

「嗯，已經通了，姊姊去看嗎？」

「我把東西放了再去，妳先過去吧。」林伊張望了下答道，揹著這麼一堆東西不太方便。

丫丫答應一聲，便飛奔回了小慧身邊，把手裡的棗泥糕遞給她，並指著林伊對她說著什麼。

小慧聽了，抬起頭朝林伊揮手，林伊指了指屋子的方向，小慧點點頭。

林伊幾步跑回院子，林氏正在屋中忙碌，見林伊回來忙迎出來。

聽到竹籃裡啾啾的叫聲，林氏問道：「買了小雞嗎？」

林伊把竹籃遞給她，問道：「是啊，我想著等何嬸子孵出來得等好久，乾脆先買了十二隻，會不會太多了？」

林氏看著那堆黃澄澄動個不停的小雞，臉上浮現出笑容。「不會，先放到雜物間，別放雞圈。待會兒切點菜葉給牠們，交給我吧，妳別管了。」

林伊應了，快步走進堂屋，這會兒林奶奶沒有睡，斜靠在床頭，含笑看著林伊。

林伊撲到她面前問：「祖祖，好點沒有？」

林奶奶抬起乾枯的手臂，摸著林伊的頭。「乖乖，好多了！」

「我買了棗泥糕，我拿給妳。」

林伊跑去廚房把東西一樣樣拿出來，手洗乾淨，將棗泥糕捧到祖祖面前，餵她吃。

林氏走進來，叮囑道：「少吃點，要吃午飯了，別把胃口占著了。」

林伊點點頭。「好。」

她邊餵，邊問林奶奶。「祖祖，好吃嗎？這是才剛出爐的，可新鮮了。」

林奶奶慢慢吃著，笑瞇了眼。「好吃，妳也吃。」

她有多少年沒有吃過棗泥糕了？二十多年了吧，沒想到有生之年還能再吃到，她不自覺眼泛淚光。

「我不愛吃，我給我娘吃。」林伊沒注意到祖祖的異樣，餵她吃了一塊，便跑進廚房找林氏。

林伊不喜歡吃甜食，以前在吳家伙食太差還有點饞，現在能吃飽飯就不再感興趣了。她拿了一大塊給林氏。「娘，我把種子給東子叔拿過去。」

林氏點頭。「去吧，別待久了，要吃飯了，待會兒叫上他們一起，我做了麵疙瘩湯。」

林伊答應一聲，拿著種子跑出門去。

荒地已經收拾得很平整，溝渠開好了，還修了積肥池。

東子叔和幾個村民在一邊說說笑笑，心情十分好。

林伊把肥田蘿蔔和油菜種子交給東子叔，跟他說要把兩種種子混在一起種。「我聽我們村的郎中說的，『種子摻一摻，產量翻一翻』，他還說播種之前，要把種子處理下。用草木灰、腐熟肥、骨頭粉、肥土拌勻種子再播種。」

東子叔捏著紙包直點頭。「明白了，種田也得動腦子，不能閉著眼睛種。」又對那幾個村民笑道：「你們以後天天跟我做，等收成了，你們也會了，不收你們束脩。」

一個村民笑罵道：「你還好意思收束脩，我都沒找你要工錢。今天早上幫你做了一早上，你得把飯管了。」

何氏提了水過來讓他們喝。「沒問題，我這就回家做去，你們跟著來啊。」

大夥兒立刻推辭。「不用了，家裡都做好了，別理他，他就是喜歡亂說話。」

那個村民也不惱，笑著對何氏說：「這頓跑不了的，等明年收成了，你們一定得請我們吃豐收飯，今天就算了。」又對東子叔道：「下午我們還來，你們等著，不要偷摸著做完了。」

「行，我等著。」東子叔朗聲答應。

一幫人說笑笑地和他們告辭，扛著鋤頭鏟子離開。

東子叔、良子叔又問了林伊怎麼種田，可惜她也只知道皮毛，多問幾句也是猜的。

良子叔寬慰道：「沒事，我們自己琢磨，現在這樣已經不錯了。」

東子叔也說：「後續怎麼施肥、怎麼除草，應該和我們平常種地差不了多少，照著來不會錯。」

林伊點頭。「對啊，所以我們分工合作。」

我負責理論指導，你們負責實際操作。

她把賣鞋底的錢交給何氏，何氏很驚喜。「怎麼多了這麼多？漲價了？」

林伊含含糊糊地答道：「是妳們做得好吧，我也不知道，老闆交給我就拿著了。」

她若是說了實情，何氏肯定不會收自己的錢，到時候又是一番推讓，就這麼著吧。

她又向幾人傳達林氏的命令，讓他們回家裡去吃飯。

何氏首先拒絕。「不用了，我馬上回家煮，中午簡單吃點就行。」

「走吧，我娘都煮好了，你們不去怎麼吃得完。」

林伊拉上小慧和丫丫率先向家裡走去，幾人收拾了東西也跟著過來。

今天的麵疙瘩湯裡加了兩顆煎蛋，比前天的更香、更好吃。

何氏幾人忙累了一上午，既然過來了，也不扭捏，吃得唏哩呼嚕。

林奶奶骨子裡是個愛熱鬧的，見他們吃得香，雖然已經吃了午飯，也要跟著吃，林氏只得給她舀了一小碗。

滿鍋湯菜很快就被一掃而空。

東子叔撫著肚子很滿足。「這樣不錯，方便又好吃，以後我們也常常這麼煮，也不麻煩。」他對何氏道。

「那得要有肉有油才行，素麵素湯的你看看好不好吃。」何氏一針見血地指出關鍵。

「會有的，等荒地種出來了，咱們天天頓頓都吃肉。」東子叔很樂觀。

吃完飯，何氏一家回去處理種子，囑咐良子叔留下幫林氏種後院的菜蔬，丫丫也要幫著一起種。

林伊主動擔起了洗碗的重任，林氏和良子叔拿著菜種直接去了後院。

洗完碗，她把林氏發好的麵團拿出來，打算做蔥油肉餅，早上陸然救了她，她想做點餅子表示感謝。

這是她想了好久才決定的答謝禮，餅子實惠好攜帶，不值幾個錢，陸然應該不會拒絕。

這是林伊的心意，她想親手製作，不假手他人。

前世她最喜歡吃蔥油肉餅，沒事就自己做著吃，所以手藝很是純熟。

餅子做法並不麻煩，加上她做慣了，不一會兒一鍋表皮金黃酥脆、內裡鬆軟多層、蔥香四溢的餅子就出鍋了。

這次她做了八個，給陸然帶去四個。

陸然上午去了鎮上，下午肯定會去打獵，她打算去山上找他。

餅子做好後，待稍微涼了點，林伊將餅子包上，揹起背筐，輕手輕腳地穿過堂屋往後院走，林奶奶吃完飯要睡午覺，這會兒已經睡著了。

後院裡，林氏和良子叔正在忙碌，他們顯然以前經常一起忙活，雖然久不在一起，但仍很有默契，不用開口就知道對方需要什麼。

林伊覺得他們兩人就足夠了，丫丫夾在裡面礙手礙腳的，不過她渾然未覺，高高興興蹲在林氏旁邊，和她一起播種。

林伊偷瞧了會兒，便上前跟他們打招呼，說自己要上山。

林氏和良子叔擔心地看著她，林伊一再保證不會去山腰，兩人才放下心來。

第五十八章

走在山中小道上，林伊盤算著以後的生活，她覺得自己打獵是最正確的決定。

她們手上雖然有林老頭賠償的七兩多銀子，看著還不少。可是她們才剛自立門戶，很多東西是湊合著用，得慢慢添置，而且天越來越冷，冬衣冬物也要準備，這會是一筆不小的支出。

那三畝荒地種的苜蓿和蘿蔔雖然很快能有收成，也不過是家裡多點食材、牲畜多點口糧，根本賣不了錢，最快得等到油菜收成了，賣了錢才有進帳。

這之前就是只出不進，日常開銷全指望著林老頭的這點錢。這可不行，眼下只有獵野物是最快速的賺錢法子了。

林伊越想越覺得自己責任重大，決定把餅子拿給陸然，謝過他的救命之恩後，就要努力打獵，爭取每天都有不錯的收穫。

她也不採野菜野果了，直接朝著上次打到野物的地方飛奔，陸然經常在那裡轉悠，遇到他的機率很大。

很快她跑到了那片山林，卻沒有看到陸然的身影，於是她朝著先前陸然離去的方向繼續往前走。

越往裡走，樹木越密，遮天蔽日的，光線變得昏暗，樹下滿是茂盛的野草和粗壯的野藤，時不時能見到動物的糞便。林伊心裡有點發慌，緊張地四處打量，總覺得樹叢裡隱藏著未知的危險。

她壯起膽子繼續往前走，好在翻過一個斜坡後，樹木變得稀疏，光線也明亮起來。前方出現一片草坪，還有一汪小水潭，在陽光的照耀下瑩瑩發光，似是鑲嵌在綠毯上的一顆明珠。

林伊隱隱覺得這裡的野物不少，因為她發現地上的糞便隨處可見，空氣中的騷味也更重了。

走了沒幾步，一隻兔子從草叢中飛奔而出，因為一直保持高度警惕，林伊第一時間舉起彈弓，朝兔子射去，沒想到竟然一舉成功！

也不曉得是自己運氣好還是技術好，林伊心裡美滋滋的。

她將兔子用麻繩綁住扔進背筐，邊觀察四周，邊繼續前行。

突然她的心一跳，察覺騷味更重了，身後有重物奔跑而來的踢躂聲和野獸的怒吼。

林伊驚恐回頭，身後竟是一頭黑褐色的大野豬！

這隻野豬足有三、四百斤，伸著兩根尖尖的大獠牙，嗷嗷嚎叫著，朝自己的方向衝撞而來。

林伊前後兩世加起來，還從來沒有在野外見過野豬，更不要說如此龐大壯碩的一隻，頓時心跳如擂鼓，下意識地就想逃避。

不過她轉念想起自己上山不就是要和野物搏鬥的嗎？怎能心生懼意！

她甩掉背筐，從裡面翻出砍刀舉在手上，擺出迎敵的姿勢等待野豬到來，心裡卻慌張失措，毫無底氣。

「穩住！不要慌！」她邊哆嗦邊給自己打氣。

「快跑！」前面突然傳來驚聲高叫。

林伊抬頭一看，頓時喜極而泣，陸然帶著虎子趕來了！

她心中大定，朝著野豬發狠——來吧！放馬過來吧，憑我的神力搞定你這臭豬易如反掌！

眼見野豬低埋著頭，長長的獠牙對準自己的方向，鼻子裡噴著粗氣離自己越來越近，林伊的心也越跳越快。她微微下蹲，打算只要野豬跑過來，就用砍刀砍斷牠的脖子。

陸然猜到了她的想法，大吼道：「小心，牠皮太厚！」

邊吼邊朝著林伊的方向瘋了似地飛奔。

陸然一路跑一路用箭狂射野豬，想吸引牠的注意力。

可惜野豬吃定了林伊，一門心思只想把她撞成肉漿，理都不理陸然。

陸然大急，朝著虎子吹了聲口哨。虎子接到命令，玩命似地朝野豬撲去，想要阻擋牠前進的步伐。

這時野豬已衝到林伊身前，一股腥騷惡臭味撲面而來，熏得林伊直犯噁心。

林伊強忍住不適，死死瞪著野豬碩大的腦袋和那副獠牙，突然驚覺自己根本無法砍到牠的脖子！

她來不及細想，舉起砍刀朝著野豬狠狠砍了過去！

但是這隻野豬實在太大，身上的皮又太堅硬，只砍了道淡淡的血印，根本沒有造成傷害，反而被野豬撞飛在地。

林伊只覺頭暈眼花，全身劇痛，像被車撞了一般。她見勢不妙，在野豬再一次撞來時，一個翻滾，將將躲開撞擊。

野豬見她躲開，馬上調整角度，再次衝向林伊。

面對牠猙獰的醜臉和洶洶氣勢，剛才還豪情萬丈的林伊心一悸，這隻野豬太凶殘，自己可能搞不定！

她迅速起身腳尖一蹬，從野豬身前掠過，朝著陸然的方向奔逃。

野豬暴怒——想跑，沒門兒！

牠立刻掉轉身子抬起頭朝林伊處張望，準備發動攻擊。

危急時刻，虎子乘機飛撲而來，精準地咬住牠的脖子。野豬「嗷嗷」嚎叫著，拚命擺動身子，想要甩脫虎子，可是虎子死死咬住不放。

林伊見有機可乘，壯起膽子衝到野豬的另一邊，揮著砍刀朝脖子猛砍。

這時只聽「咻」的一聲，陸然的竹箭也飛射而來，準確地射進野豬的眼睛。

野豬痛嚎一聲，掙扎得更厲害了，林伊站立不穩，手快握不住砍刀。

所幸陸然飛奔而至，他猛撲上前，將一把發亮的尖刀插進野豬的另一隻眼睛，死死往裡捅。

野豬的兩隻眼睛和脖子處鮮血汩汩直往外冒，可牠甚是凶悍，受了如此重傷仍不放棄，拚了命的想要掙脫，把掛在身上的陸然和虎子甩得左右搖擺，不斷地碰撞在地上。但隨著血越流越多，牠掙扎的力度越來越小，最後轟然倒地，沒了聲息。

陸然踉蹌著上前確認野豬斷了氣，安撫地拍拍虎子的腦袋，拖著虛浮的腳步去看林伊。

林伊這會兒形象不太雅觀，正滿頭大汗地癱在地上，動彈不得。

見陸然過來，她勉強扯出個笑。「死了嗎？」

她非常後悔，自己太衝動了，以為有把力氣就能天下無敵，哪知道強中更有強中手，若是一個不慎，連累陸然受傷可怎麼好。

陸然點點頭，喘口氣問她。「沒事吧？有沒有受傷？」

林伊搖頭。「沒有，就是手腳無力動不了，嚇著了。」

陸然大鬆口氣，坐到她的身旁。「休息一下。」

虎子踱了過來，趴在他的旁邊伸出舌頭直喘，牠的毛髮亂糟糟的，有些地方還被扯掉了幾把，身上也髒污不堪。

陸然撫著牠的腦袋，略平靜一下，轉頭對林伊道：「妳再檢查一下，看身上有沒有傷口。」

說完轉過臉去。

林伊把袖口、褲管掀起來看了看，有些地方擦傷了，有些地方泛著青，這會兒不太明顯，明天應該會變青紫。總的來說問題不大，只是衣服撕破了幾處，幸好沒在關鍵之處。

「我沒事，你呢？」她急切地看向陸然，要是陸然受了傷她會自責死的。

陸然現在的狀況不算好，衣服被撕了幾個大口子，因為在地上翻滾過，滿是綠色的草汁和泥土，還夾雜著不少猩紅的血漬，也不知道是他的還是野豬的，頭上還掛著幾片草葉。

「我沒事，沒有受傷。」陸然拍了拍頭髮，將頭上的草葉拍去，毫不在意。

林伊坐了片刻，心跳漸漸平復，她做了決定，還是打點野雞野兔就好。大野物就算了，實在太刺激了，她的小心臟承受不來，以後見著就跑吧。

「這隻豬怎麼辦？」

她看向已經站起來，正在檢查野豬的陸然。

「得快扛回去處理了，免得有大野物聞到血腥味跑過來。」

陸然皺著眉研究怎麼把這隻野豬弄回去，這隻豬足有四百斤，這個重量他扛著有點吃力。

林伊站起身。「我來扛吧，扛去哪兒？」

陸然雖然知道她有神力，可這隻豬又髒又臭，他不願意讓林伊動手。

他拿出一條麻繩將野豬的四蹄捆住，又砍了根樹枝插過去。「我們一起抬吧。」

林伊也不想和野豬貼身接觸，這樣不用挨著牠正好。

於是兩人抬著野豬一陣狂奔。

陸然帶著林伊在山林裡左拐右拐，很快來到了一條山溪前。

林伊見這條山溪頗為寬闊，水流平緩，水質清澈，完全是飲用水的標準。

陸然示意林伊將野豬放下。「就在這裡。」

林伊蹲在溪邊將手上的血漬清洗乾淨，又將身上儘量整理清爽。要是滿身污漬回去，林氏見了肯定嚇壞，說不定就不准她上山了。

陸然也蹲下身，解開麻繩，拿出剛才誅殺野豬的尖刀準備處理。

林伊一回頭，那尖刀在陽光照耀下折射出的亮光閃了林伊的眼，把她嚇了一跳，忙向陸然告辭。

她雖然立志做個獵人，可是面對屠宰獵物的血腥畫面，還是不能接受，且容她慢慢適應吧。

「妳不要點肉嗎？」陸然問。

林伊連忙擺手。「不要不要，你留著吧，這豬太臭了。」

林伊前世吃過野豬肉，不僅肉質柴還有股騷味，不如一般豬肉香嫩好吃。

「行，我賣了給妳銀子。」陸然也不勸。

「不用，你收著，我不要，今天全靠你趕來，要不我凶多吉少，謝謝你。」林伊推辭道。

陸然今天算是救自己於危難之中，自己應該報答他，怎麼好意思分他的獵物。

「那不行，這是我們一起打到的，我們平分。」陸然收起尖刀，認真地說道。

「好吧。」林伊略思考片刻，便不再堅持。

她猜測這應該是獵人之間的行規，只要出了力就能得到相應的報酬，自己好歹也參與了戰鬥，這錢不拿陸然肯定心不安。

「我明天去鎮上賣了拿銀子給妳，順便看看林奶奶。」陸然走到溪邊蹲下，邊清洗手上身上的血漬，邊對林伊道：「等我，我送妳下山。」

林伊忙擺手拒絕。「不用不用，我跑得快得很，絕對不會有危險。野豬還等著你處理呢，萬一有猛獸搶走就白忙了。」

陸然很堅持。「沒事，這裡是我的地盤，不會有別的猛獸來，虎子會守著野豬。」

「虎子！」他指著趴在溪邊的虎子叫道。

「汪！汪！」虎子立起身搖著尾巴回應，愉快地接受了這個任務。

「走吧。」陸然對林伊道。「我送妳到山腳。」

林伊猛然想起自己上山的目的，她從懷裡摸出紙包，遞給陸然。「這是我做的餅子，謝謝你救了我。」

陸然下意識就想拒絕，可那餅子的香味甚是霸道，混合著蔥香油香和肉香直直鑽進他的鼻腔，右手已經搶先他的意識一步，接過了餅子。

因為林伊怕餅子涼掉，一直貼身放著，這會兒餅子拿在手上還是熱的，觸手柔軟有彈性，光摸著就能想像它的美味。

陸然做飯一直是怎麼方便怎麼來，煮一鍋湯，肉塊麵團一起扔進去，只要能填飽肚子就行。他已經很久沒有吃過香軟的麵餅了，忍不住吞了口口水。

見林伊看過來，他的臉上頓時飛起一片紅霞，垂下眼簾，木著臉道謝。

林伊嘿嘿一笑，陸然更不自在，當先一步朝山下走去。「走吧。」

「你打獵都這麼危險？」林伊想到剛才那驚心動魄的畫面，追上他關切地問。

「沒有，這隻野豬太大了，我第一次遇到這麼大的。」

「那遇到大野物怎麼辦？你能打下來嗎？」林伊想到了老虎、獅子一類的凶物，更加擔心。

「如果不是特別缺錢，一般不會和牠們對上。」

這些野物太凶猛，和牠們搏鬥勝算不大，就算拚盡全力獵到了，可以得到可觀的收益，可要是受了傷，更多的錢都會填進去。若造成殘疾，這輩子就完了。所以他一旦察覺有大野物出現，都會躲開。

「那就好，安全要緊，這些野物還是讓他們自由生長吧。」林伊發自肺腑地感嘆，她今天真是嚇到了。

回去的路上陸然也不歇著，他耳聰目明，雖然沒有林伊的異能，反應卻比她靈敏得多。一有風吹草動，竹箭便飛射而出，少有落空，快到山腳時已經射了三隻野雞。

分別時，他把獵物全提給林伊。「妳帶回去吧。」

他堅決乾脆，根本不容人拒絕，林伊也不矯情，爽快接過。「行，我們是生死與共的朋友了，就不跟你客氣了。」

「生死與共？」陸然一愣，垂下眼小聲默唸了一遍。

只是一起打了野豬，竟成了生死與共的朋友，哪有這樣的說法？

雖是這樣想著，嘴角卻不自覺彎起。他抬眼看著林伊，一雙烏黑清透的大眼亮閃閃，像是陽光全聚在他的眼底，整張臉變得生動明亮，令人目眩。

看著這張笑臉，林伊有一瞬間恍神。

陸然像是發現了什麼，斂起笑容，伸出修長的手指，將林伊髮上的一片枯黃落葉拈起，信手彈出。「我回去了，妳小心點。」

他朝林伊揮揮手，轉過身，朝著來路飛奔而去，很快消失在山林中。

林伊呆呆地看著陸然修長矯捷的背影，腦海裡全是他剛才那明朗帥氣的笑容，這小子笑起來真好看啊。

有句話怎麼說的？天地失色！雖不中，亦不遠矣。

林伊不由得感嘆，幸好是住在山上，要是他住在山下又有戶籍，不知道會令多少少女芳心暗許，情根深種，保管媒婆要把他家的門檻踏破。

第五十九章

眼看天色不早，林伊趕快收斂心神，邊打豬草邊往山下走。

今天她在集市買了挺多的菜蔬，夠吃兩天了，暫時不用採野菜。

待會兒娘親要抱豬仔回來，她得多挖點嫩嫩的豬草備著，還有背筐裡的這隻兔子，也得給牠準備點草料。

林伊還發現了很多草藥，比吳家村的後山豐富多了，她也一併挖進背筐，只是砍刀挖著不太方便，最好弄把小藥鋤。

胡奶奶這兩天給林奶奶診病，都是自行拿藥草來，沒有收錢，現在自己採了處理好送去給胡奶奶，她肯定不會拒絕。

回家的路上，林伊又在心裡盤算開了。

今天收穫不錯，不僅和陸然共同捕獲一隻大野豬，還得了三隻野雞、一隻活兔，外加一背筐的豬草和草藥。

好品質的家豬肉三十文一斤，野豬肉也差不到哪兒去吧，陸然說那隻野豬收拾出來能有四百斤，至少能賣九兩銀子，一人一半就是四兩五，這個冬天的開銷都夠用了。

林伊心裡安穩下來，邁開雙腿快步朝山下走去。

此時已到了晚飯時間，南山村的上空炊煙裊裊，村裡不時響起農婦扯著大嗓門喚自家孩子回家吃飯，和孩童高聲回應的聲音，夾雜著幾聲看家狗的狂吠和母雞的咯咯聲，好一派溫馨的田園農家美景。

荒地上還有人在忙碌，是何氏一家和良子叔在做收尾工作，村裡來幫忙的人已經沒有了蹤影，可能先回家了。

林伊跑過去，提了兩隻野雞給良子叔。

良子叔吃驚地問：「妳又打到了？」

林伊壓低聲音對他道：「沒有，我在山上遇到陸然了，是他給我的。」

良子叔不贊同地看向她。「妳又跑去山腰了？」

「有陸然帶著呢，沒事的。」林伊不敢撒謊，只得搬出陸然。

「這孩子，得點獵物不容易，怎好拿他的。」何氏看著獵物嘆氣。「這都是拿命搏出來的。」

林伊想想今天勇鬥野豬的情景，沒有吭聲。

正說著，小慧和丫丫從林伊家跑過來，丫丫看到林伊大聲叫道：「小伊姊！妳們家的小豬抱回來了！」

林伊眼睛一亮，高興地問道：「真的嗎？長得壯不壯？」

「可壯實了。吃食特別有勁兒！妳快回去看吧。」小慧笑嘻嘻道。

「粉粉的，好可愛。」丫丫一臉興奮，她跑過去拉著良子叔央求。「爹爹，咱們也養一隻吧。」

「行，等妳把妳的小雞養大了，咱們就去抱。」良子叔答應得爽快。

「丫丫還養了小雞？」林伊問道，這小丫頭能幹喔。

「嗯，兩隻呢，馬上就能下蛋了。小伊姊，到時候我請妳吃。」

「丫丫，我呢？不請我吃嗎？」小慧在旁邊逗她。「有了新姊姊就不要我了，我傷心了。」

「要的，要的，妳和姊姊一人一個。」丫丫趕快抱著小慧的手臂申明。

「我沒有嗎？不請我吃嗎？我也傷心了。」小柱探過頭來湊熱鬧。

「這……」丫丫為難了，小眉頭皺得緊緊的。

「你吃雞蛋殼。」東子叔敲了下小柱的腦袋。「欺負你妹子幹啥！幾下做完回去了。」

小柱摸著腦袋嘿嘿跑走了。

林伊心裡掛著小豬仔，跟他們道別後急匆匆地跑回家。

林氏正在院裡收衣服，見林伊這風風火火的樣子，忙道：「慢點慢點，看著點腳下，別摔了。」

林伊嘻嘻笑道：「我又不是小孩子，怎麼可能會摔倒嘛。」

林氏看著她手裡的野雞，狐疑地問：「又獵到了，哪來這麼多，妳去山腰了？」

林伊癟癟嘴，娘親和良子叔真有默契，問的問題都一樣。

「遇到陸然了，他打的。」林伊趕緊把陸然拉出來當擋箭牌。

「妳這衣服怎麼破成這樣，身上還這麼多泥？」林氏的眼睛犀利得很，林伊雖然盡力收拾了，還是沒逃脫她的法眼。

「下山的時候踩滑了，摔了一跤。」林伊只得另找藉口，希望能混過去。

「摔到哪兒了，有沒有事，身上痛不痛？」林氏聽到她摔了，急得把手中的衣服往晾衣繩上一搭，上來拉著她仔細查看。

「沒事，一點也不痛，我皮厚呢，妳看看嘛。」林伊在她面前扭胳膊抖腿，竭力證明自己完好無損。

林氏自己檢查了一番，確認林伊沒有問題才放了心。

她吁了口氣，忍不住糗林伊。「剛才還說自己不是小孩不會摔跤，這是怎麼摔的？」

「有塊石頭是活動的，我不知道，不小心踩到了才摔的。」林伊說得活靈活現，彷彿真的發生過一樣。

林氏完全信了，轉過身繼續收衣服，還不忘叮囑林伊。「反正妳走慢點就不會摔，這次沒事，下次說不定就沒這麼好運。記住了，聽娘的沒錯。」

林伊答應著把話岔開。「我又打到了隻活兔子，咱們不吃，養起來吧，也不知道是公是母。」

「我也不太曉得，給妳祖祖看看。」

林伊忙走進堂屋，林奶奶倚在床頭笑著問她。「小伊累著了吧，快喝口水歇會兒。」

這兩天下來，她精神越來越好，說話也越來越有力氣。

「不累！」

「沒摔著哪兒吧？衣服怎麼破了？身上會不會有傷口妳沒發現？」

林伊剛答完話，林奶奶便連聲追問，一雙眼睛在林伊身上來回掃射，臉上露出擔心的神情。

林伊都要抓狂了，沒想到過了林氏這關，還要過林奶奶這關。以後得小心又小心，不能再受一點點傷了，也不能胡亂撒謊，要不然想圓過去太辛苦。

「真沒事，我已經檢查過了，祖祖放心吧。」林伊不容林奶奶再問，把兔子提給她看。「妳看看這隻兔子是公的是母的？」

林奶奶讓她把兔子翻過來看了下腹部，確認道：「母的。」

她指點著教林伊怎麼辨認兔子的性別，林伊聽得似懂非懂，看樣子再來隻公兔子一比較就明白了。

「今天遇到陸然了，他說明天要來看妳。」

「陸然？這孩子這麼客氣。」林奶奶愣了一下，轉瞬笑眯了眼。「他還好吧？」

「還好，妳以前幫過他嗎？」林伊好奇地問林奶奶，陸然對人冷冷淡淡的，沒想到還會記得來看林奶奶。

「他小時候常挨餓，我就會藏點吃的給他，沒想到過去這麼多年了，他還記得。」林奶奶感嘆。

「這孩子不錯，有情有義。」林氏進來聽到，讚了一句。「要不要做點好吃的招待他？」

「不用，他就是這麼一說，也不知道何時來。而且他那人挺害羞的，真要特別煮，他肯定不好意思，妳就當是村裡人過來串門子。」

「也行，等以後熟點再說。」林氏挺遺憾的，她聽了陸然的故事對他憐惜得很，很想做點什麼。

林伊把背筐放進廚房，提著兔子跑到後院，把兔子放進兔舍。

那兔子已經醒了，只是縮在角落裡瑟瑟發抖，對林伊扔進去的野菜看都不看一眼。

林伊拿著野菜逗了牠半天，又好言安慰，承諾一定會好好待牠，勸牠好歹吃點東西，可惜沒有效果。

林伊毫無辦法，心裡直嘀咕，這小東西還真是倔，如此鮮嫩美味的野菜都能抵抗住誘惑，說不吃就不吃，看來得找林氏想想辦法才行。

她扔下兔子，跑到豬圈去看小豬仔，那兩隻粉色的小豬正在嗯嗯叫喚，你爭我搶地吃著豬食。

很可愛嘛，軟軟萌萌的，讓人的心也變得柔軟起來。

她記得野豬小時候也很可愛，跑得特別快，遠看跟小狗差不多。

林伊腦海突然浮現出今天那隻凶狠醜陋的大野豬，忍不住打個寒顫，嗯，這隻野豬小時候肯定就不可愛！

林伊站在後院環視四周，菜地裡下了種，雞欄裡有了雞，豬圈裡有了豬。兔舍裡有一隻兔子了，得趕快想辦法讓牠配成雙，到明年春天，生牠個幾十隻小兔子。

只要這些牲畜養起來，光是賣雞蛋兔肉就夠一家的生活了。加上自己打獵的收入，再買幾畝荒地，日子一定富足安定。

現在家庭幸福，娘親溫柔、祖祖慈愛，呼吸的是無污染的空氣，吃的是純天然的食品，喝的是山間清泉，還有座大山任她遊玩，這樣的生活就是神仙也比不上吧。

她越想越開心，蹦跳著回到廚房，見到碗架上放著一個小小的竹籮，裡面裝了一小半的玉米粒。

林伊好奇地問：「這拿來幹麼？」

「餵小雞的。」林氏看了眼回道。

「正好，我去餵。」林伊立刻來了興趣。

「別，已經餵過了，可不能再去。牠們有食就吃，不知道飽餓，吃得撐死了都不曉得停嘴。」

「這樣啊。」林伊遺憾地拿著小竹籮把玩。

「這是東子叔編的？」

「嗯，還挺好看的。」林氏讚道。

小竹籮比飯碗大不了多少，用的篾片又薄又軟，呈青黃色，幾近透明，特別精緻可愛，要是裝點花瓣小飾品，就更好看了。

「東子叔為啥不編這種竹籮拿去賣？」林伊沈吟著問。

「也就看著好看，裝不了啥，誰會買？」林氏看了一眼隨口道。

怎麼會？她要是有錢就會買。林伊嘀咕著把竹籮放上竹架。

這個竹籮和架子上那些大大小小、深綠淺碧的竹筐顏色不同，林伊看著，突然有了靈感。

由於選的竹子不同，加工出來的篾片顏色深淺不一，但是沒有人想到可以利用篾片的色差編織圖案，其實這是個賣點啊。而且把篾片染成各種顏色，編出來的竹器賞心悅目。

她把自己的想法告訴林氏，林氏卻並不看好。「不過是裝裝東西，哪裡用得著這麼複雜。」

「素色布和花布都能做衣服，花布怎麼還是有人買？」林伊不服氣。

「這能一樣？」林氏懷疑地看向她。

「怎麼不一樣？妳想想看，同樣的價錢，一個是素的籮筐，一個是有花紋的漂亮籮筐，妳買哪個？」

「都不買，妳東子叔會編。」

我的娘呢，妳怎麼不按套路回答！

林伊急了。「妳不買肯定有人買啊，雜貨店擺那麼多呢，賣給誰的？我今天早上就看到好幾個人在那兒挑選呢。等東子叔做出來了，咱們不拿到雜貨店去，就拿到市集上賣。」

「以前他就拿去賣過，根本沒人買。」

「那是因為他做的和別人的沒區別，當然沒人買。如果做出有花紋圖案的，獨他一家，肯定會有人買的！」林伊很有信心地說道。

「妳說的花紋圖案好做嗎？」

「我們不懂，東子叔肯定懂，以前只是沒想到，現在有了這個想法，他摸索一下肯定能成。」

林伊拿起一個竹籮。「妳看，這裡可以用深色的篾片，下面這一片也可以用深色的，這麼編上去，是不是就有個花紋了？」

林氏看了半天沒看出個所以然，但還是很給面子。「嗯，好像是這麼回事。」

林伊無語了。娘親妳根本啥都沒看出來好吧？還是等東子叔來了和他商量吧。

不過她覺得以東子叔靈活機敏、願意嘗試的個性，肯定會答應。

「明天妳就跟妳東子叔說說吧，如果真能賣出去，他們家的日子也會好過點。」

林氏也覺得可以試試，她是真心希望東子兩兄弟能過得好。

她跟林伊大致說了一下林家和東子家的關係。

林氏親娘和東子的親娘出嫁前就是一個村的，兩人感情很好，後來又嫁到一個村，關係更是親近，兩家孩子也常玩在一起，好得像是親兄妹。直到林氏親娘去世，李氏嫁進來後關係才淡了下來。

林氏以前常被李氏打罵，東子叔的娘親就把她叫回家寬慰，給她吃好吃的，後來何氏嫁進來對她也很好。

何氏脾氣直率，非常看不慣李氏，遇到李氏刻薄林氏，還會上去跟她對罵。

「李氏要我嫁去吳家，妳東子叔、何嬸子商量讓我逃出去，可惜我沒那膽量，又放不下妳祖祖。」林氏的聲音開始哽咽。

「沒事了，咱們現在的日子不是已經好起來了嗎？李氏和林老頭也賴不上咱們了。」

林伊忙安慰，不過心裡卻在想，這麼看來，林氏和良子叔是青梅竹馬，兩家長輩肯定支持他們的親事，只是被李氏那個攪事精攪黃了。當初讓林氏逃婚，說不定就是想讓良子叔一起。

可惜了，如果兩人真跑出去……嗯，就沒小吳伊和丫丫了，這麼一看，林伊也不知道該不該支持他們逃婚。

算了，已經發生的事情就別想了，她把野雞提給林氏看。「娘，野雞還處理嗎？」

林氏對著野雞發愁，今天有肉有魚，還要把雞也弄來吃嗎？是不是太奢侈了？

林伊笑道：「娘，沒想到有一天我們會為了肉多發愁。」

林氏也笑了，是啊，以前哪裡敢想啊？十天半月都吃不到一口肉。

林伊和林氏商量。「乾脆咱們把這隻收拾了抹點鹽醃起來，等天冷了不好打獵物時再處理來吃。」

林氏直點頭。「對，我簡直是越活越回去了，都沒有想到這點。就照妳說的做。吃了飯我就來收拾，還得做點鹹菜乾，要不冬天沒菜吃。」

林伊倒不著急，她想著等小雞長大點從雜物間挪出來，就把雜物間改成溫室，讓東子叔做幾個木架，上面裝上肥土，種點白菜、菠菜、韭菜、蒜苗之類的菜蔬，冬天的綠蔬就有了。她以前在陽臺上種過菜，雜物間比陽臺大多了，應該沒有問題。

第六十章

夜幕降臨後，辛勞了一天的林氏早早地睡著了。她的呼吸悠長綿緩，伴著山風吹拂樹葉的沙沙聲，讓人不由心裡平靜安寧。

林伊躺在床上，卻圓睜著雙眼難以入眠。

今天發生的事情太多，刺激太大，她腦海裡全是陸然持弓瞄準小混混和他帶著虎子與野豬搏鬥的驚險畫面。

「也不知道陸然是不是真的沒有受傷，被野豬那麼用力撞到樹上摔在地上，難道一點傷也沒有？」林伊很擔心。

「老天爺啊，祢若在天有靈，請保佑陸然毫髮無損。」林伊虔誠祈禱。

此時的山上，陸然也在想著今天的事情。

平常這個時間，他早已酣然入睡，而現在卻毫無睡意，神清目明。

他坐在山洞外，望著夜空中閃爍的群星，聽著風吹山林的嗚咽，腦海中浮現的卻是白天見到林伊的情景，不自覺露出溫柔的笑容。

他原本已經習慣遠離山下的人和事，只在山林中獨來獨往，他原以為日子會這樣一天天地延續下去，沒有任何改變。直到他變老，變得沒有力氣，他將孤獨地死去，或者成為野獸的食物。

他已經設定好了這樣的結局，並做好了準備，這樣的日子挺好，自由自在，沒有羈絆。只是當林伊熱切地望著他，毫無顧忌地關心他，她開心的歡笑，絮絮的低語，和面對野豬時毫無畏懼的勇氣，就像是一縷縷春風，讓陸然平靜無波的心海泛起了陣陣漣漪。

還有她遞過來又香又酥的麵餅，好吃得讓他捨不得吃完，那是林伊親手為他所做。這久違的關懷和溫暖，彷彿是他黑暗生活中的一束陽光，讓他的生命有了些許色彩，讓他的日子有了期盼，讓他戀戀不捨，讓他想要追隨，讓這束陽光把他照得更亮。

他已不再能接受原本所設想的結局，更難以忍耐習以為常的孤獨，有了想和人說話交流的慾望。

他甚至開始期盼明天。

明天，還能見到她嗎？

第二天早上天還沒亮，林伊就起來了，小慧和丫丫約她一早上山採野貨。家裡現在的牲畜不少，天氣也轉涼，她得多挖點野菜，多打點柴，為過冬早做準備。

走上村道時，小慧和丫丫已經揹著背筐等著了。大強、小壯兩兄弟和她們站在一起，幾人正在談笑，老遠就能聽到丫丫清脆的笑聲。

見到林伊，小慧和丫丫忙大聲招呼她，林伊小跑過去和他們會合。

丫丫和小慧手上各拿了個小布包，和大強兩兄弟聊著天。

林伊一問，原來他們上山早，家裡人怕他們途中會餓，便準備了小吃食，讓他們餓了拿出來吃。這會兒幾人正在查看對方帶的是什麼，待會兒可以交換著吃。

今天小慧和丫丫的是煮紅薯，大強兄弟則是娟秀姨煎的雞蛋餅。

林伊當然也有，臨出門時林氏硬是塞了兩個蔥油餅。昨天她吃了林伊煎的覺得很好吃，問了林伊做法，今天早飯便又煎了幾個。

這是一群備受親人關懷疼愛的孩子，出門有人叮嚀囑咐，回家有人盼著歸來。

林伊不由想到了陸然，他和這群孩子年齡相仿，卻獨自住在山上，沒人關心，冷暖自知，連說話聊天的對象都沒有，她的心裡一下難受起來。

好在丫丫一直拉著她問長問短，她的童言童語沖淡了林伊心裡的感傷。

林伊發現他們不打柴火，這種粗重活都由家裡大人來做。

小慧和丫丫只挖野菜、採蘑菇、摘野果，大強兄弟則是挖草藥，胡奶奶的草藥就是由這兩兄弟提供的。

南山上的草藥種類非常豐富，有很多林伊以前沒有見過，大強很有耐心地一一指點給她看，教她辨認。

對於林伊要幫著採草藥的要求，大強笑著拒絕了。「不用，村裡找我奶奶看診的不多，我和小壯每天採的草藥就足夠了。」

林伊望著滿山的草藥，兩眼直發光，這都是一枚枚銅錢啊，怎麼能任由它們枯萎凋零。

「你們沒有想過採了草藥去鎮上的藥鋪賣？」林伊問大強。

「藥鋪會收嗎？這些草藥賤得很，一大抱只值幾文錢。」大強剛挖出來一株碩大的車前草，他甩掉草根上的泥，隨手扔進背筐。

林伊有點無語，幾文錢也能買不少東西，鞋底做得那麼辛苦才三文一副，何氏和小慧也要做呢。

不過大強他家不缺錢，對林伊的提議不感興趣也很合理。

衙門每年會有補貼發放給村長家，光靠這筆錢，劉村長家就能過得不錯，何況還有十幾畝地的產出，當然看不上這些零碎小錢。不像自己，見到啥都想著能不能換成錢。

「我覺得藥鋪肯定會收。」林伊轉向小慧和丫丫。「咱們採了藥拿去賣怎麼樣？幾文錢也是錢，反正試試又沒有壞處。」

小慧和丫丫舉雙手雙腳贊成。

丫丫兩眼發光。「我要挖我要挖，我要拿去賣錢，攢了錢給爹爹買衣服，爹爹的衣服都破了。」

林伊讚賞地看著她。這小丫頭乖得沒話說，有了錢不想著自己買吃的穿的，先想著她爹。

小慧也要加入。「我願意，咱們邊挖野菜就邊採藥了，不用另外花功夫。就是得讓大強哥教我們認認，咱們都不認得。」

大強本就性子寬厚，現在見能幫小伙伴們賺錢，欣然同意，立刻現場教學起來，小壯則在一旁補充，於是幾人一路挖野菜，一路找藥材，時間過得飛快。

走到一片略微平坦的山坡時，大強讓大家休息一會兒。

這裡散亂地堆放著些碎石，石頭的表面光滑發亮，地上還殘留著些垃圾，顯然經常有人在這裡歇腳。

大家團團坐下，把帶的吃食拿出來互相交換著吃。林伊帶來的餅子又香又酥，最受歡迎，都說要讓娘親過來跟著學。

大家一邊吃一邊聊天，氣氛輕鬆愉快。丫丫笑點特別低，山林裡不時響起她呵呵哈哈的清脆笑聲，讓人也忍不住跟著她笑起來。

看著少年們青春明朗的面容，無拘無束的說笑，林伊想到了山上那位孤獨的少年，要是陸然和大家聚在一起會是怎樣的情景？肯定問幾句他才會冷冷答一句，暗地裡卻紅了臉，想到這兒，林伊忍不住掩嘴偷笑。

她突然想起一個問題，陸然說今天賣了野豬就去她家看林奶奶，自己原想著他到鎮上賣了東西再走回來起碼得是中午了，自己在山上逛一圈再回去肯定來得及。卻沒想到陸然完全有可能天沒亮就出發，賣了東西一點不耽擱就回來，按他的腳程，說不定現在都回村了。

而照自己一行人的前進步伐有可能午飯時才能回家，那豈不是遇不到他了？

思及此，林伊立刻心急如焚，恨不得立刻轉身下山，可大家相約著出來，自己獨自跑開不太好。

林伊只得耐著性子跟著大家繼續在林子裡面轉悠，認真聽大強講解草藥怎麼採摘處理。好在山裡的植物很豐富，採摘藥草的人不多，沒一會兒幾人的背筐就全裝滿了。

大家一決定下山回家，林伊便一馬當先衝在前面往山下跑，害得小慧擔心地提醒，生怕她腳下不穩摔一跤。

到了荒地，小慧和ㄚㄚ要去找東子兄弟，林伊和她們匆匆告別，健步如飛地衝回了家。

林氏剛餵了小雞出來，見她又是這副急匆匆的樣子，一臉無奈地看著她。「怎麼說也不聽，就不能走慢點嗎？再摔一跤可怎麼辦！」

林伊顧不上回話，只著急地問道：「陸然來了嗎？」

其實林伊見到林氏的模樣，心裡就有了預感，陸然肯定不在自己家，要不然走了，要不然沒來，不過走了的可能性更大。

不出她所料，林氏答道：「早走了，讓妳祖祖好好休息。還留了包東西給妳，我也沒打開看，給妳放裡屋的桌上了。」

林伊大失所望，眼睛一下黯淡下來。「走了啊？怎麼沒有等等我？」

她頓時覺得身上沒了力氣，拖著腳和林氏走進了堂屋。

「待了好一會兒呢，還幫妳東子叔幹了活。我讓他再等等妳，他也沒說啥就走了，可能家裡有事吧。妳這孩子也是，知道人家要來妳還出去。」

「我沒想到他會來這麼早啊。」林伊癟著嘴直罵自己是豬腦袋。

接下來，林氏對初次見面的陸然大加讚賞，誇獎的話如滔滔江水連綿不斷。

陸然從外表到內在，都讓她滿意得不得了。

「多好的孩子啊，長得高高大大，清清爽爽，又不愛言語，見妳東子叔找人幫忙，馬上就過去幫他，難怪妳何嬸子直誇他，可惜啊……」她心裡不住感嘆，這孩子不曉得小時候多招人疼，怎麼會有人捨得讓他受苦。

林奶奶完全同意她的說法，兩人一唱一和，把陸然誇得天上有地上無的，林伊聽得直發笑，心裡的失望之情也消散不少。

林伊進到裡屋，把陸然留下的小包裹打開看，裡面有幾錠碎銀子和一串銅錢，旁邊還有個小匣子，林伊拿過來一看，不由掩嘴輕呼，竟是一根人參！

匣裡的人參顯然是送給林奶奶補身子的。

這枝人參雖然又短又小，主幹上的參鬚也很纖細，看著年分不長，可卻是實打實的野參，在古代可是值錢的藥材，而且這裡不出產人參，應該值不少銀子。

林奶奶不過是在陸然幼年時幫助過他，他竟然這麼大手筆，這孩子也太耿直了！林伊暗自咋舌。

放下匣子，她又將銀子拿起來估了下重量，保守估計有八、九兩吧，旁邊還有一千文銅錢，總共加起來最少得有十兩銀子。

如果照他們商量的一人一半，這頭野豬就賣了二十兩銀子以上，一頭野豬能賣這麼多錢？那陸然一年只需要獵上一頭不就衣食無憂？怎麼還會如此窮困？

莫非陸然把野獵錢全給自己了？

林伊有點坐不住了，和野豬的搏鬥如此危險，陸然帶著虎子毫不畏懼衝在第一線，這頭野豬可以說是他的功勞，自己怎麼能獨占！

不行，吃了午飯得上山找他問清楚，自己最多只能要一半。

林伊拿了一半銀子包起來放在懷裡，另一半收好，下個集市得再多買點菜蔬米麵布疋，要為過冬做準備了。

她走到堂屋，把人參匣子拿給林奶奶。「祖祖，這裡面有枝人參，是陸然留下讓妳補身子的。」

林奶奶一聽是人參，嚇了一跳，這麼矜貴的東西，她活了一大把年紀只聽人說過，卻從來沒有見過實物。

她當即擺手不肯接盒子，態度堅決地回道：「太貴重了，不能要，下次遇到然小子還給他，他攢點錢不容易。我現在吃的已經很好了，不需要吃這些。」

林氏走過來支持道：「對，這麼貴重的東西我們不能收，妳還給陸然吧。」

林伊看著人參很捨不得，林奶奶身體這麼虛弱，正需要補身子，這枝人參來得正是時候。而且她一想到如果自己拒絕陸然，他定然會失望，就不願意這麼做。

於是她對林奶奶道：「祖祖，這是陸然的一片心意，咱們拒絕了不太好，要不我們收下，以後想法子回報他吧。妳和我娘身子虛弱，每天可以吃一點，只要妳們能快點好起來，比啥都強，陸然的心意也沒有白費。」

林氏和林奶奶對望一眼，她們想到了對方的身體狀況，都希望自己的親人能早日恢復健康。

林氏思索片刻，軟下態度。

她嘆口氣。「我們就收下吧，只是不知道這份情何時能還得上。唉，這孩子的錢是拿命拚出來的，不容易啊。」

林奶奶還要推辭，林伊拉著她的手誠懇道：「祖祖，陸然專門買了人參，就是希望妳的身體早日康復，咱們不能辜負他。」

林奶奶想想也覺得有道理，不再堅持，她擦了把眼角的淚，對林伊道：「小伊，妳見到他好好幫我道謝，沒想到老婆子有一天也能吃到這矜貴物，都是託他的福。」

林伊忙點頭，心裡不住慚愧，自己還沒有陸然想得周到，都沒想到去買枝人參。

她把人參匣子遞給林奶奶，林奶奶顫顫巍巍地接過，用乾枯的手小心撫摸匣子，又拿遠了瞇著眼打量。「人參就長這樣？我聽說長得和人很像，還真有點像呢。」

她又拿給林氏看。「快瞧瞧，妳也從沒見過吧？」

林氏小心翼翼捧過來細細察看。「可不是嘛，長見識了，還真像個小人呢，就是腳多了點。」

三個人聚在一起對著人參研究了半晌，怎麼服用又難住了她們。

——未完，待續，請看文創風1050《和樂農農》3（完）

漁家有女初長成，一身廚藝眾人驚／元喵

2022年3月出版

小漁娘大發威

爹娘不僅相信她的廚藝是夢中一個老神仙傳授的，
對於她想改善家境所出的主意也都點頭同意，
甚至連她要招贅這種事都毫不猶豫地答應了，
這……說他們不是一家人，誰信啊？
從今以後，她就是他們的女兒沒錯，親生的！

文創風 1041 1

說起來，老天爺待她黎湘確實是有那麼一點點不公的，
從小她就失去親人，如今又是胃癌末期，眼看著生命就要到頭了，
沒想到在急救失敗睜眼後，她竟成了個剛被人從水裡撈起來的小姑娘！
所以說，上天也覺得對她很壞，讓她重活一次嗎？但讓她變成古人是哪招？
而且她一個對甲殼類食物過敏的人卻穿成小漁娘，確定這不是在整她嗎？
也罷，既來之則安之，幸好她擁有好廚藝，開間小館子過活應該不成問題，
豈料這小漁娘家太窮了，不僅窮，還負債累累，欠了村中過半人家的錢！
這個家如今連吃塊肉都不容易，哪來的錢開館子？得想法子先掙錢才行啊！

文創風 1042 2

黎湘又驚又喜，因為這小漁娘的身體對甲殼類食物不會過敏，
這代表什麼？代表她夢寐以求的各類蝦蟹貝終於可以盡情開吃了啊！
村人都說毛蟹有毒，但那八成是沒弄熟，上吐下瀉後又沒錢醫才會死一堆人，
且她是誰？她可是手藝一流的廚師耶，經手過的菜餚就沒有不熟、難吃的，
眼下是蟹正肥的時候，她打算買來大量毛蟹，把禿黃油和蟹黃醬先做出來！
不管是拌飯、拌麵，或是當成饅頭、餅類的抹醬，這兩大醬根本打遍天下無敵手，
她已經看見錢在對她招手了，問題是，她得先說服爹娘掏點錢讓她買材料呀，
如果謊稱她落水昏睡時夢到一個老頭非要傳授她廚藝，不知會不會太扯？

文創風 1043 3

真不是黎湘自誇，她做的蟹醬根本輾壓這時代一些滋味普通的昂貴肉醬，
靠著這個，她發了筆小財，還上城裡賣起包子配方，賺到了開館子的本錢，
雖說她目前還只是個小漁娘，但她不會一直窮下去，未來可是要開大酒樓的，
不過眼前有件棘手的事得先解決，這時代的字長得太奇怪，她完全看不懂，
要做生意的人，卻是個妥妥的文盲，就連簽個契約都得請人幫看，多沒保障，
幸好，她偶然發現身邊就有個能讀會寫的，便是鄰居伍家的四子伍乘風，
這四哥也是個絕世小可憐，自出生起家裡對他的打罵就沒少過，
每天去碼頭扛貨，賺錢上繳親娘還吃不飽、穿不暖、睡柴房，壓根兒撿來的吧？
……等等，那他哪來的錢讀書識字？看來他也並非她以為的愚孝受氣包嘛！

文創風 1044 4 完

失蹤多年的親哥回來、酒樓生意極好，黎湘很滿意這闔家團圓又錢多多的生活，
真要說的話，確實是還有個小遺憾，就是她的終身大事，
倒不是她想嫁人了，而是她不想嫁，但卻不得不成親啊！
原來這朝代有規定，女子年滿二十還未婚會被官府直接許配人，
可古代女子嫁人後受限太多，她實在無法忍受關在後院伺候一家老小的生活，
若運氣壞點，再遇上伍乘風他娘那樣的惡婆婆，那日子真是沒法兒過了，
所以她幹麼要嫁人？要也是委屈一下招個贅婿回來，乖乖聽自己的話啊！
欸不是，她說要招贅，四哥一臉開心、躍躍欲試是為何？

文創風 1049

和樂農農 2

國家圖書館出版品預行編目資料

和樂農農 / 舒奕著. --
初版. -- 臺北市 : 狗屋出版社有限公司, 2022.03
冊 ; 公分. --（文創風 ; 1048-1050）
ISBN 978-986-509-307-5（第2冊 : 平裝）. --

857.7 111001291

著作者	舒奕
編輯	余一霞
校對	黃薇霓
發行所	狗屋出版社有限公司
地址	台北市104中山區龍江路71巷15號1樓
電話	02-2776-5889～0
發行字號	局版台業字845號
法律顧問	蕭雄淋律師
總經銷	知遠文化事業有限公司
電話	02-2664-8800
初版	2022年3月
國際書碼	ISBN-13　978-986-509-307-5

本著作物由北京晉江原創網絡科技有限公司授權出版

定價260元
狗屋劃撥帳號：19001626
網址：love.doghouse.com.tw　E-mail：love@doghouse.com.tw